河出文庫

シャーロック・ホームズ全集②

四つのサイン

アーサー・コナン・ドイル

小林司／東山あかね 訳

［注・解説］C・ローデン／高田寛 訳

河出書房新社

四つのサイン◇目次

はじめに

日本語に訳されたシャーロック・ホームズ物語は多種あるが、その六十作品すべてを独りの訳者が全訳された延原謙さんの新潮文庫は特に長い歴史があり、多くの人に読みつがれてきた。彼の訳文は典雅であり、原文の雰囲気を最もよく伝えていたが、敗戦後まもなくの仕事であったから、現代の若い人たちには旧字体の漢字を読むことができないなどの不都合が生じてきた。そこで、ご子息の延原展さんが当用漢字ややさしい表現による改定版を出された。こうして、親子二代による立派な延原訳が、個人による全訳としては存在している。

しかしながら、私どもシャーロッキアンとしては、これまでの日本語訳では満足できない面があった。どんな点に不満なのかを記すのは難しいが、一例を挙げれば、かもし出される雰囲気である。たとえば、言語的に、また、文法的に正しい訳文であっても、ホームズとワトスンや刑事などの人間関係が会話に正しく反映されていなくては困る。また、ホームズの話し方が「……だぜ」「あのさー……」などというのと、

「……だね」「それでね……」というのとでは品格がまるで違ってしまう。さらに、表現を中学生でも読めるようになるべくわかりやすく簡潔な日本語にしたいと思った。

新訳を出すもう一つの目的は、注釈をつけることであった。既にベアリング・グールドによる大部な注釈書(ちくま文庫)が存在していたが、これはあまりにもシャーロッキアン的な内容であった。事件が起きた月日を確定するために、当日の実際の天候記録を参照するなどである。もっと偏りのない注釈を私どもの手で付けようとして準備を進めていたところへ、英国のオックスフォード大学出版部から学問的にこれ以上のものを望むことのできないほどすばらしい注釈のついたシャーロック・ホームズ全集が一九九三年に刊行された。屋上屋を重ねる必要はないので、私どもの案をやめて、オックスフォード版の注釈を訳出することにした。先に、グールドの注釈を全訳し、その後ロンドンに二年近く住んでおられた高田寛さんが幸いにもその大役を引き受けてくださったので、私どもが訳した本文以外の部分はオックスフォード版から高田さんに訳していただいた。ご覧になればわかるとおり、今回のホームズ全集は小林・東山・高田の合作である。幾つかの点だけに、小林・東山による注を追加したが、オックスフォード版と意見を異にした場合もある。

この全集の底本について述べておきたい。底本に何を選ぶかについては、いろいろな考え方がある。ドイルが最初に連載した「ストランド・マガジン」。それを基にして単行本九冊にまとめた各初版本。それを合本にして、短篇集と長篇集という二巻本の形にして一九二八年以来七十年間も一貫して刊行し続け、ドイルが最も信頼をおいていたと言われるジョン・マリ版。新たに発掘された原稿などにも当たって、厳密に著述順に編集し直したオックスフォード版。それらには微妙な違いがあり、そのうちのどれを選ぶか。注釈をオックスフォード版から採っているのであるから、本文もオックスフォード版から採るのが当然であろう。しかし、著作権の問題があって、全集予告パンフレットにもあるように、最初はジョン・マリ版に基づくことにして『緋色の習作』の翻訳を進めてきた。しかし、著作権に触れないことがわかったので、『シャーロック・ホームズの冒険』以降は、急遽本文の翻訳もオックスフォード版に基づくことに方針を切り替えた。この点、予告とは異なったのでご了解をいただきたい。

小林司／東山あかね

シャーロック・ホームズ全集②

四つのサイン

小林司／東山あかね訳

挿絵　チャールズ・カー
F・H・タウンゼンド
ハーバート・デンマン

第1章　推理学

シャーロック・ホームズは[1]マントルピースの片隅からびんを取り上げると、格好のよいモロッコ革のケースから皮下注射器[2]を取り出した。そして、力強い白く長い指先で細い注射針を整《ととの》え、左手のワイシャツのそでをたくし上げた。彼はおびただしい数の注射針の跡が点々と残る筋肉質の前腕と手首に、しばらくじっと視線を落とした。やがて鋭い針先を一気に突き刺し、小さな内筒をぐっと押し下げると、満足げに長い溜息《ためいき》をついてビロード張りの肘《ひじ》掛《か》け椅子《いす》に身を沈めた。

何ヶ月もの間、わたしはこうした場面を日に三回も見てきたのだが、気もちのうえではなかなか慣れることができなかった。それどころか、目にするたびに日ましにいらいらが募《つの》り、彼に意見をする勇気がない自分を思って、夜ごと良心がとがめた。何度もこの問題についてお説教をしようと誓《ちか》うのだが、ホームズの平然と落ち着き払った態度にあうと、差しでがましいような気がして、つい言えなくなってしまう。ホームズの偉大な天分、堂々とした態度、それにわたし自身が目《ま》の当たりにしてきた数々の並外れた才能の前には、反対しようにもつい気おくれがして、しり込みしてしまうのだった。

しかし、その日の午後は、昼食時に飲んだボーヌ・ワイン(3)のせいか、あるいはそれに加えて、極端に落ち着き払った彼の態度に腹が立ったせいか、わたしは突然もうがまんしてはいられないという気分になった。

「今日はどちらかね。モルヒネ、それともコカイン?(4)」と、わたしは聞いた。

彼はひろげていた古めかしいゴシック字体の本から物憂《ものう》げに目を上げて、答えた。

「コカインさ。七パーセントの溶液だ。君もやってみるかね?」

「いや、結構」わたしはそっけなく答えた。「ぼくの体はアフガニスタン戦争(5)の後遺症からまだ治っていないからね。よけいな負担などはかけられない」

ホームズはわたしの激しい口調に笑って答えた。「たぶん君の言うとおりだよ、ワトスン。体には良くない影響を与えるだろう。だが、頭のほうはすこぶる興奮《こうふん》して、冴《さ》えるのだから、副作用など大したことではないさ」

「しかし、考えてみたまえ」わたしは真剣に言った。「これがどういう結果をもたらすのか。君が言うように、脳は刺激されて高揚《こうよう》するかもしれないが、病的で不健全なやり方なのだから、組織変化がすすんで、最後には永続的耽溺《たんでき》に陥ってしまう。君だって、反動でどんなに暗《あん》たんたる状態に襲われるかはわかっているんだろう。間違いなく、割に合わないはなしだ。単なるひとときの快楽のために、何で自分に与えられたその偉大な天分を危険にさらしたりするのかね。ぼくは友人というだけではなく、君の身体《からだ》に多少は責任のある医者でもあるという立場から忠告しているつもりだ」

ホームズは気を悪くしたようには見えなかった。それどころか、会話を好む人物であるかのように、両手の指先を合わせて、椅子の肘掛けに両肘をのせた。

「ぼくの精神は停滞《ていたい》を嫌うのさ。問題があればいい。仕事がしたいのだ。このうえなく難解な暗号文の解読でもいい。あるいは複雑このうえない分析でもいい。そうすれば、ぼくはすぐに水を得た魚のように生き返るのさ。そうなれば人工的な刺激などは要らなくなる。ぼくは、ぼんやりと生きていくことに耐えられない。精神の高揚が必要なのだ。だからこそ、自分の性にあったこの職業を選んだ、いや、創り出したと言うべきかな。世界広しといえども、この仕事をしているのはぼくしかいないのだからねえ」

「世界中でたった一人の私立探偵というわけかね？」わたしは眉《まゆ》を上げて言った。

「そう、世界でただ一人の私立諮問《しもん》（コンサルタント）探偵だよ」と、彼は答えた。「探偵に関していえば、ぼくのところが最高裁判所みたいなものさ。グレグスンや、レストレイド(6)や、アセルニー・ジョウンズたちがお手上げになると——まあ、いつものことだが——事件はぼくのところに回ってくる。ぼくは専門家としてデータを吟味《ぎんみ》して、専門家としての意見を陳述《ちんじゅつ》する。こういう場合、名声を求めたりはしないし、新聞にぼくの名が載ることもない。仕事それ自体や、自分の特殊な能力を生かす場を見つけるという喜びが、最高の報酬《ほうしゅう》というわけさ。あのジェファスン・ホープ事件で、ぼくのやり方はすこしはわかってもらえたと思うがね」

「そう、よくわかったよ」わたしはすなおに認めた。「あれほど感銘《かんめい》を受けたことは今までになかったね。だから、『緋色《ひいろ》の習作』という少々風変わりな題名をつけて、小さな冊子にまとめたというわけだ」

ホームズは情けなさそうに首を振って言った。

「ぼくもざっと目を通したが、まあ正直言って、おめでとうとは言えないね。探偵という仕事は厳正な科学だし、またそうであるべきだ。そして、科学同様、感情抜きに冷静に扱われるべきなのだ。それを、君はロマンチックに味付けしようとした。ユークリッドの第五定理に恋愛や駆け落ち事件を持ち込んだような結果をもたらしたのだよ」

「だが、ロマンスだってあったわけだから、事実を曲げるわけにはいかないよ」と、わたしは反論した。

「事実としても、筆をおさえるべきものはあるし、すくなくとも、その扱いには、当然、バランス感覚が必要になる。あの事件で書くに値する点はただ一つ、結果から原因へという珍しい分析的推理によって事件を解決に導いたということだけだよ」
ホームズを喜ばそうとして特別に計画して書いた作品を批判されて、わたしはがっかりした。また、わたしが書いた本の一言半句すべて、ホームズの独特な行動を記すべきだと言わんばかりの身勝手さに腹が立ちもした。ベイカー街で同居しているうちに、わたしは、一度ならず、ホームズの物静かで説明好きなその態度の裏に、少しばかりの虚栄心がひそんでいることに気づいていた。しかし、わたしはそれ以上言葉にはせず、傷ついた足をいたわりながら座っていた。しばらく前にジーザイル銃弾[7]で撃《う》たれたことがあり、歩けないわけではないのだが、季節の変わり目には必ずその傷がうずくのだった。

「最近は大陸にも仕事があってね」しばらくして、ホームズは古いブライヤーのパイプにタバコを詰《つ》めながら、話を続けた。「先週はフランソワ・ル・ヴィラール[8]から相談を受けたよ。ほら、おそらく君も知っていると思うがね。近頃、フランスの探偵界でかなり有名になっている男さ。ケルト系らしく直感は鋭いのだが、この道で秀《ひい》でるには不可欠な、幅広い正確な知識に欠けている。相談を受けた事件というのはある遺言状に関するものなのだが、いくつかの興味深い特徴があったよ。ぼくは似たような事件を二つ教えてやった。一八五七年にロシアのリガで起きた事件と、一八七一年にセントルイスで起きた事件だ。それが正しい事件解決の手がかりとなったようだね。

この今朝届いた手紙には、ぼくの協力に感謝するとあるよ」

そう言いながら、ホームズはしわしわになった外国製の便《びん》せんを投げてよこした。ちらっと目を通しただけでも、あちこちに「すばらしい」とか、「名人芸」、「驚くべき偉業」などの、賛辞がちりばめられ、このフランス人がホームズを熱烈にほめ称えているのがわかった。

「生徒が先生に宛《あ》てたような手紙だね」と、わたしは言った。

「そう、ヴィラールはぼくの助力を買いかぶりすぎているね」と、ホームズはあっさりと言ってのけた。「彼自身非常に才能豊かな男でね。理想的な探偵に必要な三つの特性のうち二つは備えている。観察と推理の才はある。知識だけが欠けているが、それもいずれ身につくだろう。彼は今、ぼくのちょっとした著作をフランス語に翻訳してくれているところさ」

「君の著作だって？」

「え、知らなかったのかい？」ホームズは大きな笑い声をたてた。「いくつか論文に手を染めていてね。いずれも技術的なことがらを扱っているものばかりだが。たとえば、これは『各種のタバコの灰の識別について』というものだ。この中で、ぼくは百四十種類の葉巻、紙巻きタバコ、パイプタバコについて、それぞれの灰の違いを色刷りの図版を使って説明している。これは刑事裁判ではしじゅう問題になる点で、手がかりとしても、このうえなく重要な場合がある。たとえば、ある殺人事件で、犯人がインド産ルンカ葉巻[9]を吸っている男だと確定できれば、捜査の範囲を確実にせばめることができる。訓練された目には、トリチノポリ葉巻[10]の黒い灰とバーズ・アイ印[11]の白いふわふわした灰の違いは、キャベツとじゃがいもくらいの違いがあるというわけさ」

「君は細かなことについて非凡な才能を持っているね」と、わたしは言った。

「些細《ささい》なことがどれほど重要か、ぼくにはよくわかっているさ。この論文は足跡の型をとることに関するもので、足跡の保存には焼き石膏《せっこう》を使うとよいと書いたもの。それからこれは、職業によって手の形がどう変化するかという、ちょっと変わった論文だ。スレート職人、水夫、コルク切り工、植字工、織工、ダイヤモンド磨《みが》きなどの手形を石版の図で示してある。科学的な探偵には、実務的に、大いに興味のある問題だよ。特に、身元不明の死体や、犯人の前科を見つけるときには役に立つのだ。けれども、こういうぼくの趣味の話ばかりでは、君もうんざりだろうね」

「いや、そんなことはない」と、わたしは本心から言った。「非常におもしろいよ。特に、君がそれを実際に応用するのを目の当たりにしてからはね。君は今、観察と推理と言ったけれど、確かにこれはある程度互いに通じ合うものがあるね」

「いや、それは違うよ」と答えて、ホームズは肘掛け椅子に深々と身をもたせ、パイプから青くて濃い煙の輪をふわりと吐き出した。「たとえば、観察によれば、君は今朝ウィグモア街の郵便局に行って来たことが示されており、推理によれば、そこで君が電報を打ったことがわかる」

「そのとおりだよ！　両方とも当たっている。けれどもどうして君にそれがわかったのかね。自分でも急に思いついて出かけたことだし、誰にも言っていないはずだが」

「実に簡単なことさ」ホームズはわたしが驚いたのを見て、さもおもしろそうに言った。「簡単すぎて説明の余地もないくらいだけれど、観察と推理の境を説明するのには役に立つかもしれないね。観察からすると、君の靴のかかとに赤い土が少しばかり付いているのがわかった。ウィグモア郵便局の真向かいで、道路の舗装《ほそう》をはがして土を掘り返している。場所から言って、郵便局に入るにはその土を踏《ふ》まないわけにはいかない。その土は独特の赤みを帯びていて、この辺りでは他には見られないものだ。ここまでが観察で、次からが推理というわけさ」

「電報のことはどう推理したのかな？」

「なぜって？　もちろん君が手紙を書いていないことは知っていた。午前中ずっと、君と向かい合って座っていたからね。君が開けっ放しにしている机の引き出しには、使っていない切手のシートがあるし、葉書も山ほどある。それなら、君は何をしに郵便局に行ったのか？　電報を打つためとしか考えられないではないか。他の要因をすべて消していって、残ったのが真実[12]というわけさ」

「この場合は確かにそうだね」わたしはしばらく考えてから答えた。「けれども、これは君も言うように、最も単純なケースだ。君の理論というのを、もう少し厳密にテストしてみてもかまわないだろうか」

「かまわないどころか、そのおかげでもう一本コカインを打たなくても済みそうだ」と、彼は答えた。「君が出す問題なら、何にでも喜んで答えよう」

「君は、誰でも自分が毎日使っているものにはその人の個性が刻み込まれているから、熟達《じゅくたつ》した観察者にはそれが読みとれる、と言ったね。そこでだが、ここに最近ぼくのものになった懐中時計がある。これの亡くなった持ち主の性格とか癖《くせ》について、君の意見を聞かせてもらえないだろうか」

わたしはホームズに時計を渡しながら、内心少しばかり愉快な気分になっていた。これを調べるのは不可能だろうと思ったし、ホームズがときどき示す少々独断にすぎる態度には、良い薬になるだろうと考えたからだ。彼は時計を手のひらに載せて重さを量り、文字盤をじっと見つめた後、裏ぶたを開け、まず肉眼で、次に度の強いルーペで細工を調べた。やがて、彼がカチッとふたを閉めてわたしに返したとき、その気落ちしたような表情を見て、わたしは思わず笑みをもらした。

「ほとんどデータがないね」と、ホームズは言った。「最近掃除をしたために、いちばん大事な手がかりとなりそうな跡が消えてしまっている」

「そのとおりだよ」と、わたしは答えた。「ぼくの手に渡る前に、きれいに手入れされていたからね」

自分の失敗をごまかそうとして、はっきり見え透《す》いた下手な言い訳をするホームズを、わたしは心の底で非難した。時計が掃除してなければ、手がかりがつかめるとでもいうのだろうか？

「満足のいくものではないけれど、調べてみて、全く何の収穫もないというわけではなかった」ホームズは、ぼんやりと生気のないまなざしで天井を見つめながら、こう続けた。「もし間違っていたら、君に訂正してもらうことにするが、ぼくの判断では、その時計は君の兄さんのもので、兄さんはそれを君のお父上から譲《ゆず》り受けたのだ」

「それは、裏ぶたのH・Wという文字から推理したのだろう？」

「そのとおりさ。Wは君の姓を示している。時計が製造されたのは、ほぼ今から五十年前で、この頭文字もそれと同じくらい古い。となると、時計はぼくらの親の世代のものだ。こうした貴重な品は、普通長男が相続するし、長男は父親と同じ名前であることが多い。ぼくの記憶が正しければ、君のお父上は何年も前に亡くなられたはずだ。だから、時計は君の兄さんのものになったというわけだ」

「そこまではあっている。他に何かわかったことがあるのかね？」と、わたしは言った。

「君の兄さんは、ひどくだらしなくて、ずぼらな人だった。前途有望だったのに、何度も機会を逃して、ときどきは金回りがよくなったりもしたが、かなり長い間貧乏だった。そして、とうとう、酒びたりになって亡くなった。ぼくに推理できるのは、このくらいかな」

わたしは、椅子から飛び上がった。苦々しい思いで胸がいっぱいになって、いらいらしながら足を引きずり、部屋を歩き回った。

「君らしくないね、ホームズ」と、わたしは言った。「ここまで汚い手を使うとは、思ってもみなかったよ。ぼくの不幸な兄の経歴を調べておいて、それを何か奇抜《きばつ》なやり方で推理したふりをするとは。すべてを、この古い時計から読みとったとは言わせないよ！　思いやりに欠けたやり方だ。はっきり言って、いかさまじゃないか」

「ねえ、ワトスン、許してくれたまえ」と、優しくホームズは言った。「これをひとつの抽象的な問題として扱って、それが君個人にとってたぶん身近でつらいできごとだっただろうということをぼくは忘れてしまっていたようだ。誓《ちか》って言うけれど、君から時計を渡されたときぼくは初めて、君に兄さんがいたことを知ったのだよ」

「それでは、いったいどうして兄に関するいろんなことがわかったのかね？　何もかも、完全に当たっている」

「それは、運がよかったのさ。ぼくは、ただ、可能性を秤《はかり》にかけて言ってみたまでだ。これほど当たるとは思わなかったよ」

「けれども、ただの当てずっぽうではなかったのだろう?」

「もちろん。ぼくは決して当て推量はしない。もし、それが習慣になると恐ろしいからね。論理的な思考力を破壊してしまう。君が変に思うのは、単に、ぼくの思考経路がわからなかったり、大きな推理を支える細かな事実を見過ごしているからだ。たとえば、君の兄さんはだらしない人だ、とぼくは言った。時計の側《がわ》を見ると、下の方が二ヶ所へこんでいるだけでなく、一面にかすり傷がついているのがわかる。これは、硬貨や鍵《かぎ》といった固いものと一緒にポケットに入れておく癖があったからだ。五十ギニー(13)もする高価な時計をこんなふうに扱う人間をずぼらな人と推理するぐらいでは、大した芸当とも言えない。また、これほど高価なものを受け継いでいる人は、他にもいろいろ親から譲り受けていたと推理しても、これをこじつけとは言わないだろうしね」

わたしはうなずいて、彼の推理がわかったことを示した。

「イングランドの質屋では、普通、時計を質に取るときには、ふたの内側にピンの先で質札の番号を書いておく。札を貼るより便利だからね。なくなったり他のと入れ替わったりする危険性をなくすためだ。ルーペで見ると、ふたの内側にそういう番号が四つも見える。まず、推理できるのは、君の兄さんはたびたび金に困っていたということだ。さらには、時には金回りがよくなることもあったということにもなる。そうでなければ、質草《しちぐさ》を引き出せないからね。最後に、内ぶたを見てほしい。ネジ穴がついているだろう。穴のまわり中に無数の引っかき傷が見えないかい。ネジが滑ってできた傷だ。しらふの人なら、ネジでこういう引っかき傷をつけないだろう？　ところが、酔っ払いの懐中時計には、必ず傷がある。夜中に時計のネジを巻くので、ふるえる手で傷をつけてしまうのさ。これで謎が解けただろう？」

「種を明かされれば明快このうえないね」と、わたしは答えた。「誤解して悪かった。君のすばらしい能力をもっと信頼すべきだったよ。ところで、今何か探偵として調査中の事件はあるのかね」

「ないのさ。だからコカインなぞやっているというわけだ。ぼくは頭脳を使っていないと、生きていけないのだ。他にどんな生きがいがあるというのかね？　ここの窓のところに立ってみたまえ。これほど暗く惨《みじ》めで、無益な世の中がかつてあっただろうか？　黄色い霧が渦を巻きながら通りを漂《ただよ》い、くすんだ家々を越して流れていくのを見てごらん。これほど救いがたく散文的で世俗的なものがほかにあるだろうか？　才能があっても、君、その才能を生かす場所がなければ、宝のもちぐされだよ。犯罪も平凡だし、生存も平凡となれば、才能だって平凡なものしかお呼びではないということさ」

ホームズの熱弁に答えようとわたしが口を開いたとき、ドアをトントンとノックする音が聞こえ、下宿屋のおかみが真鍮《しんちゅう》の盆に載せた名刺を持って入ってきた。

「若いご婦人がお見えです」おかみはホームズに向かって言った。

「ミス・メアリ・モースタン」(14) ホームズは名刺の名前を読んだ。「うーん、記憶にない名前だ。ハドスンさん、その若いご婦人をこちらへ通してもらおうか。部屋を出ないでくれたまえ、ワトスン、ぼくには君がいてくれたほうがありがたい」

第2章　事件の始まり

モースタン嬢はしっかりとした足どりで入ってきた。一見したところ、落ちついているように見えた。小柄で気品のある、ブロンドの若い婦人で、きちんと手袋をはめて、着衣の趣味も申し分なかった。しかし、装飾もなく簡素なところを見ると、生活はさほど豊かではないようだった。洋服は地味なベージュ色で、飾り物もモールも付いていない。服と同じ色合いの小さなターバン型の帽子をかぶっており、その横に付いた白い鳥の羽だけが、彼女の装いを引き立てていた。目鼻立ちが整《ととの》っているわけでも、とりたてて顔色が美しいというわけでもないが、愛嬌《あいきょう》のある、可愛らしい表情をしていて、その青く大きな瞳《ひとみ》はまれにみる気高い優しさに満ちていた。わたしはこれまで、三大大陸の数多くの国々で、様々な女性を見てきたが、これほど上品で繊細《せんさい》な人柄を表わした顔には、出会ったことがなかった。彼女はホームズが勧めた椅子《いす》に腰を下ろしたが、唇が細かく震え、手も小刻みにゆれていて、彼女の内心の強い不安を示しているのを、わたしははっきりと見てとらぬわけにはいかなかった。

「ホームズ様、今日あなたをおたずねしましたのは、わたくしの雇い主のセシル・フォレスター夫人が、以前、あなた様のお力添えで、ちょっとした家庭内の事件を解決していただいたからでございます。夫人はあなた様のご手腕とご親切をたいへん喜んでおいででございました」

「セシル・フォレスター夫人ですね」ホームズは考え込むようにその名を繰り返した。「ほんの少しばかり、お役に立ったかもしれません。しかし、あの事件はきわめて単純なものだったと思いますが」

「夫人はそうはお考えにならなかったようです。ではございますが、わたくしの場合は、単純ではございません。わたくしが置かれております立場ほど、まったく説明のつかない、不思議なものは、他にはないかと存じます」

ホームズは満足げに両手をこすり合わせ、目を輝《かがや》かせた。鷲《わし》のような彫りの深い顔に、極度に注意を集中した表情を浮かべながら、椅子から身を乗り出した。

「お話をうかがいましょう」彼は、てきぱきと事務的な口調で言った。

わたしは、ここにいるのが邪魔ではなかろうかと思った。

「ぼくは、これで失礼させてもらうよ」と、椅子から腰を上げかけた。

すると、驚いたことに、若い婦人は手袋をはめたままの手を挙げて、わたしを引き留めようとした。

「ご友人の方にもご同席願えれば、たいへんうれしいのですが」

わたしは上げかけた腰を、また下ろした。

「かいつまんでお話し申し上げますと、こういうことなのでございます」と、彼女は続けた。「わたくしの父は、インドのある連隊で士官をしておりましたが、わたくしはごく小さい頃、英国に送り返されました。母は亡くなり、こちらには親類は一人もおりませんでしたが、エディンバラのとてもよい寄宿学校に入れられて、十七歳になるまで、そこにおりました。一八七八年のことでございます、当時大尉になっておりました父は、一年間の休暇をもらって帰国いたしました。父はロンドンからわたくし宛てに無事着いたという電報をよこし、ランガム・ホテル(15)にいるからすぐ来るようにと、指示しました。父の電文は、優しさと愛情に満ちたものだったと、記憶しております。ロンドンに着くとすぐ、わたくしはホテルへ馬車を走らせたのですが、モースタン大尉は泊まっておられるが、昨夜外出してからまだ戻っていないと言われました。一日じゅう待ってみましたが、何の連絡もございません。その夜、わたくしはホテルの支配人にすすめられて警察に届け、翌朝、全部の新聞に広告を出しました。ですが、何の手がかりも得られず、今日になるまで、不運な父の消息《しょうそく》は一切わからないのでございます。父は、平安と慰《なぐさ》めとを求めて、希望を胸一杯に帰ってまいりましたのに、それがこのようなことになりますとは……」

彼女は喉《のど》に手を当ててすすり泣きを始めたので、話がとぎれとぎれになってしまった。

「それはいつのことですか？」ホームズは手帳を開きながら尋ねた。

「消息を絶ちましたのは一八七八年、十二月三日でございますから、十年近く前のことになります」

「お父上の荷物は？」

「ホテルに残されていました。ですが、手がかりになるようなものは、何一つございませんでした。衣類と何冊かの本、それにアンダマン諸島から持ち帰った骨董品《こっとうひん》がかなりありました。父は、その島の囚人警備隊の将校の一人でございました」

「お父上は、ロンドンにお友達がおいででしたか？」

「わかっておりますのは、同じ第三十四ボンベイ歩兵連隊のショルトー少佐という方、お一人です。少佐は少し前に退役なさって、アッパー・ノーウッドに住んでいらっしゃいました。もちろんこのお方とも連絡を取りましたが、兄弟とも言うべき将校である父が帰国していることすらご存じありませんでした」

「奇妙な事件ですね」と、ホームズは言った。

「本当に奇妙な部分は、これからでございます。六年ほど前、正確に申しますと一八八二年五月四日の『タイムズ』紙に、メアリ・モースタン嬢の住所を尋ねる。本人自ら名乗り出れば、有利なことになるであろう、という広告が出たのでございます。広告主の名前も住所も付いてはおりませんでした。当時、家庭教師としてセシル・フォレスター夫人のお屋敷に入ったばかりでございましたが、夫人に勧められて、広告欄《らん》に自分の住所を載せました。すると、その日のうちに郵便でわたくし宛《あ》てに小さなボール箱が届きました。中には大粒のすばらしい真珠《しんじゅ》が入っておりました。手紙などは、何も同封されてはおりません。その後、毎年のように、いつも同じ日に、同じような真珠の入った箱が届くのでございますが、送り主については何の手がかりもないままなのです。専門家によりますと、この真珠はたいへん珍しいもので、相当な値打ちのあるものだということでした。ご覧くださいませ、とてもみごとでございましょう」

こう言うと、彼女は薄型の箱を開け、見たこともないほど美しい六粒の真珠を見せた。

「あなたのお話は、実に興味深い。その他にも何かおこりましたか?」と、ホームズは尋ねた。

「はい、それが今日のことでございます。それでこうして、ご相談にうかがったわけですが。実は、今朝、手紙が届きました。お読みになっていただけますでしょうか?」

「それはそれは。封筒も見せていただけますか」と、ホームズは言った。「消印はロンドン南西区域局、日付は九月七日。(16)おや、隅《すみ》に男の親指の指紋《しもん》があるが、おそらく郵便配達人のものでしょう。最上質の便《びん》せんと、一束六ペンス[17]の封筒。文房具にかけては、うるさい人物のようだ。差出人の住所はなし。『今夜七時、ライシーアム劇場[18]前面の、左から三番目の柱のところにおいでいただきたし。信用できないのなら、友人二人を連れてこられたい。あなたは不当な仕打ちを受けているので、埋め合わせをいたしたい。警官を連れてきてはならない。そのようなことをしたら、すべては無駄となろう。あなたの未知の友より』なるほど、非常にとんでもないミステリーですね。モースタンさん、あなたはどうするおつもりですか？」

「実は、それをご相談いたしたくて、まいりました」

「それでは、呼び出しの場所にご一緒しましょう。あなたとわたしと、それに、そう、ワトスン先生がいい。友人二人と、手紙にもありますからね。ワトスン先生とは、この前にも一緒に仕事をしました」

「でも、来ていただけるでしょうか？」彼女の声と表情には、どこか哀願《あいがん》するようなところがあった。

「お役に立てれば、わたしも光栄でうれしいです」と、わたしは熱っぽく答えた。

「お二人ともご親切に、ありがとうございます。わたくしは人とお付き合いすることもなく暮らしてきたものですから、頼れる友人もございません。夕方六時に、こちらにうかがえばよろしゅうございますでしょうか？」

「それより遅くてはいけません」と、ホームズは言った。「それから、もう一つうかがいたいのですが、この筆跡は真珠の箱に書かれた宛て名の筆跡と同じですか？」

「それなら、ここに持ってきております」と、彼女は答えると、六枚ほどの紙切れを取り出した。

「あなたはまったく、模範的《もはんてき》な依頼人ですねえ。いい勘《かん》をしていらっしゃる。では、ちょっと拝見しましょう」ホームズは紙切れをテーブルに並べると、次々に鋭い視線を投げてからこう言った。「手紙の他は筆跡をわざと変えているが、間違いなく同じ人物が書いたものです。eはどうしてもギリシャ文字のようになってしまうし、語尾のsはひねってあるでしょう。疑いもなく同じ人の筆跡ですね。モースタンさん、ぬか喜びはさせたくないのですが、この筆跡が、お父上の筆跡と似ているということはありませんか？」

「全く似たところはございません」

「そうおっしゃるだろうと思っていました。それでは六時にお待ちしております。その紙はおあずかりさせてください。それまでに調べておきたいことがあるのです。まだ、三時半ですからね。では、またお目にかかりましょう」

「オー・ルヴォアール（またお目にかかりましょう）」彼女は挨拶《あいさつ》をすると、ホームズとわたしに明るく優しい視線を投げかけ、真珠の小箱をふところにしまうと、急いで立ち去っていった。

窓辺に立って、わたしは彼女が通りを小走りに歩いていくのを見ていたが、やがてそのグレイのターバンと白い羽も、薄暗い人混みに紛《まぎ》れて、ただの点になってしまった。

「なんと魅力的な女性《ひと》だろう!」わたしはホームズの方を振り返って言った。

彼はまたパイプに火をつけ、瞼《まぶた》を半ば閉じて椅子に背をもたせかけながら、物憂《ものう》げな調子で言った。「そうかね? ぼくは気がつかなかったよ」

「君は本当に機械……そう、計算機のような男だね。ときどき、ひどく非人間的になることがある」と、わたしは声を荒げた。

ホームズは、優しく微笑みながら言った。

「一番大切なのは、相手の個人的な特徴によって、判断を狂わされないことだよ。依頼人は、ぼくにとっては、単なる問題の中の一単位、一要素にすぎない。感情の質は、明晰《めいせき》な推理をできなくする。ぼくがかつて知っていた一番魅力的な女性は、保険金ほしさに三人のいたいけな子どもを毒殺して、絞首刑《こうしゅけい》になった女だ。また、ぼくが知っている最も厭《いや》な男は、ロンドンの貧民のために二十五万ポンド近くを投じている慈善《じぜん》家《か》だ」

「しかし、この場合は――」

「ぼくは例外はもうけない。ひとつ例外を認めると、原則そのものを否定することになるからね。君は筆跡による性格判断を研究したことがあるかね？　この男の字体をどう思う？」[19]

「読みやすく、几帳面《きちょうめん》な字だ。事務能力のある、しっかりした性格の人物だね」と、わたしは答えた。

ホームズは首を振った。

「この長く書くべき文字の群を見てみたまえ。短い文字の列からほとんど頭が上に出ていない。このdはaのようだし、このlはeのようだ。しっかりした人物なら、どれほど読みにくい字を書いたとしても、長い文字を短い文字のようには書かないものだ。彼が書くkは安定性に欠けるし、大文字にはうぬぼれが透《す》けて見える。ぼくはちょっと出かけてくるよ。二、三調べたいことがあるのでね。この本でも読んでいたまえ。なかなかすばらしい本だよ。ウィンウッド・リードの『人類の苦悩』[20]さ。一時間ほどで、戻ってくる」

わたしは本を手にして窓際に座ったが、頭に浮かんできてしまうのは、著者の大胆な考察からはほど遠いことであった。つまり、先ほどの訪問者のことで、頭が一杯だった。彼女の微笑み、深く豊かな声の響《ひび》き、彼女の人生に降りかかった不思議な神秘にわたしは心を奪われていた。父親が失踪《しっそう》したとき十七歳だったとすれば、現在二十七歳ということになる。すてきな年頃だ。若さをことさら意識しなくてもよくなり、経験によって少し分別《ふんべつ》がついてくる。こうして座って物思いに耽《ふけ》っているうちに、よからぬ考えが頭に入ってきたので、わたしはあわてて自分の机に行き、最近でた病理学[21]の論文を一心に読み始めた。片足が弱っているうえに、銀行口座の残高も微々《びび》たるもので、しがない退役軍医の自分がこんなことを考えるとは、なんということだろう。彼女は事件のひとつの単位、ひとつの要素で、それ以上の何物でもない。わたしの未来が暗いのなら、男らしくしっかりとそれに直面すればいいのだ。夢のような幻想でそれを明るくしようとすることなど、やめるべきなのだ。

第3章　解決の糸口

五時半を過ぎて、ホームズが帰ってきた。彼は元気いっぱい、活気満々の上機嫌だったが、彼の場合、こうした躁《そう》の気分は、このうえなくふさぎ込んだうつの気分と交互に現われるのだ。

「この事件には、さしたる謎はないね」と言って、ホームズはわたしが注いだお茶のカップを手に取った。「これらの事実を見れば、説明はただ一つしか考える余地がないようだ」

「え？　もう解決したのかね？」

「いや、まだ解決とはいかない。ある暗示的な事実を一つ発見しただけだ。しかし、これは実に暗示的なのだ。もっと詳しいことを付け加えなければ解決には至らないだろうがね。昔の『タイムズ』紙のとじ込みを調べてみたら、アッパー・ノーウッドの、元第三十四ボンベイ歩兵連隊のショルトー少佐は、一八八二年の四月二十八日に死亡していることがわかった」

「ぼくがよっぽど鈍いのかもしれないが、ホームズ、いったいそれが何を暗示しているのか、さっぱりわからないね」

「わからないって？　これは驚いた。では、こういうふうに考えてみればいい。モースタン大尉が姿を消した。彼がロンドンで訪ねそうな人物といえば、ショルトー少佐だけだ。少佐は、モースタン大尉がロンドンにいるのを聞いていなかったと言っている。そして四年後にショルトー少佐は死んだ。少佐が亡くなって一週間とたたないうちに、モースタン大尉の娘は、高価な贈《おく》り物を受け取っている。贈り物は毎年繰《く》り返され、そして今度は、その娘が不当な仕打ちを受けているという、今回の手紙だ。不当な仕打ちとは、父親の失踪《しっそう》を指すものとしか、考えられないだろう？　それに、なぜ贈り物は、よりによって、ショルトー氏が亡くなった直後に届けられたのか？　ショルトー氏の遺産相続人が失踪の謎について何か知っていて、償《つぐな》いをしようとしているのではないだろうか？　ほかに、事実を説明できるような説があるかね？」

「しかし、妙な償いだ。しかも、やり方がおかしいよ！　六年前ならいざ知らず、今頃になって、なぜ手紙を出したのだろう？　また、手紙には埋め合わせをするなどと書いてあるが、どんな埋め合わせができるというのだろう？　父親が生きているとは、とうてい考えられないし。かといって、他に彼女が受けた不当な仕打ちというのも、思いつかないしなあ」

「難しいところだね。うん、確かに、そこが難しいところだ」ホームズは考え込むように言った。「だが、今晩出かけてみれば、すべてがわかるだろう。ほら、四輪馬車(22)が来た。モースタン嬢が乗っている。したくはできたかね？　さあ、下に行かなくては。予定の時刻を少し過ぎてしまった」

わたしは帽子と一番重いステッキを取った。ホームズが引き出しから拳銃を取り出して、ポケットにしまい込むのが見えた。今夜の仕事は重大事になるかもしれないと、彼が考えているのがわかった。

モースタン嬢は黒ずんだマントに身を包み、繊細《せんさい》そうな顔は落ちついて見えたが、青ざめていた。これから乗り出そうとしている奇妙な冒険に多少不安を感じるのは、女性なので無理からぬことだろう。だが、自制心《じせいしん》を全く失わず、ホームズが更《さら》に二、三質問したことに、手際《てぎわ》よく答えていた。

「ショルトー少佐は、父にとって特別な友人でした。」と、彼女は言った。「父からの手紙にも少佐のことがずいぶんと書いてありました。少佐と父は、アンダマン諸島の部隊を指揮しておりましたので、よく一緒に仕事をしていたようです。そう、それと、父の机の中から、誰にもわからないような奇妙な紙切れが一枚、出てまいりました。たいして重要なものとも思えませんが、ご覧になりたいかもしれないと思い、持ってまいりました。これでございます」

ホームズは丁寧にその紙を広げ、膝《ひざ》の上でしわを伸ばした。そして、二重ルーペを取り出すと、隅《すみ》から隅まで丹念に調べ始めた。

「インド産の紙だ」と、彼は言った。「いっときピンで板に止めてあった。図面が書いてあるが、たくさんの広間や廊下や通路がある大きな建物の一部の見取り図のようだ。一ヶ所、赤インクで小さな×印が記され、その上に薄い鉛筆書きで『左から、三・三七』とある。左手の隅には、四つの×印を横につなげて一列に並べたような奇妙な記号が見える。そのわきには、たいへん乱雑な文字で『四つのサイン——ジョナサン・スモール、マホメット・シング、アブドゥラー・カーン、ドスト・アクバー』と書かれている。いや、これが事件とどういう関係があるのかはわかりませんが、重要な書類であることには、間違いありません。裏も表も汚れていないところを見ると、紙入れにでも大切にしまってあったのですね」

「父の財布に入っておりました」

「では、モースタンさん、大切にしまっておいてください。いずれ役に立つときがくるかもしれません。この事件は、初めに考えていたよりずっと奥深く、入り組んだものになる予感がします。もう一度考え直す必要があります」

ホームズは座席に背をもたせかけた。眉根《まゆね》を寄せ、視線も虚《うつ》ろなところを見ると、一心に考えごとをしているように思えた。モースタン嬢とわたしは、小声で、今夜の冒険とその予測される結果について話し合ったが、ホームズは、目的地に着くまで、一人、沈黙《ちんもく》を守った。

九月の夕方で、(23)まだ七時前だったが、その日は気のめいるような天候であり、小雨のような濃い霧がロンドンの町に低くたれこめていた。ぬかるんだ街路には、もうもうとたちこめる土気色の煙が重苦しくのしかかっていた。ストランドの街灯は、霧の中ににじんだ光の点となって、泥だらけの歩道に弱々しい光の輪を投げかけていた。店々の窓から漏《も》れる黄色い明りは、蒸気のような霧がたちこめた空気の中に流れ出て、雑踏《ざっとう》の中を行き交う人々を、明暗の波をつくりつつほの暗く照らしだしていた。こうした細い光の縞《しま》を縫《ぬ》って行き交うおびただしい顔の列には、何か亡霊《ぼうれい》のような気味の悪さが感じられる。——悲しそうな顔、うれしそうな顔、やつれた顔、陽気な顔。まるで人生の縮図《しゅくず》のように、それらは闇から光の中へと姿を現わしては、また闇の中へと消えていく。わたしは雰囲気に流されるほうではなかったが、陰うつな重苦しい夜と、当夜の重大な仕事の両者が相《あい》まって、わたしを神経質で憂《ゆう》うつにしていた。モースタン嬢も、その様子から、わたしと同じような状態にあるように見えた。ホームズだけは、そのようなつまらぬことには心を動かされなかった。膝の上に手帳を広げ、ときどき手提《てさ》げランタンの光で数字やメモを書き記していた。

ライシーアム劇場では、大勢の人が両脇の出入り口に群がっていた。正面には、二輪馬車(24)や四輪馬車がひっきりなしに横づけされ、中からは盛装した男たちや、ショールやダイヤモンドを身にまとった女たちが降り立った。待ち合わせ場所に指定された三番目の柱に着くか着かないうちに、馭者《ぎょしゃ》の服装をした浅黒い小男が、勢いよくわたしたちに近づいてきた。

「モースタンさんとお連れの方たちですかい?」と、その男は尋ねた。

「わたくしがミス・モースタンで、こちらのお二人はお友達です」と、彼女は答えた。

男は、驚くほど鋭く疑わしげな視線をわたしたちに注いだ。

「お嬢さん、失礼ですが、こちらさんがたが警官ではないと保証していただきませんと」と、男はいくぶん頑固《がんこ》な調子で言った。

「それは大丈夫でございます」と、彼女は答えた。

男が甲高《かんだか》く口笛を吹きならすと、一人のホームレスの少年が四輪馬車を引いて来て、ドアを開けた。さきほどの男は馭者台に上り、わたしたちは馬車の中に座った。わたしたちが座るやいなや、馭者は馬に一むち入れると、馬車は霧の街路を猛烈な勢いで走り出した。

わたしたちはなんとも奇妙な状況におかれていた。用件も知らされないままに、どことも知れず、連れて行かれようとしていたのだ。ひょっとしたら、この招待は手の込んだいたずらなのだろうか。そうとは考えにくいが、とすれば、行く手には重大なことがらが待っていると考えざるを得ない。モースタン嬢は、これまでになく冷静で、毅然《きぜん》とした態度を保っていた。わたしは、アフガニスタンでの冒険の思い出話で、彼女の気を紛《まぎ》らわせ、元気づけようと努めた。しかし、本当を言えば、わたし自身も自分たちが置かれた状況を考えると、頭に血がのぼるし、先行きが気になるしで、話に身が入らなかった。今になっても彼女に言われることだが、真夜中にわたしのテントにマスケット銃がのぞきこんだので、それに向かって二連発の子ども虎を発射したなどという、しどろもどろで感動的な話をしていたらしい。最初のうちは、馬車がどちらの方向に向かって走っているのか、おおよそのところはわかっていたものの、しばらくすると、スピードと霧のせいと、さらにわたし自身がロンドンにあまり詳しくないこともあって、方角を見失ってしまい、ずいぶん遠くに行くらしいこと以外、何もわからなくなってしまった。しかし、ホームズは決して迷うことなく、馬車が広場を走り抜けたり、曲がりくねった路地を入ったり出たりするたびに、地名をつぶやいていた。

「ロチェスター通り《ロウ》」と、彼は言った。「今度はヴィンセント広場《スクエア》だ。ヴォホール橋通りに出たな。サリー州に向かっているのは確かだ。そう、思ったとおりだ。今、橋を渡っている。河が見えるだろう」

確かに、テムズ河の流れが一瞬目に入った。広い静かな川面に、街路の明りがきらめいている。馬車はスピードを上げて走り続け、やがて対岸の迷路のような通りに入り込んだ。

「ワンズワース通り」と、ホームズは言った。「プライオリ通り。ラークホール小路。ストックウェル・プレイス。ロバート街。コールドハーバー小路《レイン》。わたしたちの行き先はあまり高級な場所ではなさそうだね」

実際、わたしたちが着いたところは、ぞっとするような、なにやらいかがわしい地域だった。薄暗いれんが造りの長屋が続き、角に立ち並ぶパブのぎらぎらとどぎつい照明だけが、ひときわ目立っている。やがて、小さな前庭が付いた二階建てのしゃれた郊外住宅が現われ、次にはまた、新築の派手なれんが造りの長屋が延々と続いた。それは、大都会という怪物が、郊外に向かって突き出した触角のようであった。馬車は、やっと、新開地の高台に建てられた三軒目の屋敷の前に止まった。他はみな空き家で、台所の窓に明りが一つ揺らめいているのを別にすれば、この屋敷も周りの家と同様まっ暗であった。しかし、扉をノックすると、黄色いターバンを巻き、白くゆったりした服に黄色の帯を結んだヒンドゥーの使用人が、すぐに扉を開けてくれた。郊外の三流住宅のありふれた戸口にはめこまれた絵のように見える東洋人の姿は、何かひどく不釣り合いな印象であった。

「ご主人様がお待ちです」と、彼が言い終わらぬうちに、どこかの部屋の中から声が聞こえてきた。

「こちらへお通ししなさい。キトマトガー。(25)すぐ、こちらへお通しして」

第4章　サディアス・ショルトーは語る

インド人の使用人に続いて、わたしたちが、照明が貧弱《ひんじゃく》で、造りは更《さら》に貧弱な、何の変哲《へんてつ》もないうす汚れた廊下を歩いていくと、やがて、彼は右手のドアの前に来て、そのドアを開けた。まばゆい黄色の光が射し、その光の中央に、頭の先のとがった、小柄な男の姿があった。頭の周りにはかたい赤毛が生え、その真ん中から、てかてかと光った頭皮が突き出していた。それはまるで、もみの林の上に突き出た山の頂上を思わせた(26)。男は、両手をよじりながら立ち上がったが、笑ったかと思うと、しかめ面をするという具合に、顔面はたえずけいれんをおこし、一時もじっとしていなかった。生まれつき唇が垂れ下がっていて、黄色く不揃《ふぞろ》いな歯が丸見えなので、たえず片手を口のあたりに持っていき、それで少しでも隠そうとしていた。頭のてっぺんは見事にはげ上がっていたが、見たところ年は若そうで、実際、三十を過ぎたばかりであった。

「ようこそおいでくださいました、モースタンさん」と、彼は甲高《かんだか》く、か細い声で繰《く》り返した。「ようこそおいでなさいまし。みなさま。わたしの小さな書斎《しょさい》にどうぞおはいりください。狭いところですが、自分の好みに合わせて造ってあります。南ロンドンという荒涼《こうりょう》たる砂漠の中の、芸術のオアシスです」

わたしたちは、彼が招き入れた部屋の様子に、一様に目を見張った。貧弱な屋敷の中にあって、ここはまるで真鍮《しんちゅう》の台座に最上のダイヤモンドをはめ込んだような、場違いな印象を与えた。贅沢《ぜいたく》の限りを尽くした、豪華絢爛《けんらん》たるカーテンやつづれ織りが壁を飾り、それがあちこちで紐《ひも》で留められ、そのあいだから立派な額に入った絵や東洋の花瓶がのぞいていた。琥珀《こはく》色と黒に織り込まれたじゅうたんは、分厚く柔らかくて、足はコケを敷き詰めた上を歩いているように心地よく沈んだ。床に斜めに置かれた二枚の大きな虎の皮が、隅《すみ》の敷物の上に置かれた大きな水ぎせるとともに、東洋的な豪華さをいっそうもりたてていた。鳩《はと》の形をした銀製の香炉《こうろ》が、目に見えないほどの細い金の糸で、部屋の中央にかけてあった。香が燃えると、かぐわしい上品な香りが部屋を満たした。

「サディアス・ショルトーと申します」小柄な男は、まだ身体をよじっては、笑いを浮かべながら言った。「あなたがモースタンさんですね。そしてこちらのお二方は――」

「こちらがシャーロック・ホームズ様、こちらがドクター・ワトスンです」

「お医者さんですって?」彼は、ひどく興奮《こうふん》して言った。「聴診器をお持ちですかな?

一つお願いしたい——してよろしいでしょうか。僧帽弁《そうぼうべん》[27]が心配なものですから、大動脈弁[28]のほうは大丈夫なのですが、僧帽弁を先生に見ていただけるとありがたい」

わたしは、求めに応じて彼の心臓を診察したが、異常はこれといって全く見当たらなかった。ただ、恐怖におびえているようで、頭から足の先まで震えていた。

「異常はないようです。ご心配になるようなことはありません」と、わたしは言った。

「心配でたまらなかったものですから、失礼しました、モースタンさん。僧帽弁の調子がずっと悪かったものですから、心配ないと聞いて、ほっとしました」彼は、浮き浮きして言った。「モースタンさん、お父上も、あれほど心臓に負担をおかけにならなければ、今もご健在でおられたはずです」

わたしはこの男の横っつらをはり倒しかねなかった。こんな微妙な問題について、あまりに無神経で無造作な言い方をしたので、腹が立ったのだ。モースタン嬢は腰を下ろしたが、唇までまっ青になっていた。

「父は亡くなったものと、心の中では思っておりました」と、彼女は言った。

「知っていることはすべてお話ししましょう。そのうえ、あなたに埋め合わせもして差し上げられます」と、彼は言った。「兄のバーソロミューがなんと言おうともです。こちらのお友達も、来ていただいてよかった。あなたの護衛役としてだけではなく、これからお話しすることの証人にもなっていただけます。三人よれば、バーソロミュー兄とも堂々と渡り合えますからね。だが、部外者を入れないことにしましょう――警察も役人もお断わりです。誰にもじゃまされずに、わたしどもだけで満足のいく解決ができるでしょう。バーソロミュー兄にとって、表沙汰《おもてざた》になるほどいやなことはないでしょうから」

彼は背の低いソファに座り込み、こちらの様子をうかがうように、潤《うる》んだ青い目を弱々しくまばたかせた。

「こちらは、あなたが何をおっしゃっても、他にもらすことはありません」と、ホームズは言った。

わたしもそうだとうなずいた。

「それなら結構！　結構です！」と、彼は言った。「キャンティ[29]でも、一杯いかがですか、モースタンさん？　それともトカイ[30]になさいますか？　他のワインはないものですから。一本開けましょうか？　いらない？　それでは、失礼して、タバコを一服させていただきますよ。東洋の香り高いタバコです。少々興奮しておりまして。心を静めるには、水ぎせるが一番でしてね」

彼が水ぎせるの大きな火皿にろうそくを持っていくと、バラ香水の中から、煙がぶくぶくと勢いよく立ち上った。わたしたち三人は、半円形になるように座り、首を前に突き出して、頬杖をついた。一方、真ん中に座った奇妙な小男は、身体を始終けいれんさせ、とがった頭を光らせて、落ちつかない様子できせるをふかした。

「最初にお手紙を差し上げたときに、こちらの住所をお教えしてもよかったのですが、こちらの意向が無視されて、好ましくない人たちをお連れになるのではないかと、心配でした」と、彼は言った。「そこでまず、使用人のウィリアムズに、あなたを確かめさせようと、場所を指定させていただきました。彼の判断には全幅《ぜんぷく》の信頼を置いておりますので、怪しいなと思うようなことがあったら、それ以上はことを進めないようにと申しつけたのです。警戒したことは申し訳なかったと思いますが、わたしは社交嫌いの、自分で言うのも何ですが微妙な趣味人とでも呼べましょう。そして、警官ほど野暮《やぼ》なものはありませんからね。生まれつき、どんな形のものであれ、粗野な実利主義とは反《そ》りが合わないのです。がさつな大衆に接することは、めったにありません。ご覧のように、優雅な雰囲気に包まれて暮らしております。美術のパトロンとでも言えばいいでしょうか。それがわたしの道楽でしてね。このコローの風景画(31)は本物です。あのサルヴァトール・ローザのほうは、専門家は何と言うかわかりませんが(32)、あのブーグロー(33)は本物に間違いありません。現代フランス派(34)には目がないものでして」

「失礼ですが、ショルトーさん」と、モースタン嬢が言った。「何かお話がおありというので、こうしてうかがったのです。夜も更《ふ》けてまいりました。お話はできるだけ手短にお願いいたします」

「いくら急いでも、多少の時間はかかります」と、彼は答えた。「というのは、どうしても、ノーウッドに出かけて、バーソロミュー兄に会わなければならないからです。みなで行って、バーソロミュー兄を説き伏せられるか、試みなくてはなりません。兄は、わたしが正しいと思ったことを実行したことに、ひどく腹を立てています。昨夜、大げんかをしてしまいました。怒ると、兄は、想像もできないほど怖ろしい人間になってしまうのです」

「ノーウッドへ行くのなら、今すぐ出かけたほうがいいでしょう」と、わたしは、あえて口をはさんだ。

ショルトーは、耳が真っ赤になるほど笑いこけた。

「それはだめです」と、彼は大声で言った。「突然あなたがたをお連れしたら、兄が何と言うかわかりません。行く前に、あなたがたにわたしたちお互いの立場を説明しておく必要があります。まず、この件ではわたしが知らないこともいくつかあるのですが、知っている限りの事実をお話ししましょう。

既にご推察《すいさつ》と思いますが、わたしの父は、かつてインド軍におりましたジョン・ショルトー少佐です。父は十一年ほど前に退役し、帰国して、アッパー・ノーウッドのポンディチェリ荘に住んでいました。父はインドで成功し、かなりの金と、多数の高価で珍しい品々、そして現地から使用人たちを連れて帰国したのです。これらを使って、父は家を買い、贅沢《ぜいたく》な暮らしをしておりました。子どもは、双子の兄のバーソロミューとわたしだけです。

モースタン大尉が失踪《しっそう》されたときの騒《さわ》ぎは、今でもよく覚えています。兄と二人で新聞を読んで、詳細を知りました。モースタン大尉が父の友人だったことは聞いていましたから、父のいる前で、事件についてあれこれと勝手に議論したものです。このことについては、父も、わたしたちと一緒になって推理したりしていました。ですから、父がすべての秘密を胸に秘めており、この世で父だけがアーサー・モースタンの運命を知っていようなどとは、ついぞ疑ってもみませんでした。

しかし、何か謎めいてはいるものの、はっきりした危険が父の身に迫《せま》っていることは、知っていました。㉟父は一人で外出することを非常に恐れ、ポンディチェリ荘の門番には、プロのボクサーを二人雇っていました。今晩、皆さんをご案内したウィリアムズは、その一人です。彼はイングランドのライト級チャンピオンだった男です。父は、何を恐れていたのかは決して申しませんでしたが、義足をつけた男を、ことのほか嫌っていました。あるときなど、義足をつけた人に向かって、実際に発砲したこともありました。後で、注文を取りに来た何の罪もない行商人だとわかったのですが、この事件をもみ消すために、わたしたちは多額の金を払う羽目になりました。兄もわたしも、これは父の単なる気まぐれだと思っていました。しかし、その後いろいろと事件が続いて、わたしたちも考え直さざるを得なくなったのです。

一八八二年の初め、父にインドから一通の手紙が届きますと、それに父は大きなショックを受けました。朝食のテーブルで手紙を開いた父は気を失いかけ、その日以来死ぬまで、病の床に伏してしまったのです。何と書いてあったかはわかりませんでしたが、父の手にある手紙をチラッと見たところでは、短い走り書きでした。父は長く脾臓《ひぞう》肥大を患《わずら》っていましたが、それが急に悪化して、四月末頃には、わたしたちにももう回復の見込みがないことが告げられ、父も最後の遺言をしたいと申すまでになりました。

わたしたちが部屋に入ると、父は枕を支えに身を起こし、荒い息をしていました。父は、ドアに鍵《かぎ》をかけてベッドの両側に来るようにと申しました。そして、わたしたち二人の手を握りしめ、驚くべき事実を語ったのです。その声は、苦痛と興奮から、しばしばとぎれがちでした。できるだけ、父が語ったとおりに、お話ししましょう。

『いまわの際に、一つだけ心にかかっていることがある』と、父は申しました。『亡くなったモースタンの遺児にわしがしたことだ。生涯、わしが逃れることのできなかった強欲という罪によって、少なくとも半分は彼の娘のものになるはずの宝を、独り占めにしてしまった。だからといって、自分自身でそれを使ってしまったわけでもない。これほどに人を先が見えないような愚《おろ》かな者にするのが、富に対する飽くことのない欲望なのだ。宝物を持っているというだけで、あまりにも心地よくて、わしはそれを他人と分かち合うなどということに、我慢がならなかった。キニーネの瓶《びん》のそばに、真珠《しんじゅ》の頭飾りがあるだろう？　これは、モースタンの娘にやるつもりで持ち出してきたものだが、惜しくなって、手放せなかった。おまえたちは、あの娘に、アグラの宝の正当な取り分を分けてやってほしい。だが、わしが生きているうちは何も送らんでくれ――もちろん頭飾りもだ。とにかく、わしより悪い状態でも、治った人もいるのだから。

そして、モースタンがどうして死んだかも話しておく。あの男は長年心臓が悪かったが、そのことをみなには隠していた。知っていたのは、わしだけだ。インドにいたとき、あの男とわしは、次々と思わぬ幸運に恵まれて、相当な宝物を手に入れることになった。わしが、それを一足先にイングランドに持ち帰った。モースタンは、帰国したその日の夜、自分の分け前を要求するためにやって来た。彼は、駅からここまで歩いて来て、もう死んでしまった男、あの忠実なラル・チャウダーじいさんの取り次ぎで、屋敷に入ってきた。宝物の配分について意見が合わず、わしたちは激しい口論となった。モースタンはかっとなり、椅子《いす》から立ち上がったとたん、顔色が黒ずんで、脇腹を片手で押さえたまま仰向けに倒れ、その拍子に宝の箱の隅《すみ》で頭を打った。わしががみ込んで見ると、驚いたことに、死んでしまっていたのだ。わしは、長い間、当惑して座ったまま、どうしたらよいのかを考えていた。もちろん、最初は助けを呼ぼうと思った。が、どう見ても、わしが殺人犯人にされることは明らかだ。けんかの最中に死んだのだし、頭に深い傷があることも、不利な証拠となるに違いない。それに、警官に調べられれば、宝のこともいやでも明るみに出てしまう。宝のことは、特に秘密にしておきたかった。モースタンは、自分の居所を知っているものは、一人もいないと言っていた。それなら、誰にも知らせる必要はないではないか。

これらについてずっと考えていて、ふと目を上げると、使用人のラル・チャウダーが戸口に立っていた。彼は、部屋にそっと入ると、後ろでドアのかんぬきをかけた。『だんな様、心配はいりません。だんな様がやっちまったことは、誰にも言やあしませんから。死体を隠しちまえば、わかりゃしません』『わしは殺してなどいない』と、言ったが、ラル・チャウダーは頭を振って、にやっとした。『だんな様、あっしはすっかり聞いちまったんですよ。けんかしなさる声も、倒れた音も。だが、あっしは口の堅い男でさあ。家中、みんな眠ってます。死体を隠しちまいましょうや』これで、わしも決心がついた。自分の使用人でさえ、わしの身の潔白《けっぱく》を信じられないのだから、陪審員席に座った十二人の愚かな小売商人を前に、どうやって自分の身の潔白の証《あかし》をたてることができるだろう。ラル・チャウダーとわしは、その夜のうちに死体を処分してしまった。二、三日すると、ロンドン中の新聞が、モースタン大尉の奇怪な失踪について書き立てた。これで、この件については、わしにはほとんど責任がないことがわかったろう。わしの過ちは、死体を隠したばかりか、宝も隠したことと、自分の取り分だけで満足せずに、モースタンの取り分にまでこだわったことにある。だから、おまえたちに、この埋め合わせをしてほしいのだ。ちょっと耳を貸せ。宝の隠し場所はな——』

ちょうどその時、父の顔は怖ろしい形相に変わりました。かっと目を見開いて一点を見つめ、口を大きく開けて、一生忘れられないような声で、『あいつを追い出せ！追い出すのだ！』と、叫んだのです。わたしたちは、振り返って、父がじっと見つめている窓の方を見ました。すると、暗闇の中からこちらを見つめている顔があるのです。ガラスにぴったり押しつけられた鼻が、白く見えました。ひげの生えた、毛むくじゃらな顔で、凶暴で残忍《ざんにん》な目をし、激しい憎悪の表情が浮かんでいました。わたしと兄は、窓際に駆《か》け寄りましたが、もう男の姿はありませんでした。父のところに戻ってみると、父は頭をたれ、すでに脈も止まっていたのです。

その夜、庭を捜してみましたが、侵入者の姿はどこにもなく、ただ、花壇に片足の跡が一つ見えているだけでした。その足跡がなければ、あの凶暴な怖ろしい顔は、わたしたちの気のせいだったと思ったことでしょう。しかし、しばらくして、わたしたちの身の回りに何か不気味な力が働いていることを示す、もっとはっきりした証拠が見つかったのです。翌朝、父の部屋の窓が開いており、戸棚や箱が荒らされ、遺体の胸の上に『四つのサイン』という文字が走り書きしてある、引きちぎった紙切れが留めてありました。それが何を意味するのか、密かに侵入したのが誰なのかは、全く見当がつきませんでした。わたしたちにわかったのは、部屋中引っかき回されていたのに、父のものは何一つ盗まれてはいないということだけでした。兄とわたしは、この妙な事件は、きっと、父が一生つきまとわれた恐怖と何か関係があるに違いないと考えました。しかし、未だに、全くの謎なのです」

サディアス・ショルトーは、話をやめて、水ぎせるに再び火をつけると、しばらく物思いに沈んだ表情でタバコを吹かした。わたしたちは皆、我を忘れて、彼の異常な話に聞き入っていた。モースタン嬢は、父親の最期が手短に語られたところで真っ青になったので、一瞬、わたしは彼女が気を失うのではないかと思った。しかし、サイドテーブルにあったヴェネチアン・グラスの水差しからそっと水を注いで手渡すと、彼女はそれを飲み、どうやら元気を取り戻したようだった。シャーロック・ホームズは、輝《かがや》く両目を半ば閉じ、ぼんやりとした表情で椅子にもたれていた。その様子に、わたしは、まさに同じ日の午後、彼が平凡な日常をひどく嘆《なげ》いていたのを、思い出さずにはいられなかった。ここに、少なくとも、彼の知恵を最大限絞《しぼ》ることになりそうな問題が出現したのだ。サディアス・ショルトーは、自分の話がわたしたちの気を引いたことにご満悦《まんえつ》な様子で、わたしたち一人一人を眺め、大きすぎる水ぎせるをふかしながら、再び話を始めた。

「兄とわたしは、当然のことながら、父が話した宝のことでたいへん興奮しました。何週間も、いや何ヶ月も、庭中いたるところを掘り起こしましたが、発見できませんでした。父が死ぬ間際《まぎわ》に、隠し場所が口元まで出かけたことを考えると、気も狂いそうでした。父が取り出した真珠の頭飾りだけを見ても、隠された財宝のすばらしさは少々わかるというものです。バーソロミュー兄とわたしは、この頭飾りをめぐって、口論になりました。真珠は紛れもなく高価な品で、兄はそれを手放したくないと言うのです。ここだけの話ですが、兄は少しばかり父の短所を受け継いでいるようでした。また、頭飾りを手放せば、噂《うわさ》の種となり、やっかいなことになるのではないかとも考えたのです。わたしは、ようやく兄を説得して、モースタンさんの住所を探し当てると、少なくとも貧しい思いをさせないように、一定の期間を置いて、頭飾りから外した真珠を一つずつ送ったのです」

「それはご親切なお心遣いを、本当にありがとうございました」と、モースタン嬢は心から礼を述べた。

小男は、とんでもないというふうに、手を振った。

「わたしたちは、あなたの宝の保管人であると、わたしは考えておりました。でも、バーソロミュー兄は、全く別の考えでした。わたしたちは、すでに充分な金を持っておりましたので、わたしは、これ以上ほしいとは思いませんでした。それに、若いご婦人にこれほど卑劣《ひれつ》な仕打ちをするなど、あと味が悪いものです。『あと味の悪さは罪の元[36]』と、フランス人はなかなかうまいことを言いますな。兄とわたしは、この件に関して、あまりにも意見が違いすぎたので、わたしは住居を別にするのが一番いいと考えたのです。それで、年老いたインド人の使用人とウィリアムズを連れて、ポンディチェリ荘から別居したというわけです。しかし、昨日、たいへん重要な事態が起きたことを知りました。宝が見つかったのです。そこで、直ちにモースタン嬢に連絡を差し上げた次第で、後は、ノーウッドへ出かけて、わたしたちの取り分を請求すればいいばかりになっています。バーソロミュー兄には、昨夜のうちに、こちらの考えを伝えておきましたから、歓迎はされないかもしれませんが、待っていることと思います」

豪華なソファに座ったサディアス・ショルトーは、話し終えて、顔をぴくぴくとひきつらせた。わたしたちは皆、黙ったまま、この奇怪な事件の新たな局面に思いを巡《めぐ》らした。最初に立ち上がったのは、ホームズだった。

「ショルトーさん、あなたは一貫して実に良いことをなさいました」と、彼は言った。

「お返しに、まだおわかりになっていないことを、いくらか明らかにできるかもしれません。が、先ほどモースタン嬢も言われたように、もう時刻も遅いので、速《すみ》やかにことを運んだほうがいいでしょう」

ショルトーは、[37]水ぎせるの管を丁寧に巻くと、カーテンの後ろから、えりとそで口にアストラカンの毛皮をあしらい、胸に飾り紐《ひも》のついた、非常にたけの長いコートを取り出した。そして、ひどく蒸《む》し暑い晩だというのに、えり元まできっちりとボタンをかけ、仕上げに、耳おおいのついたウサギ皮の帽子をかぶった。こうなると、もう、ぴくぴく動くやつれた顔面以外には何も見えなかった。

「あまり、丈夫なたちではないので、どうしても身体のことを気にしてしまいましてね」と言いながら、彼は先に立って廊下を歩いていった。

馬車は外で待っていて、前もって打ち合わされていたらしく、わたしたちが乗るとすぐに、全速力で走り出した。サディアス・ショルトーは、車輪の音に負けないくらい甲高い声で、絶え間なくしゃべり続けた。

「バーソロミュー兄は頭のいい男です。宝のありかをどうやって見つけたと思います？　兄は、宝は屋敷の中にある[38]と判断して、家の容積を割り出し、あらゆる場所を一インチたりとも残さず測ったのです。中でも、建物の高さは七十四フィート（約二二メートル）あるのに、全体の部屋の高さを合計して、部屋と部屋との間の空間――これは穴を開けて調べたのですが――を考え合わせても、七十フィート（約二一メートル）にしかならないことを発見しました。四フィート足りないことになります。これは建物の最上部にあるとしか考えられません。そこで、兄は最上階の部屋のヌキとしっくいで固めた天井に穴を開けてみました。すると、思ったとおり、その上に小さな屋根裏部屋があったのです。そこはしっかり塗《ぬ》りこめられていて、誰にもわからないようになっていました。部屋の真ん中にある二本のタルキの上に、宝の箱が置いてありました。兄はそれを穴から降ろし、そのままそこに置いてあります。兄の見積りによりますと、宝石の値打ちは、五十万ポンドは下らないそうです」

この莫大《ばくだい》な金額に、わたしたちは目を丸くして、互いに顔を見合わせた。もし、モースタン嬢の権利を確保してあげることができたら、彼女は貧しい家庭教師から、いちやくイングランド一の相続人になれるはずだ。確かに、こんなうれしい知らせを聞いたら、心から祝うのが本当の友達というものだ。しかし、恥ずかしいことに、自分勝手な考えにとらわれて、わたしの心は鉛《なまり》のように重く沈んだ。たどたどしく、二言三言、祝いの言葉を述べると、わたしはうなだれたまま、うつむいて腰を下ろし、ショルトーのおしゃべりなど耳に入らなくなってしまった。彼は、明らかに心気症で、自分の病気の様々な症状を長々とまくしたて、インチキ万能薬――彼は、そのいくつかを、革のケースに入れてポケットに携帯していた――の成分と作用について教えてほしいと頼んだが、わたしはそれをうわの空で聞き流していた。その夜言ったことを、ショルトーは覚えていないと期待しているが、ホームズが断言するには、ひまし油を二滴以上飲むとたいへん危険だと言ったかと思うと、興奮薬のストリキニーネを鎮静《ちんせい》剤《ざい》だといって多量に勧めたりしているのが耳に入ったそうだ。たぶんそうだったのだろうが、馬車ががたんと言って止まり、馭者《ぎょしゃ》が飛び降りてドアを開けると、わたしもほっとした。

「モースタンさん、ここがポンディチェリ荘です」と、サディアス・ショルトーは、モースタン嬢に手をさしのべながら言った。

第5章　ポンディチェリ荘の悲劇

わたしたちが、その夜の冒険の最後の舞台に到着したのは、すでに十一時に近い時刻だった。しめった霧に包まれた大都会を離れて、ここまで来ると、夜空はきれいに澄《す》み渡っていた。暖かい西風が吹いて、重たい雲が空をゆっくり動くと、その割れ目から、時おり月が半分顔をのぞかせた。辺りを見通せるほど月で明るかったが、サディアス・ショルトーは馬車から側灯を一つ取りはずして、道がもっとよく見えるようにと足もとを照らしてくれた。

ポンディチェリ荘は、非常に高い石塀で囲まれた一軒家で、広い敷地の中にあった。その塀のてっぺんには割れたガラスを並べてあった。鉄で塀にとめてある狭い扉が、唯一の出入り口となっていた。わたしたちの案内人は、郵便配達夫のような独特の叩き方で、それをノックした。

「誰かい？」と、中からしゃがれ声が叫んだ。

「わたしだよ、マクマード。もうわたしのノックはわかるだろう」

ぶつぶつ言う声と、鍵《かぎ》のガチャガチャいう耳ざわりな音が聞こえた。重い扉が内側に開くと、ランタンの黄色い光が、入り口に立っている背が低くて胸板の厚い男のとがった顔と、疑い深げにしばたく目を浮き上がらせた。

「おや、サディアス様ですか？　ですが、他の方たちはどなたですか？　だんな様から、他の方については、ご命令がなかったですだ」

「本当かい、マクマード？　これは驚いた。兄には、昨夜、友達を必ずお連れすると言っておいたのだが」

「だんな様は、今日はお部屋に閉じこもりきりでさあ、サディアス様。だから、何も聞いちゃあいやせんぜ。あっしがだんな様のお言いつけどおりにするてえのはよくご存じでしょう。あなた様はお通しできますが、他のお方は、そこから一歩でも入られたら困りますぜ」

これは思いもかけない障害だった。サディアス・ショルトーは当惑《とうわく》して困りきった様子で男を見た。

「それはないよ、マクマード！　わたしが保証すれば充分だろう。若いご婦人もおられるし、こんな時刻に、外でお待たせしておくわけにはいかない」

「ほんとにお気の毒ですが、サディアス様」と、門番はかたくなに冷たく聞き入れなかった。「あなた様のお友達かもしれやせんが、あっしのご主人様のお友達じゃない。

ご主人様はあっしの仕事に高給を払ってくださるんだから、あっしも仕事をきっちりしなきゃなんねえ。お連れの方たちを、知ってるわけじゃありませんし」

「いや、知っているよ、マクマード」と、ホームズが穏やかに声をかけた。

「まさか、このぼくを忘れたはずはないだろう。四年前、アリスン館での君のチャリティ試合[39]の夜、君と三ラウンド戦ったあのアマチュア・ボクサーを、覚えているだろう？」

「えっ、シャーロック・ホームズさんですかい？」と、プロボクサーは叫び声をあげた。「いやはや、あっしとしたことが。そんなところでじっと立っていないで、あっしの顎《あご》の下にあのクロス・ヒットの一つもかましてくれたんならば、すぐにわかりゃしたぜ。あんたも才能があるのに、惜しいことしたもんだ！　あっしらの仲間にへえったとすれば、かなりのところまでいけただろうにさ」

「ねえ、ワトスン、他が全部ダメとなっても、ぼくにはこんなに科学的な職業が、まだ一つ残っているわけさ」ホームズは笑いながら言った。「さあこれでもう、われわれの友人はぼくたちに吹きっさらしに立ってろとはいわないだろうね」

「さあお入りくださいまし。どうぞ、中へ。お連れさんもごいっしょに」と、彼は答えた。「サディアス様、失礼しやした。お言いつけがとても厳しいもんでね。だんなのお知り合いかどうかよく確かめてからでないと入れられねえです」

中に入ると、荒涼《こうりょう》とした庭の中を砂利道が続き、その先には味気ない真四角の巨大な屋敷があった。月の光がわずかに建物の一角を照らし、屋根裏部屋の窓ガラスに反射しているだけで、すべては闇に包まれていた。屋敷の広々とした大きさは、死んだようにひっそりと、陰うつな空気に満ち、心の底まで寒気をしみ込ませる。サディアス・ショルトーでさえ、どこか落ちつかず、手に持ったランタンがガタガタと震えた。

「これは変だぞ、何かおきたに違いない」と、彼は言った。「今夜来ると、バーソロミュー兄にははっきり言っておいたのに、部屋の明りもついていない。どうしたというのだろう」

「お兄さんは、いつもこれほど厳重に、屋敷を警備させておられるのですか?」と、ホームズが尋ねた。

「そうです。父と同じようにしているのです。兄は父のお気に入りでして、おわかりでしょうが、ときどき、父はわたしに話さなかったことを、兄には話していたかもしれないと思うことさえあります。あの月の光が射しているところが、バーソロミューの部屋です。ずいぶん明るいが、どうも室内の明りではないようだ」

「そうですね」と、ホームズが言った。「しかし、戸口のわきのあの小さな窓には、明りがついていますよ」

「ああ。あそこは家政婦の部屋です。バーンストン老夫人がいるのです。彼女に聞けば全部わかるでしょう。ちょっとここでお待ち願えますか。皆で入っていくと、そうとは知らないので、びっくりするかもしれませんから。おや、しっ！　あれは何だろう？」

彼はランタンを掲《かか》げたが、手が震えて、丸い光の環《わ》がわたしたちの周りでゆらゆらと揺らめいた。モースタン嬢がわたしの手首をつかみ、わたしたち一同は、どきどきしながらじっと耳をそばだてて立っていた。真っ暗な大きな屋敷から、夜のしじまを破って、このうえなく悲しげで哀れな声が聞こえてきた。恐怖に満ちた女性の、甲高《かんだか》い、とぎれとぎれのすすり泣きだった。

「バーンストン夫人だ。他に女性はいません」と、ショルトーが言った。「ここにいてください。すぐ戻ります」

彼はドアに走りより、例の特別の仕方でノックした。背の高い老婦人がドアを開け、ショルトーの姿を見て、喜びに身体を揺らすのが見えた。

「まあ、サディアス様、よくおいでくださいました！　本当に、よいところに来てくださいました！　サディアス様」

彼女が喜びの言葉を繰《く》り返すのが聞こえていたが、ドアが閉まってしまうと、その声は押し殺したような単調な音に変わり、聞こえなくなってしまった。

ショルトーが残していったランタンを取ると、ホームズはゆっくりと周りを照らし、建物と、地面にうずたかく積まれた大きながらくたの山々を、見透かすような目つきで眺めた。モースタン嬢とわたしは並んで立ち、彼女の手はわたしの手の中にあった。愛とは、実に不思議なものだ。わたしたちはここにこうしているが、この日初めて会って、愛の言葉一つ、いや感情のこもったまなざしさえ交わしたことがなかった。そんな二人が、事件のさなかにあって、本能的にお互いの手を求め合っている。後になってこそ、なぜそうなったのか信じられないような気がしたが、その時は、そうすることが何より自然だと思えたし、彼女のほうも、慰《なぐさ》めと保護を求めて本能からわたしを頼ったのだと、その後何度も語り合ったものだ。そんなわけで、わたしたちは子ども二人のように手をつないで立ち、無気味な真っ暗闇に包まれていたが、わたしたちの心は平安のうちにあった。

「何と奇妙な場所なのでしょう！」と言って、彼女は周りを見回した。

「イングランド中のもぐらを放したようですね。以前、バララット近くの丘の斜面で、これに似た光景を見たことがあります。金の採掘をしていた連中が掘り返したのです」

「これも同じさ、宝探しの跡だ」と、ホームズが言った。「六年間も、宝を探して掘っていたわけだからね。庭中が穴だらけで砂利採取場みたいに見えるのも、無理はない」

この時、屋敷の扉が急に開いて、サディアス・ショルトーが、両手を前に投げ出し、目に恐怖の色を浮かべて、飛び出してきた。

「バーソロミューの様子がへんだ！」と、彼は叫んだ。「びっくりしたよう！　もう気が違いそうだ」

彼は、本当に恐怖のあまり半べそをかいて、大きなアストラカンのえりからのぞく生気の失せた顔には、恐怖におののく子どもの、どうすることもできずに助けを求めるような表情が浮かんでいた。

「中に入ろう」と、ホームズは断固とした口調で、てきぱきと言った。

「そうしてください！　わたしにはとても指示を出す元気はありません」サディアス・ショルトーはすがるように言った。

わたしたちは彼の後に続いて、廊下の左側にある家政婦の部屋に入った。老婦人はおびえた表情で、絶えず指を抜くような動作をしながら、部屋の中を行ったり来たりしていたが、モースタン嬢の姿を見て、いくぶん安心したようであった。

「まあ、なんてやさしく、落ち着いたお顔でしょう！」彼女は、ヒステリックにすすり泣きながら言った。「あなた様のお顔を見て、ほっとしました。本当に、今日はひどい目にあいましたよ！」

モースタン嬢は、家政婦の仕事で荒れてやせこけた手を取って、軽くなでながら、女性らしく、優しい慰めの言葉をかけた。それで、血の気の失せた家政婦の頰に、赤みが戻ってきた。

「だんな様は部屋にこもられたきりで、何を申し上げてもお答えがありません」と、彼女は説明した。「一人にしてほしいとおっしゃることがよくありますので、一日中お声がかかるのをお待ちしました。それでも、なんだか様子が変だと思いましたので、一時間ほど前に二階に上がり、鍵穴《かぎあな》からのぞいてみたのでございます。あなた様も上に行ってください。サディアス様、どうぞ、上に行ってご自分でご覧になってくださいまし。この十年もの間、バーソロミュー様のうれしいお顔や悲しいお顔を見てまいりましたけれど、あのようなお顔をされたのは、見たことがございません」

サディアス・ショルトーが歯をカタカタさせるばかりなので、シャーロック・ホームズは、ランタンを持って、先に立った。ショルトーはひどく動揺して、膝《ひざ》の震えが止まらず、わたしは階段を上る際、手で腕を支えてやらなければならなかった。途中で二回ばかり、ホームズはルーペをポケットから素早く出し、そこに敷いてあるヤシの毛で織ったマットの上のただの泥の跡としか見えないシミを、たんねんに調べた。彼は、ランタンを低く持って、左右を鋭く点検しながら、一段一段、ゆっくりと上っていく。モースタン嬢はおびえきった家政婦に付き添って、後に残った。

三つめの階段をのぼりつめると、かなり長い、まっすぐな廊下がある。右側には、大柄な模様のインド産タピストリーがかかっていて、左側にドアが三つ並んでいる。ホームズは、階段と同じように、ゆっくりと、丁寧に調べながら進む。わたしたちも、廊下に黒い影を後方へ引きながら、くびすを接して彼の後に従った。求めていたのは、三つめのドアだった。ホームズはノックしたが、答えがないので、ノブを回し、力ずくで開けようとする。が、内側から鍵がかかっていて、開かない。ランタンを近づけると、幅広の頑丈なかんぬきがかかっている。しかし、鍵が回してあるので、鍵穴にはすこし隙間があった。シャーロック・ホームズは、腰をかがめて中をのぞいたかとおもうと、一瞬で、はっと息をのんで立ち上がった。

「中には、とんでもないものがある、ワトスン」と、言ったホームズは、わたしが今まで見たことがないほど動揺していた。「君はどう思う？」

鍵穴をのぞいたわたしは、恐ろしさに思わず後ずさりした。室内には月の光が射し込み、ぼんやりと、おぼろに明るかった。そこには、一つの顔があった。下方が陰《かげ》になって見えないので、まるで宙につるされたように空に浮かんで、じっとこちらを見つめている、顔だ。なんと、それはわれらが友人、サディアスそっくりなのである。しかし、全く瓜二つ《うりふた》の、とがった禿頭《はげあたま》、その周囲に生えた固い赤毛、同様な血色の悪さ。しかし、それには恐ろしい微笑、動きのない不自然な引きつり笑いが浮かんでいた。月明りに照らされ、静まり返った部屋の中で、その顔は、どんなしかめっつらやゆがんだ顔よりもずっとショッキングだった。顔があまりにサディアスに似ているので、わたしは、彼が本当に一緒にいるかどうか、振りかえって確かめた。そして、彼が兄と双生児だと言っていたことを思い出した。

「これはひどい！」わたしは、ホームズに言った。「どうすればいいだろう？」

「ドアを壊すほかない」彼はそう言って、全身の力をかけて体当たりした。

ドアはミシッときしんだだけで、開かなかった。二人いっしょにぶつかると、今度は突然バリッという音がして扉が開き、わたしたちはバーソロミューの部屋にころげ込んだ。

部屋は化学実験用に造られているように見えた。ドアの反対側壁面には、ガラスの共栓《ともせん》のビンが二列に並び、テーブルの上には、ブンゼン灯や試験管、レトルトが乱立している。部屋の隅《すみ》には、枝編《えだあ》み細工のかごに入った酸の大ビンが数本ある。そのうちの一本が、漏《も》れるか、壊れるかして、どす黒い液体が流れ出し、タールに似た鼻をさす変な臭いが充満《じゅうまん》していた。片側には、ヌキとしっくいが散らばり、散らばりの真ん中に段ばしごが立てかけてあって、その真上の天井には、人一人通れるほどの穴が開いていた。はしごの下には、長いロープが放り出されて、とぐろを巻いていた。

テーブルのそばの木製の肘掛《ひじか》け椅子《いす》には、屋敷のあるじ、バーソロミューが、塊のように座っていた。首を左に垂れ、顔には、あの気味の悪い謎めいた微笑みを浮かべている。身体は冷たく硬直し、死後何時間もたっているのは明らかだった。わたしには、その表情ばかりか、手足までもが、まことに奇妙な形にねじれてゆがんでいるように見えた。テーブルの上に置かれた彼の片手のそばには、奇妙な道具があった。それは茶色い木目の細かな棒に、粗い麻紐《あさひも》でハンマーのような石を無造作にくくりつけた品だった。その横には、メモ用紙を破いたような紙切れに、何か走り書きがしてある。ホームズはそれをちらっと見て、わたしに手渡した。

「ほら見たまえ」と言って、彼は意味ありげに眉《まゆ》を上げた。

ランタンの光にかざしてみると、「四つのサイン」とあったので、わたしは思わず身震いした。

「うーん、どういう意味だろう？」わたしは尋ねた。

「殺人さ」と言って、ホームズは死体の上に身をかがめた。「ああ、思ったとおりだ。ここを見たまえ！」

彼は、死体の耳のすぐ上の皮膚《ひふ》に刺さっている、黒くて長い、とげのようなものを指さした。

「とげのようだね」と、わたしは言った。

「とげだ。抜いてみないか。毒が塗《ぬ》ってあるから気をつけて」

わたしは、それを親指と人差し指でつまんだ。とげは皮膚から簡単に抜けて、ほとんど跡が残らなかった。とげが刺さっていたところに、小さな血の斑点《はんてん》が見られただけだ。

「ぼくには、すべてが不可解な謎に見えるよ」と、わたしは言った。「はっきりするどころか、ますますわからなくなる」

「そんなことはないさ」とホームズは答えた。「刻々とはっきりしてきているよ。あと、鎖《くさり》のうちの行方不明の二、三の輪さえわかれば、事件の全貌《ぜんぼう》をつかめる」

部屋に入ってからというもの、ホームズとわたしは、サディアスがいることを忘れかけていた。彼は戸口に立ったまま、まるで恐怖を絵に描いたように、両手をよじり、うなり声をあげていた。が、突然、腹立たしげに、甲高《かんだか》い叫び声をあげた。

「宝の箱が消えている！」と、彼は叫んだ。「やつらは、兄から、宝物を盗んだのだ！あの穴から、わたしたちは宝の箱をおろしました。わたしも手伝ったのです！　兄を最後に見たのは、このわたしなんです！　昨夜、ここで別れ、下に降りていくとき、兄が鍵をかける音が聞こえました」

「何時でしたか？」

「十時でした。それなのに、兄はこうして死んでいる。警察を呼べば、わたしは殺人に関与したと疑われるでしょう。そうにちがいない。でも、あなたがたは、まさかわたしが犯人だなどと思わないでしょうね？　たしかに疑いませんか？　わたしが犯人

チャールズ・カー画

なら、あなたがたをわざわざここへお連れするでしょうか？　ああ、いったい何ということだ！　気が変になりそうだ！」

彼は、気がふれてけいれんでもおきたように両手を荒々しく振り、両足を踏みならした。

「ショルトーさん、ご心配はいりません」と、ホームズは彼の肩に手を置いて、優しく言った。「わたしの言うとおりに、警察へ馬車を走らせて、事件を報告するのです。全面的に協力すると申し出るのです。わたしたちは、あなたがお帰りになるまで、ここで待ちましょう」

サディアス・ショルトーは、半ば放心したように、ホームズの言葉に従った。やがて、わたしたちの耳には、暗い階段をよろめきながら降りていく、彼の足音が聞こえた。

第6章　シャーロック・ホームズの活躍

「ねえ、ワトスン」と、ホームズは両手をしきりにこすりあわせながら言った。「ぼくたちには三十分の時間がある。有効に使おう。さっきも話したように、ぼくの推理はほとんどできあがっている。けれども、自信過剰は禁物だ。事件は今は単純そうに見えるが、その底には何か、深いものがかくれているようだからね」

「単純だって！」わたしは大声を上げた。

「そのとおり」彼は、臨床医学の教授が学生に講義でもするような態度で言った。「そこの隅《すみ》に座っていてくれたまえ。君の足跡で、現場を荒らすといけない。さあ、仕事だ！　まず第一に、犯人はどこから入って来て、どこから出て行ったのだろう？　ドアは昨日の晩から閉じられたままだ。窓のほうはどうだろうか？」ホームズは、ランタンを持って窓際へ行きながら、そのあいだも観察したことを声に出してしゃべっていたが、わたしに聞かせるというよりは、自分自身を相手にしゃべっているようだった。「窓は、内側から掛《か》け金がかかっている。窓枠も頑丈《がんじょう》だ。わきに蝶番《ちょうつがい》もない、と。では、窓を開けてみよう。近くに雨樋《あまどい》はないし、屋根には全く手が届かない。しかしそれでも、誰かが窓から上ってきたのだ。昨夜、ちょっと雨が降った。この窓敷居に、泥のついた足跡が一つ、ついている。そして、ここには丸い泥の跡があって、ここの床にも、テーブルのそばにも、ついている。見たまえ、ワトスン！　これは、はっきりした証拠だ」

わたしは、はっきりした丸い泥の跡を見た。

「これは足跡ではないね」と、わたしは言った。

「ぼくたちにとっては、もっと価値あるものだ。木製の義足の跡だよ。窓敷居には、金属製のかかとのついた重い靴の跡と、それに並んで、義足の跡がある」

「例の木の義足の男だね」

「そうだ。だが、他にもう一人、腕利きの相棒がいる。ワトスン、君は壁をよじ登ることができるかい？」

わたしは、開いた窓から外を見た。月はまだ、建物のこちら側を照らしていた。地面からここまでは、たっぷり六十フィート（約一六メートル）はある。どこを見ても、れんが造りの壁面には足がかりも裂《さ》け目もなかった。

「絶対に不可能だね」と、わたしは答えた。

「独りではダメだろう。しかし、上にいる相棒が、そこの隅にある丈夫なロープを壁にあるこの大きな鉤《かぎ》に結んで、下に垂らしたとする。そうすれば、運動神経の発達した男なら、義足のままでもよじ登れる、と思うがね。もちろん、義足の男は入ったときと同じ方法で出てゆき、相棒がロープを引き上げて、鉤からはずし、窓を閉めて、内側から鍵《かぎ》をかける。そうして、相棒も来たときと同じ方法で出て行く。それに、これは細かいことだが、この義足の男は、よじ登るのはうまいが、本職の船乗りではないね」と、ホームズはロープを指でいじりながら続けた。「手のひらがちっとも固くない。ルーペで見ると、特にロープの端のほうに、いくつか血の跡がついているのがわかる。きっと、勢いよくロープを滑り降りて、手のひらを擦《す》りむいたのだろう」

「巧《うま》い説明だ、しかし、ぼくには、ますますわからなくなってきたよ。その謎の相棒というのは誰で、どうやって入ってきたのかな？」

「うん、その相棒だ！」と、ホームズは考え込むように繰《く》り返した。「この相棒には、なかなかおもしろい点がある。この男のために、事件は並はずれたものになっている。この男は、この国の犯罪史に、新たな地平を開くことになるだろうね。これに似た事件は、インドと、ぼくの記憶が正しければ、セネガンビアですでに起こっているがね」

「それで、どういう方法で入ったのだろう？」と、わたしはまた、同じ質問を繰り返した。「ドアには鍵がかかっていたし、窓には外から入れない。煙突から入ったのだろうか?」

「炉《ろ》が小さすぎて、抜けられないよ」と、彼は答えた。「その可能性は、もう考えてみた」

「それなら、どうやって?」しつこく訊《き》いた。

「君は、ぼくが教えたことを当てはめてみないのかい」彼は、首を振りながら言った。「これまでにも、君に言ったと思うが、ありそうにないものを消していって、残ったものが、たとえどんなにありそうでなくとも、真実に違いない。犯人が入ったのは、ドアでも、窓でも、煙突でもないことはわかっている。また、部屋に隠れていたわけでもない。隠れる場所がないからね。それでは、どこから来たのか?」

「屋根にある穴から入ってきたのだろう!」と、わたしは叫んだ。

「もちろんそうさ。屋根から入ったに違いない。すまないが、ランタンで照らしてくれないか。上の部屋を、宝が見つかったという隠し部屋を調べてみることにしよう」

ホームズは、はしごを登り、両手で天井のタルキにつかまると、ひらりと屋根裏へ飛び上がった。そして、うつ伏せになってランタンに手を伸ばし、わたしがよじ登るまで、それを持っていてくれた。

わたしたちがあがった部屋は、縦十フィート(約三メートル)、横六フィート(約一・八メートル)ほどの広さだった。床は、タルキを渡して、その間を薄いヌキとし

F・H・タウンゼンド画

っくいとで塗り固めただけなので、梁《はり》と梁の上を歩くしかなかった。天井は斜《なな》めに傾《けい》斜《しゃ》していて、どうやらそれがじかに家の屋根の内側となっていた。家具と呼べる物は何一つなく、長い年月の間に積もったほこりが床を厚くおおっていた。

「見たまえ、ここだよ」ホームズは、片手を斜めに傾斜した壁に置いて、言った。

「これが屋根に通じるはね上げ戸だよ。押し上げると、緩《ゆる》やかに傾斜した屋根が見える。第一の犯人は、ここから入ってきたのだ。犯人の特徴を示す遺物が、他にないか見てみよう」

ホームズは、ランタンを床にかざしたが、そうする彼の顔には、この夜二度目の驚きの表情がみてとれた。そして、彼の視線をたどると、わたしは思わず鳥肌立ってしまった。床にははっきりとした裸足《はだし》の足跡が、いくつもほこりの中に深く完全な形で残っていたのだが、大きさは、普通の大人の半分にも満たないものだった。

「ホームズ、子どもがよくもこんなひどいことをやってのけたものだ」と、わたしはささやき声で言った。

彼は、すぐにいつもの冷静さを取り戻した。

「ぼくも一瞬びっくりしたのだが、これはあたりまえのことさ」と、彼は言った。

「ぼくの記憶がちょっと働かなかったのだ、もしそうでなければわかっていたはずのことなのだ。ここには、もう参考になるようなものは何もない。さあ、下へおりることにしよう」

「では、この足跡を君はどう考えるかね？」下の部屋にもう一度戻ると、わたしは熱心に訊いた。

「ねえ、ワトスン、君もちょっと自分で分析してみたらどうかな」ホームズは、少々いらいらしたようだった。「ぼくの方法を君も知っているだろう。それを応用してみたまえ。結果を比べあえば勉強になるよ」

「ぼくには、これらの事実を説明できるようなものは何も考えつけないよ」

「君にもすぐにわかるよ」と、彼は無造作に答えた。「ここには、もう、重要なことはないだろうが、一応見ておこう」

ホームズはルーペと巻き尺をポケットからさっと取り出すと、膝《ひざ》をついて、とがった鼻を床板にすりつけんばかりに近づけ、鳥のようにくぼんだ丸い目を輝《かがや》かせながら、部屋中を急いで動き回り、測ったり、比べたり、調べたりした。その動作は、よく訓練された警察犬が臭跡を嗅《か》ぎ回るときのように、素早く、音もなく、目立たなかった。それを見て、わたしは、彼がもし法を守るためでなく、逆に法を破るためにその精力と知力を使ったら、怖ろしい犯罪者になるだろうと思った。あちこち調べながら、彼はぶつぶつと独り言をつぶやいていたが、ついに、大きな歓声を上げた。

「ぼくたちはついているね。これで、事件は解決したも同然だ。第一の犯人は、運悪く、クレオソートの中に足を入れてしまった。この強烈な悪臭を放っている、どろどろとした水たまりのそばに、小さな足の輪郭《りんかく》が見えるだろう。かご入りの耐酸《たいさん》ビンが割れて、ほら、中身が漏《も》れている」

「それがどうしたというのかね?」と、わたしは尋ねた。

「どうしたって? 犯人をつかんだということさ。それだけのことだ」と、彼は言った。「ぼくは、この世の果てまでこの臭跡を追跡できる犬を知っている。猟犬だってニシンの後を追って州の端から端まで行くのだから、特別の訓練を受けた犬なら、こんな悪臭を追って、どこまでも行けることだろう。これは、臭いの強さと距離との比例計算(40)みたいだ。答えは……と。おやおやお上《かみ》の法の代理人のお出ましのようだ」

重い足音と声高《こわだか》な話し声が、階下から聞こえてきたかと思うと、ホールの扉がバタンと閉まった。

「連中が着く前に、気の毒な死体の腕と足のここにさわってみたまえ。どう思う?」

と、ホームズが訊いた。

「筋肉が、板のように固くなっている」と、わたしは答えた。

「そのとおりだ。普通の死後硬直とは比べものにならないくらい、極端に収縮しているね。顔のこのゆがみ(41)、これはヒポクラテスの微笑ともいって、古代の文献では『痙笑《けいしょう》』と呼ばれたものだ。これらを考えあわせて、君にはどういう結論が思い浮かぶかな？」

「死因は、何か強力な植物性アルカロイドだ」と、わたしは答えた。「筋肉に強《きょう》縮《しゅく》(42)を引き起こす、なにかストリキニーネに似た毒物によるものだろうね」

「ぼくも、顔のひきつった筋肉を見た瞬間、そう思った。部屋に入るとすぐ、毒がどうやって体内に入ったのか、考えてみた。そして、ご存じのように、頭にとげが軽く叩きこまれたか、射《い》こまれていたのを発見した。この男が椅子《いす》にまっすぐ座っていたら、とげの刺さった箇所は、天井の穴の方を向いていたはずだ。このとげを、よく検《しら》べてごらん」

わたしは、非常に用心深く、そのとげをつまみ上げると、ランタンの明りにかざして見た。それは、長くて鋭く、黒い色をしていて、先のほうは、ゴムの液を塗りつけて乾燥《かんそう》させたように光っていた。もう一方のとがっていないほうの端は、ナイフで削《けず》って、丸くしてあった。

「イングランドで作られたとげだと思うかね」と、彼が訊いた。

「いや、絶対に違う」

「これだけデータがそろっていれば、君でも正しい推理ができるだろう。ところで、正規軍が到着したようだから、予備軍は、撤退《てったい》するとしようか」

彼がそう言っているところに、こちらに来る足音が廊下にさしかかって大きくなり、グレイのスーツ姿の、頑丈《がんじょう》な押し出しのよい男が、どしどしと部屋に入ってきた。男は、赤ら顔で、たくましく、多血症のようだった。ふくれてたるんだまぶたの間から、小さく輝く目が鋭い視線を投げている。彼の後には、制服の刑事一人と、いまだに震えの止まらないサディアス・ショルトーが、ぴったりと従っていた。

「なるほど、これは、大事件だ!」と、彼は押し殺したようなしわがれ声で言った。「これは、かなりの事件だぞ! だが、ここにおられる方たちは、どなたかな? なんで、この家は、ウサギ小屋のように込み合ってるんだ!」

「お忘れとは思いませんが、アセルニー・ジョウンズさん」と、ホームズは静かに言った。

「もちろん、覚えていますよ!」と、彼はぜいぜいとあえぐような声を出した。「理論家の、シャーロック・ホームズさんですね。覚えてますとも! ビショップゲイト宝石事件のおりには、原因と推理と結果についてわれわれに講義してくださった。忘れるわけがありません。あなたのおかげで、捜査を正しい方向に向けることができた。しかし、まあ、あれはご指導がよかったというより、運がよかったというべきなのをあなたも認めているのでしょうな」

「あれは、ごく単純な推理でした」

「まあ、まあ、真実を認めるのを恥じることはない。だが、これはどうですかな。これはひどい！　ひどい事件だ！　厳然《げんぜん》たる事実があるだけで、理論が入り込む余地はないな。幸い、別の事件で、ノーウッドに来てましてね。知らせが届いたとき、署に居合わせたというわけです。この男の死因は、何だと思いますか？」

「いや、これは、わたしがとやかく理論づけるような事件ではないでしょう」と、ホームズはそっけなく言った。

「いや、いや、そうかもしれんが、ときにはあなたの言うことが、ズバリと当たることもあるのでね。ありゃ、ドアには鍵がかかってたんだったな。時価五十万ポンドの宝石がなくなってしまったそうだが、窓はどうなっていましたか？」

「閉まっていましたが、窓の敷居に足跡が残っています」

「それは、それは。窓は閉まっていたわけだから、足跡は事件とは無関係でしょう。そう見るのが常識だ。この男は、発作で死んだに違いない。だが、そこで宝石はなくなっている。あ！　理論を思いついたぞ。ときどき、こうしてひらめくんですよ。巡査部長とショルトーさん、ちょっと席をはずしてもらえますか？　ホームズさんとお友達は、そのままで。こういう推理はどうですかな、ホームズさん。ショルトーは、自分でもそう言っていますが、昨夜、兄と一緒でしたね。兄が発作で死んだので、ショルトーが宝物を運び去った！　どうです？」

「そうすると、死人がご親切にも立ち上がって、中からドアに鍵をかけたというわけですか」

「うーん！　これはまずい。常識的に考えてみよう。このサディアス・ショルトーが、兄と一緒にいたこと、口論があったこと、これだけはわかっている。兄が死んで、宝石はなくなった。これも、わかっている。サディアスが兄のもとを去ってから、兄の姿を見たものはいない。兄がベッドに寝た形跡はない。サディアスは、ごらんのように、ひどく取り乱している。彼の顔つきは、そう、どう見ても魅力的とは言えない。わたしは、サディアスのまわりに、網《あみ》を張り巡らしているところです。そろそろ引っかかる頃ですよ」

「まだ、事実を、よく理解しておられないようですな」と、ホームズは言った。「このとげのような木片には、間違いなく毒が塗ってあったと思われます。そしてこれが男の頭に刺さっていた。その跡も残っています。ごらんのような、字が書かれた紙切れがテーブルの上にあって、そのそばに、石をくくりつけた奇妙な道具が置かれていました。こういう点については、あなたの説だと、どうなりますかな？」

「あらゆる点で、わたしの説を裏付けてるじゃないか」と、太った警部は、横柄《おうへい》な口調で言った。「屋敷には、インドから持ち帰った奇妙な品がたくさんある。バーソロミューが持ってきたものだ。とげに毒が塗ってあったというなら、他の人ができるのと同様にサディアスがそれを持ち出して、凶器にしたとしても、いっこうに不思議はないだろう。紙切れは、おまじないで、おそらく、そうでないように目をくらますための細工ですよ。問題は、ただ一つ、どこから逃げたかということだなあ。あー、もちろん、屋根に穴が開いているじゃないか」

その巨体に似合わぬ身軽さで、アセルニー・ジョウンズははしごを登って、屋根裏部屋へどうやら潜り込んだ。と、すぐに、はね上げ戸を見つけた、と大喜びする声が聞こえた。

「あの男でも、何か見つけることはあるだろうさ」と、ホームズは肩をすくめながら言った。「たまには、推理力がひらめくそうだからね。まあ、『小才のきく愚《おろ》か者ほど、始末の悪い愚か者はない』(43)というところかな！」

「ほら！　やっぱり、事実は理論に勝る、ですな」と言いながら、アセルニー・ジョウンズははしごを降りてきた。「わたしの考えが正しいことが証明されたぞ。屋根に通じるはね上げ戸があって、半開きになっておる」

「開けたのは、わたしですよ」

「え、そうか！　それでは、はね上げ戸に気がついていたのか。それなら？」彼は、そのことを知って、少しがっかりしたようだった。「そう、誰が見つけたにせよ、これは犯人の逃げ道を示している。おい、巡査部長！」

「はい」廊下から声がした。

「ショルトーさんを、こっちへ来させてくれ。ショルトーさん、職務上の義務として言いますが、あなたがこれから言うことは、すべて、あなたに不利な証拠として用いられることがあります。女王陛下の名において、あなたを、兄さんの死にかかわった容疑で逮捕します」

「ほらね！　言わんこっちゃない」哀《あわ》れな小男は、両腕をひろげて、わたしたちを一人ずつ見ながら、叫んだ。

「ご心配には、およびません、ショルトーさん」ホームズは言った。「あなたの罪は、わたしが晴らしてさしあげます。お約束しますよ」

「あまりカラ約束をしないほうがいいですよ、理論家先生。カラ約束をしなさんな。あなたが思っているよりも約束の実行が難しいとわかってくるだろう」と、ジョウンズは吐き出すように言った。

「ジョウンズさん、わたしは、ショルトー氏の無実を証明するだけでなく、昨夜、この部屋にいた二人の人間のうちの、一人の名前と特徴とを無料で教えてさしあげましょう。名前は、ジョナサン・スモールであると、確信する理由があります。スモールは、教育がなく、小柄で敏捷《びんしょう》です。右足がなく、木の義足を付けていて、その内側はすり減っています。左足に履《は》いた靴は、粗悪品で、爪先が四角く、かかとを囲んで鉄《てつ》鋲《びょう》が打ってある。中年で、ひどく日焼けしていて、四人だったことがある。わずかですが、手がかりとしては、お役に立つでしょう。それから、彼の手のひらが、かなり擦りむけているということも加えておきましょう。そしてもう一人は――」

「へえ、それでもう一人は？」アセルニー・ジョウンズは、皮肉っぽく言ってみたが、それにもかかわらず、内心では、ホームズの言い方が精密なのに驚いていることが、すぐに見てとれた。

「少々奇妙な人物です」と、ホームズはかかとでくるりと回転して言った。「近いうちに、二人とも、あなたにご紹介できると思いますよ。ワトスン、ちょっと、話がある」

彼は、わたしを、室外の階段のてっぺんのところへ連れていった。

「予期せぬできごとのために、ここへ来た当初の目的を、どうやら忘れてしまっていたようだ」と、彼は言った。

「ぼくも、そのことを考えていたところだ」と、わたしは答えた。「モースタン嬢を、いつまでも、このような怖ろしい屋敷にとどめておくのは、よくないね」

「よくないとも。君は彼女を、家まで送って行ってあげたまえ。ロウアー・カンバーウェルのセシル・フォレスター夫人のところに住んでいるから、そう遠くはない。君が馬車を走らせてもう一度戻ってくるなら、ぼくは、ここで待っていよう。それとも、もう、疲れてしまったかね？」

「とんでもない。この奇怪な事件について、もっと詳しく知るまでは、休めるとは思わないよ。人生の荒っぽい面もいくらかは見てきたつもりだが、今晩、こうも立て続けに奇妙な事件がおこると、本当を言えば神経も、完全にまいってしまう。だが、ここまで来た以上は、君につきあって、ぜひとも、事件の解決を見届けたいね」

「君がいてくれると、大いに助かるよ」と、彼は答えた。「ぼくたちは、独自の立場で事件を調べることにして、ジョウンズには、彼の言う架空《かくう》の大発見とやらをさせて、勝手に喜ばせておこう。モースタン嬢を送り届けたら、ランベスの川岸の近くにある、ピンチン小路《レイン》三番にまわってもらいたい。右側の三軒目が、剝製《はくせい》屋で、名前はシャーマンだ。ショーウィンドウに小ウサギ(44)をくわえたイタチが置いてある。シャーマンじいさんをたたき起こして、急にトビーが要り用だ、ぼくからよろしく、と言ってくれたまえ。トビーを、君といっしょの馬車に乗せて連れてきてほしいのだ」

「それは犬だろう?」

「そう、奇妙な雑種だが、実に驚くべき嗅覚《きゅうかく》の持ち主でね。今のぼくはロンドンの警官全員よりも、トビーの手助けがほしいのさ」

「それなら、連れてこよう」と、わたしは言った。「いま一時だ。元気な馬に交換できれば、三時までには戻れるだろう」

「ぼくは、それまでに、バーンストンさんと、インド人の使用人から、できるだけ聞き出しておくよ。彼は隣の屋根裏部屋で寝ることになっているとサディアスが言っていたから。それから、ジョウンズ大先生のお手なみを拝見して、無神経な皮肉をうかがうことにするよ。『人は、自分の理解できないことをあざけるものだ』(45) なんて、ゲーテは、いつもうまいことを言うね」

第7章　樽のエピソード

警察の一行は馬車をもってきていたので、わたしはその馬車でモースタン嬢を家まで送り届けた。彼女は、自分より弱い者を元気づけなければならない間は、女性特有の天使のような優しさで、顔色一つ変えずに苦難に耐え、恐怖におののく家政婦のかたわらで、落ち着き払って、明るく振る舞っていたのをわたしは見た。しかし、馬車に乗ると、気を失いかけ、次には、激しく泣きだした。今夜の冒険は、彼女にとって、それほど過酷《かこく》な試練だったのである。その夜の馬車の中でのわたしの態度は、冷淡《れいたん》で、よそよそしかったと、彼女は今に至るまでずっと言っている。わたしが心の中で葛藤《かっとう》し、言い換えれば、一生懸命自分の気もちを抑えようと努めていたことに、彼女はあまり気づいていなかったようだ。わたしの同情と愛は、庭で彼女の手を取った時と変わりなく、彼女に向けられていた。たとえ、彼女と何年も平凡な日常生活を共にしても、この日一日の不思議な経験ほど、彼女のすばらしい優しさや勇気ある性格を教えてはくれなかっただろうと思う。ところが、二つの考えが抵抗になり、わたしは愛情にみちた言葉を口にすることができなかったのだ。彼女は弱く、無力で、精神的にゆさぶられている。こんな場合に愛を押しつけたりすれば、相手の弱みにつけ込むことになってしまう。そのうえ、もっと悪いことには、今や彼女は金持ちになってしまった。もし、ホームズの調査がうまく運べば、彼女は遺産の相続人になるだろう。退職年金を受けている軍医の身で、偶然に親しくなったからといって、それを利用するのが、はたして公明正大で立派な行為といえるだろうか？　彼女は、わたしを、財産狙いの卑《いや》しい男だと思いはしないだろうか？　彼女の心をそんな思いがよぎる危険を犯すことになるかもしれないと考えただけで、わたしは耐えられなかった。アグラの財宝が、越えられぬ障壁《しょうへき》となって、わたしたち二人の間に立ちはだかっているのだ。

わたしたちが、セシル・フォレスター夫人の屋敷に着いたのは、夜中の二時近くであった。使用人たちはとっくに寝ていたが、フォレスター夫人は、モースタン嬢が受け取った奇妙な手紙を気にして、彼女の帰りを待っていてくれた。自ら扉を開けてくれた夫人は、中年の上品な女性で、モースタン嬢の腰に優しく腕を回して、母親のような声で出迎えた。その姿を見て、わたしはうれしかった。夫人にとって、モースタン嬢は単なる使用人ではなく、立派な友人として大切に扱われているのだ。モースタン嬢がわたしを紹介すると、夫人は、どうぞ家に入って、今日の冒険を聞かせてほしいと熱心に頼んだ。しかしながら、わたしには、まだホームズの使いという大事な仕事が残っていることを説明し、その後の事件の進展について後日報告にくると、かたい約束をして別れた。走る馬車から密《ひそ》かに一瞬後ろを振り向くと、玄関口に二人の姿が見えた。寄り添って立つ二人の美しい姿、半開きの扉、ステンドグラスを通して漏《も》れる玄関の明り、晴雨計、階段のじゅうたん押さえの輝《かがや》きは、今でも、目《ま》の当たりに見るような気がする。わたしたちを飲み込んだ、暗く、野蛮《やばん》な事件の最中にあって、イングランドの静かな家庭を、ほんのひとときでもかいま見ることは、なんと心暖まることだったろうか。

おきたことを考えれば考えるほど、野蛮で、陰惨《いんさん》な事件に思えてきた。わたしは、静まり返ってガス灯に照らされている街路を、馬車に揺られながら、今までの一連のきわめて異常なできごとを振り返ってみた。今や、最初の問題は、少なくとも、かなりはっきりした。モースタン大尉の死、送られてきた真珠《しんじゅ》、広告文、それに手紙――これらはすべて明らかにした。しかし、その結果、わたしたちは、いっそう深刻で悲劇的な謎へと導かれたのだ。インドの秘宝、モースタン大尉の荷物の中から見つかった謎めいた図面、ショルトー少佐の臨終の際の奇怪な光景、財宝の発見と、その直後におこった発見者の殺人事件、この犯罪に伴っている奇妙な数々のことがら、足跡、驚くべき武器、モースタン大尉の地図にあった言葉とぴったり符合する、紙切れに書かれた言葉――これらは、全くの迷路である。わが友のような特異な才能の持ち主でなければ、手がかりを探すことなど、とうの昔にあきらめていただろう。ピンチン小路《レイン》はランベスの低地帯にあり、れんが造りのみすぼらしい二階長屋が連なっていた。反応があるまで、わたしは三番の家を何回もノックしなければならなかった。やっと、二階のよろい戸からろうそくの明りが見えて、窓から顔がのぞいた。

「とんでもないぞ、この酔っぱらいめ」と、声がした。「これ以上騒《さわ》ぐと、犬小屋から、四十三匹、犬を引っぱり出して、けしかけるからな」

「一匹出してもらえれば、出向いた用が済むのだがね」

「とんでもねえ！」と、声の主が叫ぶ。「とっとと消えねえと、袋の中の毒蛇を、てめえのオツムの上におっことしてやるぞ！」

「犬が要り用なんだよー」とわたしは叫んだ。

「うるせえ！」シャーマンは大声を上げた。「離れてろよ、一、二の三で、毒蛇が落ちるぞ」

「シャーロック・ホームズさんが——」と、わたしが言いかけた。ところがこの一言が魔法のように効いた。窓が勢いよく閉まったかと思うと、すぐにかんぬきがはずされて、戸が開いたのだ。シャーマンは、ひょろりとやせた、猫背の、首に筋の浮き出た老人で、青い色眼鏡をかけていた。

「シャーロック・ホームズさんのお友達ってえなら、いつだって大歓迎でさあ」と、彼は言った。「さあ、お入りくだせえ。アナグマには近づかねえこった。嚙《か》まれやすぜ。あー、こら、こら！　だんなを嚙むつもりか？」これは、イタチだった。おりの鉄格子の間から、赤い目をした意地の悪い頭を出したりひっこめたりしている。「怖がるこたあねえだよ、だんな。ただのアシナシトカゲだ。(46)牙《きば》はねえから、部屋の中で、放し飼いにして、ゴキブリを捕らせるんでさあ。さっきは、ひでえことを言って、悪かった。近くのがきどもが、からかいますんで。この小路を大勢でやって来ては、わしをたたき起こすもんだから。シャーロック・ホームズさんのご用ってえのは何ですねえ？」

「あんたの犬を借りたいって」

「ああ、トビーのことだな」

「そう、名前はトビーだった」

「トビーは、この左側の七番にいやすよ」

彼は、自分が集めた奇妙な動物たちの間を、ろうそくをかざして、ゆっくりと進んだ。揺らめく薄暗い光の中で、あちこちの隙間《すきま》や隅《すみ》から、こちらをうかがっている、きらきら光る目がかすかに見えた。頭上のタルキにも鳥たちが神妙に並んで、わたしたちの話し声が眠りを乱すと、けだるそうに、体重を片足からもう一方の足に移すのだった。

トビーは、毛が長く、耳が垂れた、みにくい犬で、スパニエルとラーチャー(47)の血が混じっていた。色は茶と白のぶちで、よたよたと、たよりない歩き方をした。わたしが、シャーマンじいさんからもらった角砂糖をやると、犬はしばらくためらってから食べた。これで同盟関係ができると、ついて来て、わたしと一緒に馬車に乗ることも嫌がらなかった。再びポンディチェリ荘に戻ったとき、ちょうどクリスタル・パレスの時計が三時を打った。元ボクシング選手のマクマードは、共犯として逮捕され、ショルトー氏と共に警察署に連行されたことがわかった。二人の警察官が狭い門を警備していたが、ホームズの名を言うと、犬とともに中へ入れてくれた。

ホームズは、両手をポケットに入れ、パイプを吹かしながら、戸口にたたずんでいた。

「やあ、連れてきてくれたね」と、彼は言った。「よし、よし、いい子だ。アセルニー・ジョウンズは帰ったよ。君が出て行ってからも、彼はものすごい精力を発揮してね。サディアスばかりか、門番、家政婦、それにインド人の使用人まで、逮捕していった。二階に巡査部長がいるだけで、他はぼくたち二人だけだ。ここに犬を置いて、上へついてきてくれないかね」

トビーを玄関のテーブルにつなぐと、わたしたちは、再び二階にあがった。部屋は、さっき出たときと変わらなかったが、遺体にはシーツがかけられていた。疲れ切った表情の巡査部長が、部屋の隅に寄り掛かっていた。

「部長、ちょっと手提《てさ》げランタンを借りますよ」と、ホームズが言った。「ランタンをぼくの前に提げられるように、首の回りに、この紐《ひも》を結んでくれたまえ。ありがとう。さあ、靴も靴下も脱がなくては。これは下に持っていってほしいのだ、ワトスン。ちょっと上に登るからね。そして、このハンカチを、クレオソート(48)に浸してくれ。それでいい。ぼくと一緒に、ちょっと屋根裏部屋まで、あがってきてくれたまえ」

わたしたちは、穴からよじ登った。ホームズは、もう一度、ほこりの中の足跡を照らし出した。

「君には、特に、この足跡をよく見てほしい」と、彼は言った。「何か目立つことはないかい？」

「足跡は子どもか、小柄な女のものだね」

「いや、大きさは別にして、他に何か気がつかないかい？」

「普通の足跡と、変わらないように思うが」

「いや違う。ここを見てごらん。これはほこりの中の右足の跡だ。隣に、ぼくの裸足の足跡をつけてみるよ。いちばん違うのは、どこだと思う？」

「君の足の指の跡は、ひとかたまりになっている。こちらの足跡は、指が一本一本、離れている」

「そのとおり。そこが大切なのだ。それをよく覚えておくといい。悪いが、あのはね上げ戸のところに行って、材木の端の臭いを嗅《か》いでみてくれないかい？　ぼくは手にハンカチを持っているから、ここにいる」

言われたとおりにすると、すぐに、強いクレオソートの臭いが、鼻をついた。

「犯人は、逃げる時そこに足をついたのだ。君でも臭いに気づいたのだから、トビーなら、わけないだろう。さあ、下におりよう。犬を放して、あとは、ブロンディン顔負けの演技㊾をごらんいただくとしようか」

わたしが庭におりたとき、ホームズは屋根の上に登っていた。棟《むね》に沿って、ゆっくりと這《は》っていく、巨大な蛍《ほたる》のような姿が見えた。煙突の後ろに隠れたかと思うと、また姿を現わし、やがて、もう一度、向こう側に姿を消した。わたしが反対側にまわると、角のひさしの上に座っている、彼の姿が見えた。

「ワトスンかね？」と、彼が声をかけてきた。

「そうだ」

「ここなのだが、下にある黒いものは何かな？」

「水樽《みずたる》だ」

「ふたはあるかな？」

「ある」

「はしごは見当たらないかね？」

「ないよ」

「なんとしたことだ！　ここがいちばん危険なところだが、敵が登った場所なのだから、ぼくにも降りられるだろう。雨樋《あまどい》は、かなりしっかりしているようだ。とにかく、行こう」

足がこすれる音がして、ランタンが壁を伝ってどんどん降りてきた。続いて、軽く一跳《ひとと》びして、ひょいと樽の上に飛び移り、そこから着地した。

「跡をたどるのは、簡単だったよ」靴下と靴を履《は》きながら、ホームズは言った。「通ったところは、どこも、瓦がゆるんでいたからね。それに、奴はあわてて、こんなものまで落としていったよ。君たち医者の言い方で言うと、これで、ぼくの診断が裏付けられるというわけさ」

彼が差し出したのは、染色した草を織った、小さな袋のようなもので、周りにけばけばしいビーズ飾りがあった。形といい、大きさといい、シガレット・ケースに似ていなくもなかった。中には、黒い木で作った、とげのようなものが半ダース入っている。一方の先がとがっていて、もう一方が丸くなっている、バーソロミュー・ショルトーの頭に刺さっていたとげに似たものだ。

「ぶっそうなものだよ。刺したりしないように、気をつけて。これを見つけてよかったよ。彼が持っていたのは、これで全部だろうから。これで、この先ぼくたちの皮膚《ひふ》に突き刺さるおそれも減ったというわけだ。ぼくだったらマーティニ銃弾(50)を相手にするほうがまだましだね。ところでワトスン、これから六マイル(約一〇キロ)ほどの行軍に君も出かけてみるかね」

「もちろんだ」と、わたしは答えた。

「足のほうは、だいじょうぶだろうか?」

「だいじょうぶさ」

「いた、いた、ワンちゃん! いい子だトビー、この臭いを嗅いで! トビー、嗅いでごらん」彼は、クレオソートに浸したハンカチを、犬の鼻先へ持っていった。犬は、ふわふわした毛の生えた両足を広げてふんばり、鑑定家が年代物のワインの芳香を嗅ぐときのような面白い格好で鼻先を上に向けた。次に、ホームズは、ハンカチを遠くに投げ捨て、犬の首輪に丈夫な紐を付けると、樽の下へひっぱって行った。犬は、すぐに甲高《かんだか》い震えるような声で鳴き続け、尻尾をたてて、地面に鼻をつけると、足跡を追ってパタパタと走り出した。紐をぴんとひっぱって走るその歩調のあとを、わたしたちは全速力で追うことになった。

東の空は次第に白みかけており、寒々としたうす明りの中、かなり遠くまで見通せるようになっていた。後ろを振り返ると、暗く虚《うつ》ろな窓を見せる、四角い、どっしり

F・H・タウンゼンド画

とした屋敷が、むき出しの高い壁に囲まれ、侘《わ》びしく、悲しげにそびえ立っていた。わたしたちは、至るところに掘り返された穴や溝を出入りしながら、庭を横切って進んだ。あちこちに積まれた土の山や、ねじ曲がった灌木《かんぼく》が、屋敷全体に、朽《く》ち果てた不吉《ふきつ》な印象を与えていたが、それは、この家にのしかかっている陰惨な悲劇にふさわしい光景であった。

境の塀《へい》にぶつかると、トビーは、くんくんとしきりに鼻を鳴らし、塀に沿って、そのかげの中を進み、ブナの若木で覆《おお》われている隅で、立ち止まった。そこは塀のつなぎ目で、れんがいくつか外されており、できたへこみの下側がすり切れて丸くなっていることから見て、ここが、たびたび、はしご代わりに使われていたようだった。ホームズは、塀をよじ登ると、わたしから犬を受け取り、塀の向こう側に降ろした。

わたしが彼のそばまで登っていくと、「義足の男の手の跡があるよ」と言った。「白いしっくいの上に、かすかな血の跡がついているのが見える。昨日から大した雨が降らなくて、助かったね。これなら、彼らは二十八時間前に出発したけれども、まだ道に臭いが残っているはずだ」

わたしは、その間の、ロンドンの道路の激しい交通量を考えると、臭いが残っているかどうか怪しいと思ったが、わたしの不安はすぐに解消された。トビーは、決してためらったり、横道にそれたりせず、独特の転がるような格好で前進し続けた。明らかに、クレオソートの刺激臭は、道路に付着した他の臭いより強かったのである。

「この事件で、犯人の一人が化学薬品の中に足をつっこんだ、という偶然だけを頼りにぼくが捜査しているなどとは、思わないでくれたまえよ」と、ホームズは言った。「今では、他にも、犯人を追う方法をたくさん知っている。が、これがいちばん手軽だ。幸運が用意してくれたチャンスを使わない手はないからね。しかし、一時はもう少し頭を使う事件になりそうだったが。こういう見え透《す》いた手がかりがなかったら、ぼくは、いま少し面目《めんぼく》を施《ほどこ》すことになったはずだよ」

「いや、君は面目を充分に施しているよ」と、わたしは言った。「君がこの事件の糸口を見つけていく方法を見ていると、ぼくは、ジェファスン・ホープによる殺人事件の時よりも、さらに感心してしまうよ。この事件のほうが、奥深く、不思議に思える。たとえば、なぜ、義足の男の特徴を、あれほど自信を持って言えるのかね？」

「それは、君、単純そのものさ。芝居がかったことは嫌いだから言ってしまうけれど、すべて、隠しようもなく、はっきりしている。囚人警備隊を指揮する二人の士官が、埋められた財宝に関する重大な秘密を知った。宝の地図を書いたのは、イングランド人のジョナサン・スモールだ。モースタン大尉の持ちものの中にあった地図に、彼の名があったことを、覚えているね。彼は、自分と仲間を代表して、それに署名した。この地図をいささかドラマチックにするために、『四つのサイン』と呼んだあの地図だ。この地図のおかげで、士官たち、あるいはそのうちの一人が、財宝を手に入れて、イングランドへ持ち帰った。おそらく、その地図を受け取る際の約束を果たさずにだ。次に、ジョナサン・スモールは、なぜ財宝を自分で手に入れなかったのか？　答えは簡単さ。地図は、モースタンが囚人と親しくなった時期のものだ。ジョナサン・スモールが財宝を手に入れなかったのは、彼も仲間も囚人の身で、外に出られなかったからだ」

「しかし、それは単なる推測じゃないか」と、わたしは言った。

「いや、推測以上のものだ。事実を説明するには、こう仮定するしかない。その後のなりゆきと、どのようにうまくつながるかを見てみよう。ショルトー少佐は、手に入れた財宝に満足して、何年かの間は平和な生活を送っていた。しかし、インドから一通の手紙が来ると、ひどくおびえた。それは何の手紙だったか？」

「彼に裏切られた連中が釈放《しゃくほう》された、という手紙だったわけか」

「または、脱走したかだ。脱走した可能性がずっと高いだろう。彼らの刑期を知っていたはずだから、釈放されたのなら、驚くわけはない。そこで、少佐はどうしたか？　義足の男を、異常なまでに警戒するようになる。その男は白人だ。いいかね。なぜならば、白人の商人を、その男と勘違いしてピストルで撃《う》ってしまったくらいだからね。ところで、地図にサインがあった名前のうちで、白人のものは一つだけで、あとはヒンドゥー教徒か回教徒だ。というわけで、義足の男がジョナサン・スモールということは、確信を持って言える。この推理で、おかしいところがあるかね？」

「いや、実に明快で簡潔《かんけつ》だよ」

「それでは、ジョナサン・スモールになったつもりで、考えてみようか。彼は、二つの考えを胸に、イングランドに帰って来た。まず、自分の当然の権利だと考えるものを取り返すこと。もうひとつは、彼をだました男に復讐《ふくしゅう》することだ。彼は、ショルトーの居場所を突き止め、たぶん、屋敷の内部の人間にわたりをつけたのだろう。ラル・ラオという、ショルトーの執事だよ。わたしたちは、彼とは会っていないが。バーンストン夫人によると、とても善人とは言えない男だったそうだよ。だが、スモールにも、財宝がどこにかくされているのかはわからなかった。少佐と、死んだ忠実な召使いのほかは、誰も知らなかったわけだからね。ところが、スモールは、少佐が臨《りん》終《じゅう》の床《とこ》にあることを突然に知った。財宝の秘密が少佐の死と共にあの世に行ってしまうかと思うと、気が気ではなく、警備の目の中を通り抜けるという危険を冒して、瀕《ひん》死《し》の少佐の部屋の窓に近づいたのだが、二人の息子がいたため、中には入れなかった。しかし、死んだショルトーに対する憎しみで、気も違わんばかりのスモールは、その夜、部屋に侵入すると、財宝に関するメモでもないかと、少佐の書類を引っかき回した。しかし、結局なにも見つからなかったので、紙切れに、自分が来たことを知らせる記念メモを残した。万一、少佐を殺したら、これは普通の殺人ではなく、四人の仲間の立場からすれば、一種の制裁《せいさい》なのだということを示すために、死体の上に何か残そうと前々から思っていたに違いない。この種の風変わりで突飛な思いつきは、犯罪史上ではさして珍しくないからね。そして、それがしばしば犯人の割り出しに役立つのさ。ここまでのところは、わかったかね？」

「とてもよくわかった」

「さて、ジョナサン・スモールにできることは？　息子たちが懸命《けんめい》に宝探しをするのを、密《ひそ》かに見守り続けるほかない。おそらくは、イングランドを去り、ときどき様子を見に帰国していたのだろう。やがて、屋根裏部屋から宝が見つかると、彼はすぐにそれを知らされた。ここでも、屋敷内に手引きした者がいたことがわかるだろう。義足のジョナサンにとって、バーソロミュー・ショルトーの高い部屋によじのぼるのは、全く不可能だ。しかし、彼は少しばかり奇妙な仲間を連れている。彼が助けになったのだが、あいにく裸足の足をクレオソートにつっこんでしまった。そこで、トビーの登場とあいなって、アキレス腱《けん》を少々痛めた退役軍人様が、六マイル（約一〇キロ）ののろのろ行進をなさるというわけさ」

「だが、殺人を行なったのはジョナサンではなく、その仲間のほうだね」

「そのとおり。部屋に入って、あちこち歩き回った様子から見て、ジョナサンにとって殺人はどうもおもしろくないできごとだったようだ。ジョナサンは、裏切り者の息子であるバーソロミュー・ショルトーには何の恨《うら》みも抱いておらず、できれば彼を縛《しば》り上げて、猿ぐつわをかませるだけにしたかったのだろう。彼は自分の首を絞首縄に突っこむようなまねはしたくなかったろうしね。しかし、もうどうしようもなかった。仲間の残酷《ざんこく》な本能が吹き出して、その時にはもう、とげに塗った毒がショルトーを殺してしまっていたのだ。そこで、ジョナサン・スモールは、あの紙切れを残すと、財宝の入った箱を地面に降ろし、自分もそれに続いた。ここまでが、ぼくが解いた事件のあらましだ。もちろん、ジョナサンの容貌《ようぼう》に関しては、アンダマン諸島のような暑いところで服役《ふくえき》していたのだから、中年に相違なく、また、日焼けしているに違いない。身長は、歩幅《ほはば》から簡単に割り出せる。また、ひげを生やしていることもわかっている。毛深いというのが、サディアス・ショルトーが窓越しに見た印象だ。ぼくがわかっているのは、これで全部だ」

「仲間のほうは？」

「ああ、そうだね、それは大した謎ではない。もうすぐ、君にもわかるさ。朝の空気は、なんとさわやかなのだろう！　あの小さな雲は、巨大なフラミンゴのピンクの羽みたいだ。ほら、太陽の赤いふちが、ロンドンをおおう雲の層の上に姿を現わそうとしている。この太陽は、ずいぶんたくさんの人を照らしているが、その中で、君やぼくほど奇妙な仕事をしている者はいないだろうね。自然の偉大な力の前では、つまらぬ野心にとらわれて、あくせくとしている人間の姿は、なんと小さな存在だろう！君はジャン・パウル[51]については詳しいかね？」

「まあ、いちおうね。カーライル[52]を通して、彼の著作にたどり着いたのさ」

「小川を遡《さかのぼ》って、水源の湖に出たようなものだね。彼は、ちょっと見ると奇妙に思えるが、なかなか深遠なことを言っている。人間の真の偉大さは、自分がどれほど無力な存在であるかを悟ることだ、とね。人間が持つ、比較や識別の能力が、それ自体崇《すう》高《こう》さの証《あかし》だと述べているわけだ。リヒターの作品には、思考の糧《かて》になるものがたくさんあるね。ところで君は、ピストルは持ってきていないね？」

「ステッキならあるけれど」

「一味のアジトに踏《ふ》み込むには、武器の類《たぐい》が必要になるかもしれない。ジョナサンは君に任せるが、もう一人のほうがもし卑劣《ひれつ》なことをしたら、ぼくはピストルで撃ち殺すよ」

そう言うと、ホームズはピストルを取り出し、弾倉に二発弾丸を入れると、上着の右ポケットにしまった。

わたしたちは、この間ずっと、トビーに引かれて、郊外住宅が立ち並ぶ町はずれの道を、都心へと進んでいた。しかし、今や、とぎれなく家並みの続く街路にさしかかっており、労務者や沖仲士《おきなかし》はすでに起き出し、しどけない格好をした女たちがよろい戸を開けたり、戸口を掃除したりしていた。四角い屋根の、角のパブは、店を開けたばかりで、いかつい顔の男たちが、朝の一杯をひっかけたあと、そでで口ひげを拭《ぬぐ》いながら出てくるところだった。変な犬どもがふらりと姿を現わし、通りかかったわたしたちを不思議そうに眺めたが、われらの名犬トビーは、脇目もふらず、鼻をひたすら地面にこすりつけては、ときどき強い臭いがすると鼻を鳴らして、ぐんぐん進んでいった。

わたしたちは、ストレタム、ブリクストン、カンバーウェルを通り過ぎ、オーヴァル競技場の東側にある脇道を抜けて、ケニントン小路《レイン》へと出た。わたしたちが追っている犯人は、おそらく、人目につかないように、奇妙にくねくねと曲がった道筋を逃げたようであった。表通りに平行に走る裏道があれば、必ず、表通りを避けていた。ケニントン小路《レイン》の端から左に入り、ボンド街を抜けて、マイルズ街へと出た。ところが、ナイツ・プレイスに入る辺りで、トビーは進むのをやめて、一方の耳を立て、片方をたらして、行ったり来たりし始めた。まさに、犬が迷ったときのしぐさだ。そして、まるで、困っているから助けてほしいというように、ときどきわたしたちを見上げながら、同じところをくるくると回りだした。

「どうしたのだろう?」と、ホームズが唸《うな》った。「まさか、ここで馬車を捕まえるか、気球に乗ったというわけではあるまい」

「たぶん、ここでしばらく立ち止まったのだろう」と、わたしは、思いついて言ってみた。

「あ！　しめた。また歩き始めた」ホームズは、安心したように言った。

犬は、しばらく辺りを嗅ぎまわった後、突然、決心を固めたように、これまでにな
く力強いしっかりとした足どりで、進み始めた。さっきより臭いが強くなったようで、
地面に鼻をこすりつけることもなく、紐をぐいぐい引っ張って、走り出さんばかりの
勢いだった。ホームズの目の輝《かがや》きを見て、目的地が近いと思っていることがわたしに
はわかった。

わたしたちは、ナイン・エルムズを通り抜け、ホワイト・イーグル・パブをすぎた
ばかりのところにある、ブロデリック・アンド・ネルソン会社の大きな材木置き場に
出た。犬は、ここぞとばかりに興奮《こうふん》したまま、脇の門から敷地へ駆《か》け込んだ。中では、
木びきたちが、もう仕事を始めていた。犬は、おがくずやかんなくずの中を通って、
路地を抜け、通路を曲がり、積み上げた材木の間を走りまわり、ついに、勝ち誇《ほこ》った
ような鳴き声をあげたかと思うと、運搬用に使われた手押し車にまだ載せてあった大
きな樽に飛び乗った。トビーは、舌をだらりと垂らし、目を輝かせて、樽の上に立ち、
誉《ほ》めてほしいといった様子で、わたしたち二人をかわるがわる眺めた。樽板と手押し
車の車輪には、黒い液体がこびりつき、辺りにはクレオソートの臭いが立ちこめてい

た。

シャーロック・ホームズとわたしは、あっけにとられて顔を見合わせた。そして、あまりのことにこらえきれず、二人同時に笑い出してしまった。

第8章　ベイカー街遊撃隊

「なんということだ。絶対の信用を誇《ほこ》るトビーの鼻も、役立たずか」と、わたしは言った。

「いや、いや、よくやったさ」と言って、ホームズは犬を樽《たる》からおろし、材木置き場の外に連れ出した。「ロンドン中で、一日に、どのくらいのクレオソートが運ばれているかを考えれば、ぼくたちが追いかけている臭いが他のと交差したとしても、さしたる不思議はない。クレオソートは、今では特に、木材の防腐用によく使われているからね。トビーのせいではないよ」

「それでは、もう一回、元の臭いの地点まで、戻らないといけないだろうね」

「そう。しかし、幸いなことに、そう遠くまで戻る必要はない。ナイツ・プレイスで犬が迷っていたのは、きっと、二つの異なる臭いの跡が反対の方向に走っていたからだ。そこで間違ってしまったのだ。もう一方を追うしかないよ」

それは、難しいことではなかった。間違ったところまで、トビーを連れてくると、大きく円を描いて嗅《か》ぎ廻っていたが、やがて、新しい方向に向かって走り出した。

「さっきのクレオソートの樽《たる》が出発した地点へ連れて行かれないように、気をつけなければいけないね」と、わたしは言った。

「ぼくも、それは考えたよ。だが、犬はずっと歩道を走っているだろう。樽なら車道を通ったはずだ。今度は、正しい臭いをかぎわけたのだよ」

犬は、ベルモント・プレイスとプリンス街を抜けて、川岸へと向かった。そして、ブロード街のはずれで川岸におりると、そこには、小さな木の桟橋《さんばし》があった。トビーは、その桟橋の先端まで行くと、立ち停まって遠くの暗い川の流れを見ながら、鼻を鳴らした。

「ついてないね」と、ホームズは言った。「彼らは、ここで船に乗ったのだ」

船着き場の端や水の上には、小舟が何艘《そう》かつないであった。わたしたちは、一艘ずつ、トビーに調べさせた。犬は一生懸命臭いを嗅ぎまわったが、何の反応も示さなかった。

粗末《そまつ》な浮き桟橋の近くに、小さなれんが造りの小屋があって、二つめの窓からぶら下がった木製の看板には、大きな文字で「モーディカイ・スミス」とあり、その下に「貸し船、時間貸し、日貸し」と書いてあった。戸口の上の、もう一つの看板には、蒸気ランチもあると書いてある。なるほど、堤防にはコークスが山積みになっている。

シャーロック・ホームズは、辺りをゆっくりと眺めたが、その顔には、陰うつな表情が浮かんでいた。

「まずいな」と、彼は言った。「連中は、思ったより、抜け目がないようだ。足跡をくらましてしまったらしい。ここに、前もって船を用意しておいたのかもしれない」

彼が小屋の戸口に近づくと、戸が開いて、中から、六歳くらいの縮《ちぢ》れ毛の、小さな男の子が飛び出してきた。そして、そのあとから、小太りした赤ら顔の女が、大きな海綿《かいめん》を片手に持って追いかけてきた。

「戻ってきて、洗わせなよ、ジャック」と大声を張り上げた。「ほら、こっちにおいで、しょうがないねえ。とうちゃんが帰ってきて、そんなに汚いのを見たら、二人とも叱られるよ」

「やあ、坊や！」ホームズは、一計《いっけい》を案《あん》じて声をかけた。「ほっぺたがバラ色で、可愛いなあ！　ねえ、ジャック、何かほしいものはないかい？」

子どもは、一瞬、考え込んで、「一シリングほしいよ」と言った。

「もっとほしいものはないかい？」

「二シリングのほうが、もっといいな」頭のまわるその子は、またしばらく考えてから、そう答えた。

「じゃ、あげるよ、ほら！　可愛い坊っちゃんですな、おかみさん」

「おやまあ、すみませんねえ。可愛いどころか、もう、やんちゃでねえ。ことに、亭主が、幾日も留守をしてるんで、もうあたしには手におえないんですよ」

「お留守ですって？」ホームズは、がっかりしたような声を出した。「それはこまった。スミスさんに用があって、おじゃましたのだが」

「昨日の朝、出かけてったきりで、ほんと言うと、心配になりかけたところなんです。でも、船のことだったら、あたしだってわかりますよ」

「ランチを貸してほしかったのですがね」

「そりゃ、おあいにくさんだ。亭主が乗っていっちゃったのがランチなんですよ。けど、おかしいねえ。ウーリッチ辺りまで往復するくらいしか、石炭を積んでないはずですよ。はしけで出かけたんなら、べつに心配なんかしやしないんだけどね。グレイヴズエンドまで仕事で行っちゃうこともあるし、あっちでやることがあれば、泊まってくることだってあるけどね。でも、蒸気船じゃ、石炭がなけりゃ、どうしようもないじゃないですか」

「川下の船着き場で、買っているかもしれないでしょう」

「そりゃ、そうかもしれないが、うちの亭主は、やりそうもないね。半端《はんぱ》な二、三袋でいくらだとか、ふっかけられたって、しょっちゅう言ってたからね。それに、あの義足の男は好かないねえ。いやな顔つきでさ、口のききようときたら横柄《おうへい》で。ここいらへんをうろつきまわって何をしようと思ってたんだろう?」

「義足の男だって?」ホームズは、さも驚いたといった声で聞いた。

「そうですよ。色黒の、猿みたいな顔をした奴でさ、うちの亭主を何回も訪ねてきましたよ。ゆうべ亭主を起こしたのも、そいつでね。それに、ランチのかまを焚《た》いてたから、亭主は、奴が来るのを知ってたんですよ。実を言うと、なんだか胸さわぎがしてしかたないんですよ」

「いや、いや、スミスのおかみさん。何も心配することは、ありませんよ」と言って、ホームズは肩をすくめた。「夜に来たのが義足の男だと、どうしてわかったのかな?どうして、そう断言できるのかね」

「あの声ですよ。あの、かすれたようなしゃがれ声をあたしが覚えてるんですよ。窓をたたいてね。あれは、三時頃だったかな。『おい、起きろ』って、どなるんです。『当直の時間だぞ』ってね。亭主は、いちばん上の男の子のジムを起こして、あたしにゃ何も言わずに、二人で出かけていきましたよ。義足が石の上で、コツコツいう音が聞こえましたっけ」

「それで、義足の男は一人でしたか?」

「確かなことはわかんないけれど、他に誰かいるような気はしなかったね」

「いや、残念ですよ、おかみさん。ランチが借りたかったのだが。あの船の評判は、よく知ってますよ。あれは、何という名前だったかな？」

「オーロラ号ですよ」

「そうそう！　緑の地に、黄色の線が入ってる、古い船で、幅が広かった？」

「ちがいますよ、テムズじゃめったにお目にかかれない、きれいな可愛い船ですよ。新しく塗り替えたばかりでね、黒に赤い二本線が入ってるんです」

「ありがとう。ご主人のスミスさんから、早く連絡があるといいね。わたしたちもこれから川を下るから、途中でオーロラ号を見かけたら、おかみさんが心配してたって言っておきますよ。煙突は、黒だって言ったかね？」

「いいや、黒に白い線が一本ですよ」

「ああ、そうだった。黒いのは船体だったね。それでは、ごきげんよう、おかみさん。あそこにウェリー船(53)の船頭がいるよ、ワトスン。あれで向こう岸に渡ることにしよう」

渡し船に乗り込んで座ると、ホームズが言った。「ああいう人たちから、何か聞き出すときはね、大事なことを聞きたがってるっていうことを、相手に絶対にさとらせないのが大切なのさ。気づいたら最後、カキのように口を閉じてしまうからね。まあ、聞きたくないことを、いやいや聞いているようなそぶりをすると、いわば、知りたいことをおおかたは聞き出せるものさ」

「道は、かなり見えてきたようだね」と、わたしは言った。

「それでは、君ならこれからどうする？」

「ランチを雇《やと》って、オーロラ号を追って、河を下るよ」

「それは、君、大仕事になるよ。ここからグリニッジまでの両岸にあるいくつもの桟橋の、どれに寄ったのかもわからないのだし、橋の下流は、何マイルにもわたって船着き場が迷路のように入り組んでいる。君一人だけで全部探してたら、船着き場を調べつくすのに何日もかかってしまうよ」

「それなら、警官に頼むというのは」

「いや、アセルニー・ジョウンズにご登場願うのは、最後の最後にしてもらいたいね。悪い男ではないし、警察官としての彼の立場を傷つけたくはない。しかし、ここまでぼくたちだけでやってきたのだから、このまま、解決にこぎ着けたいね」

「とすれば、新聞に広告を出して、船着き場の管理人に情報を提供してもらうというのはどうだろうか？」

「それは、もっとまずい！　追手が迫っているのを知って、連中は外国に高飛びしてしまう。実際、外国へ逃げる可能性は高いのだが、ここにいても全く安全だと思っている限り、そうあわてて高飛びすることもないだろう。ここで、ジョウンズの活躍《かつやく》が役に立つというものさ。事件に関する彼の意見は、きっと新聞に載るだろう。そうすれば、逃走中の連中は捜査がまちがった方向にすすんでいると思って、油断するはずだ」

「それで、これからぼくたちはどうするのかね」ミルバンク監獄《かんごく》(54)の近くで岸にあがったとき、わたしは尋ねた。

「まずは、この二輪馬車に乗って家に戻り、朝食をとって、一時間ほど眠るとしよう。今夜も、また、活躍ということになりそうだからね。駅者《ぎよしや》さん！　電報局で止めてくれたまえ。トビーは、このまま連れていこう。まだ、役に立ちそうだからね」

　グレイト・ピーター街の郵便局で馬車を停めると、ホームズは電報を打った。

「誰に打ったと思う？」馬車がまた走り出すと、ホームズが言った。

「全然わからないね」

「君は、刑事警察のベイカー街支隊というのを覚えているかい？　ジェファスン・ホープ事件で雇った仲間さ」

「ああ」と、わたしは笑いながら答えた。

「こういう事件こそ、あの仲間たちが役に立つのさ。うまくいかなければ他の手もあるが、まずは彼らにやらせてみよう。さっきの電報は、薄《うす》よごれた、ちびっ子の隊長、ウィギンズ宛《あ》てに打ったのさ。ぼくたちが朝食を終えるまでには、仲間を連れてやって来るはずだ」

時刻は八時と九時の間だった。わたしは、昨夜の興奮《こうふん》渦巻く一連の事件のあとの、強い反動を感じていた。ぐったりと、何をする気もなく、頭はもうろう、身体は疲労しきっていた。ホームズを駆《か》りたてているような職業上の情熱はわたしにはなかった。しかも、また、事件を単なる抽象的で知的な問題として片づけることもできなかった。バーソロミュー・ショルトーの殺害に関しては、彼についてあまり良い話は聞いていなかったせいで、犯人についても、それほど強い敵意を感じなかった。しかし、財宝となると、話は別だ。財宝、少なくともその一部は、当然、モースタン嬢のものである。財宝を取り返す機会さえあれば、わたしはその目的に命を捧《ささ》げる覚悟だ。たしかに、わたしが財宝を見つければ、彼女は永遠に手の届かない存在になってしまうだろう。だが、そんな考えに左右されるのは、取るに足らない、身勝手な愛情というものだ。ホームズが犯人の発見に努めようとするのなら、わたしが財宝発見に駆りたてられる理由は、ホームズの十倍もあろうというものだ。

ベイカー街に戻って、風呂を浴《あ》び、すっかり着替えると、気分は驚くほどさわやかになった。下の部屋へ降りると、朝食の用意が調《ととの》い、ホームズがコーヒーを注いでいるところだった。

「これさ」彼は笑いながら、ひろげてある新聞を指さして言った。「あの精力的なジョウンズと、神出鬼没の新聞記者連中が、自分たちで事件をでっち上げてくれたよ。

だが、君はもう、事件の話はうんざりだね。まずは、ハム・エッグでもどうかね」
彼から新聞を受け取ると、わたしは、「アッパー・ノーウッドの怪事件」と題した、短い記事を読んだ。

昨夜、十二時頃（と、「スタンダード」紙に書いてあった）、アッパー・ノーウッドにあるポンディチェリ荘のバーソロミュー・ショルトー氏が、自室で死体となって発見された。状況から見て、殺人の疑いが濃い。我々が知り得た情報によると、ショルトー氏が実際に暴力に晒《さら》された形跡はないが、故人が父親から相続した、高価なインドの宝石類が持ち出されていた。第一発見者は、シャーロック・ホームズ氏とワトスン医師で、故人の弟のサディアス・ショルトー氏と共に、屋敷を訪問中だった。幸い、警察探偵局の名刑事アセルニー・ジョウンズ氏が、たまたまノーウッド警察署に出張中で、通報後三十分を待たずして、現場に急行した。ジョウンズ氏は、専門能力と長年の経験を用いて、直ちに、犯人捜査に乗り出した。その結果、故人の弟サディアス・ショルトー氏をはじめとし、家政婦のバーンストン夫人、インド人の執事ラル・ラオ、門番のマクマードらの逮捕にこぎ着けた。明らかに、内部の事情に詳しい者の犯行であることは間違いない。なぜならば、ジョウンズ氏の定評ある専門的知識と、些細《ささい》なことをも見逃さぬ観察眼によって、犯人たちはドアや窓から侵入することはできず、建物の屋根伝いに、はね上げ戸から、死体が発見された部屋に通じる部屋に入ったものと断定的に証明できたからである。これは、きわめて明快に証明された事実であり、事件が単なる偶発的な物とりの犯行ではないことを、もはや決定的に明らかにしている。警察の迅速《じんそく》、かつ精力的な行動は、このような事件で、活動的で独断的な刑事の存在が、いかに大きな役割を果たすかを示している。これはまた、警察探偵力を地方に分散して、捜査対象の事件により密着した、効果的な捜査を行なうことを望む人々に対して、一つの論拠《ろんきょ》を与えたと、考えざるを得ない。

「大したものだね！」と、ホームズはコーヒーを飲みながら、にやりとした。「ご感想はどうかな？」

「ぼくたちも危うく逮捕されるところだったね」

「そう。ジョウンズが、また、あの勢いで当たってきたら、今度は、こちらの身も危ういね」

この時、玄関でけたたましくベルが鳴る音がして、下宿のおかみのハドスン夫人が、困惑しきった、泣き声にも似た声をあげているのが聞こえた。

「大変だ、ホームズ、本当に、追手が来たようだ」と言って、わたしは腰を浮かせた。

「いやいや、それほど悪いことではなくて、あれは非公式な部隊、つまりベイカー街遊撃隊さ」

そう言っているうちに、階段を裸足《はだし》でパタパタと足早に登ってくる音と、甲高《かんだか》い声でがやがやと話す声が聞こえ、ぼろを身につけて、うす汚れた、ホームレスの少年十二人ほどが、どっと部屋になだれ込んできた。彼らの間には、多少の規律があるらしく、登場は騒々《そうぞう》しかったものの、すぐに一列に整列して、指示を待つような表情で、こちらを見た。その中で、ひときわ背の高い、年上の少年が、もったいぶった態度で一歩前に立っていたが、その態度と、やせて、汚れた身なりとは、どう見ても不釣り合いな取り合わせだった。

(55)「電報をもらいましたので、すぐに仲間を連れてきました。切符《きっぷ》代が三ボッブとタナーです」と、その少年が言った。

「ほら、切符代だ」と言って、ホームズはポケットから銀貨を取りだした。「ウィギンズ、次からは、君がみんなの報告を聞いて、ここに知らせてくれればいいよ。こんなふうにみんなで押しかけてきてくれても、困るからね。けれども、今回は君たちみんなに指示を与えておこう。オーロラ号というランチがどこにあるのか知りたいのだ。船主の名は、モーディカイ・スミス。船体は、黒に赤い線が二本入っていて、煙突は、黒に白線が一本だ。テムズ河下流のどこかにいるはずだ。ミルバンクの対岸にある、モーディカイ・スミスの桟橋《さんばし》に、誰か一人を置いて、船が戻ったら知らせるようにしてほしい。他のものは、二手に分かれて川の両岸をくまなく探してくれ。何かわかったら、すぐに知らせてほしい。全部わかったかね」

「はい。わかりました」と、ウィギンズは答えた。

「報酬《ほうしゅう》はこれまでと同じ。船を見つけたものには、さらに一ギニーあげよう。これが、一日分の前払いだ。さあ、始めてくれ！」

ホームズが、全員に一シリングずつ配ると、子どもたちはがやがや言いながら階段を降り、あっという間に通りへ飛び出していった。

「ランチが河に浮かんでいれば、きっと見つけてくれるだろう」と言って、ホームズはテーブルから立ち上がり、パイプに火をつけた。「あの子たちは、どこにでも行けるし、何でも見つけられるし、誰の話でも聞ける。夕方までに、見つけたと言ってくるといいのだが。それまでは、待つしか手はない。オーロラ号かモーディカイ・スミスを見つけるまでは、追跡を続けることはできないからね」

「トビーには、朝食の残りをやっておこうか。君はひと休みするかね、ホームズ？」

「いや、ぼくは疲れてはいない。ぼくは不思議な体質をしているんだ。何にもしないでいると、ぐったりと疲れてしまうけれど、仕事をしていて疲れたことは一度もないのさ。一服しながら、美しい依頼人が持ってきたこの奇妙な事件について、考えてみることにしよう。世の中に簡単な事件などというものがもしあるとしたら、それは、まさにこの事件のことだよ。義足の男も、そうめったにはいないが、その相棒のほうは、まったくもって珍しい存在だからね」

「また相棒の話かい！」

「彼のことを秘密にしておこうなどと、思っているわけではないさ。君は君なりに考えをまとめなければだめだよ。さあ、データに当たってみようか。小さい足跡、靴を履《は》いたことのない足、はだし、先に石をつけた木のハンマー、素早い動作、小さな毒矢。これから、どんなことがわかるかい？」

「現地人だ！」わたしは叫んだ。「たぶん、ジョナサン・スモールの仲間の、インド人の一人だろう」

「そうではないだろうね。奇妙な武器が使われたらしいのを見たとき、ぼくも一瞬そう思ったのだが、特徴のある足跡を見て、考え方を変えたよ。インド半島の先住民の中には小柄な人種もいるが、ああいう足跡を残すことはできないだろう。本来のヒンドゥーの足は、長くて幅が狭い。回教徒は、サンダルを履いており、普通は革紐《かわひも》が親指を分けるので、親指が他の指から離れている。小さな矢も、飛ばす方法はただ一つ。吹き矢だよ。とすると、そういう現地人はどこにいるだろうか？」

「南アメリカかな」わたしは、口からでまかせを言った。

ホームズは、腕を伸ばして、棚から分厚い本を取りだした。

「これは、いま刊行中の地名辞典の第一巻だ。最新の信頼できる情報が載っていると考えていいだろう。何と書いてあるかな？　『アンダマン諸島。ベンガル湾内、スマトラの北、三百四十マイル（約五四四キロ）に位置する』ほ、ほう、それから？　気候は多湿、珊瑚礁《さんごしょう》、サメ、ブレア港[56]、流刑囚人収容所、ラトランド島、ハヒロハコヤナギか。あっ、あった！　『アンダマン諸島の原住民《アボリジニー》[57]は、地上で最も背の低い人種であると考えられる。ただし、人類学者の中にはアフリカのブッシュマン、アメリカのディガーインディアン、あるいはフエイゴー諸島の住民を挙げるものもいる。平均身長は、四フィート（約一二〇センチ）未満。成人でも、これよりはるかに背の低いものもいる。気性が荒く、気難しくて、扱いにくいが、いったん信頼されれば、献身的《けんしんてき》な友情が得られる』ここが大切なところだよ、ワトスン。さあ、次はどうかな。『生まれつき見るも恐ろしい。頭は不釣り合いに大きく、小さくて恐ろしい目を持ち、顔立ちはゆがんでいる。しかしながら、手足は驚くほど小さい。非常に気難しく気性が荒いため、英国政府の懐柔《かいじゅう》政策は、ことごとく失敗している。先に石をつけた棒《ぼう》で、難破船の生存者の頭を叩き割ったり、毒矢を打ち込んだりするため、常に難破船乗組員の恐怖の的となっている。この虐殺は、必ず、人喰い祭りで幕を閉じる』愛すべき、すばらしい人種ではないかね、ワトスン！　こういうやからをしたいようにさせておいたら、この事件は、さらに怖ろしいものになっていただろうね。これまでにおきたことをみるだけでも、ジョナサン・スモールも相棒にしなければよかったと、後悔しているると思うね」

「それにしても、どうして、こういう物騒《ぶっそう》な相棒と組んだのだろうか？」

「さあ、それは、ぼくにもわからない。だが、スモールがアンダマン諸島から来たことははっきりしているのだから、島の原住民が一緒だとしても、不思議ではないね。きっと、その点もすぐにわかるさ。ねえ、ワトスン、ずいぶん疲れているように見えるよ。そのソファに横になりたまえ。ぼくが眠りにさそってあげよう」

ホームズは部屋の隅《すみ》に置いてあったヴァイオリンを手にした。わたしがソファに横になると、彼は、低く、夢見るような、美しいメロディーを奏《かな》で始めた。彼にはすばらしい即興演奏の才があったから、きっと、それも彼自身が作曲したものだったのだろう。彼のやせた腕、真剣な顔、上下に動く弓さばきなどは、かすかに覚えているが、やがて、穏やかな音の海を心地よく漂《ただよ》っているような気がして、ふと気がつくと、夢の中で、モースタン嬢の優しい顔が、わたしを見おろしていた。

第9章　解決への鎖が切れる

わたしが、すっかり元気を取り戻して、目を覚ました時には、既に午後も遅くなっていた。シャーロック・ホームズは、先ほどと全く同じ姿勢で座っていたが、ヴァイオリンは脇に置いて、今度は熱心に本を読んでいた。わたしが体を動かすと、彼はこちらに顔を向けたが、その顔には、暗い不安な表情が漂っていた。

「よく眠ったようだね。話し声で起こしてしまったのではないかと、心配したよ」と、彼は言った。

「何も聞こえなかったけれど、何か新しい知らせでもあったのかね?」と、わたしは答えた。

「残念ながら、ない。正直言って、驚きもしたし、失望もしたよ。今頃までには、何かはっきりしたことがわかる、と思っていたのだが。ウィギンズが報告に来たのだが、ランチの行方は全くつかめないということだ。一刻を争うというのに、こんなところで行き詰まるとは、全く腹立たしいね」

「ぼくにできることはないかい？ もう、充分疲れは取れたから、再度の夜の冒険は大丈夫だよ」

「いや。今のところ、打つ手はなしだ。待つしかないよ。ぼくたちが出かけて、留守中に連絡が来たら、後れをとることになるからね。君は好きなようにしてくれたまえ。ぼくはここで連絡を待つよ」

「それでは、ぼくはちょっと、カンバーウェルのセシル・フォレスター夫人を訪ねてこよう。来てほしいと、昨日の夜、言われていたからね」

「セシル・フォレスター夫人のところだって？」ホームズは、チラッと目に笑いを浮かべて言った。

「そう、もちろん、モースタン嬢もさ。二人とも、その後の経過を知りたがっていたからね」

「ぼくだったら、あまり詳しいことは話さないけどね」と、ホームズは言った。「女性が、いつも信用できるとは限らないからね。最も信用できる人であってもさ」

わたしは、彼のこのひどい偏見《へんけん》に、とやかく言う暇はなかった。

「一、二時間で帰ってくるよ」と、わたしは言った。

「わかった。幸運を祈るよ！ 河向こうへ行くついでに、トビーを送り返してくれるとありがたい。今のところは、もう、犬を使うことはなさそうだからね」

そういうわけで、わたしは、まず、ピンチン小路《レイン》のシャーマン老人のところへ寄って、半ソヴリン金貨を払って、犬を返した。カンバーウェルに着くと、モースタン嬢は、昨夜の冒険で少々疲れているように見えたが、事件の経過をしきりに聞きたがった。フォレスター夫人も、並々ならぬ好奇心を見せた。わたしは、わたしたちがしたことをすっかり話して聞かせたが、事件の陰惨《いんさん》な部分については伏せておいた。ショルトー氏が殺されたことには触れたが、殺人の具体的な手口については、話さなかった。そういう省略された話でも、わたしの話は、二人を充分に驚かせたのである。

「まあ、中世騎士物語ですわね」と、フォレスター夫人が叫んだ。「不当な仕打ちを受けた貴婦人、五十万ポンドの財宝、黒い人喰い人種、それに義足の悪人。ありきたりの竜とか腹黒い伯爵など、形無しですわね」

「それに、武者修行の騎士が二人、助けに来るんですもの」モースタン嬢が、輝《かがや》く瞳《ひとみ》で、わたしのほうをちらりと見て、つけ加えた。

「まあ、メアリ、あなたの運命は、この捜査の結果にかかっていますのよ。落ちついてなんかいられないでしょうに。大金持ちになって、何でもできるのですよ、どんな気分か、想像してごらんなさい！」

彼女が、そういう見通しに、興奮《こうふん》していないことを知ったわたしは、うれしさで胸が震える思いだった。それどころか、彼女は、そんな話にはたいして興味がないというように、誇《ほこ》り高い頭を上げた。

「わたくしが心配しておりますのは、むしろサディアス・ショルトーさんのことですの」と、彼女は言った。「他のことは、どうでもよろしいのです。ショルトーさんは、初めからずっと、大変ご親切で、ご立派でしたわ。このような、根も葉もない、怖ろしい嫌疑を晴らしてさしあげるのが、わたくしたちの務めですわ」

カンバーウェルを出たのは夕暮れで、家に帰り着く頃には、辺りは真っ暗になっていた。椅子《いす》のそばに、ホームズの本とパイプがそのままになっていたが、当の本人の姿はなかった。書きおきでもないかと探してみたが、何もなかった。

「シャーロック・ホームズさんはお出かけかね？」わたしは、ブラインドをおろしに来た、ハドスン夫人に尋ねた。

「いいえ、寝室においでですよ。ですが、先生」と、彼女は声をひそめて言った。

「わたしは、ホームズさんのお体が心配ですわ」

「どうしたというの、ハドスンさん？」

「おかしいのですよ。先生がおでかけになってから、お部屋の中で行ったり来たりなさって、足音が気になって気になって。そのうちに、ぶつぶつ独り言を言っていたかと思うと、今度は、玄関のベルが鳴るたびに、階段の上に出てらして、『誰かね、ハドスンさん？』て、聞くんです。今は、お部屋の戸を閉めてしまわれて、でも、さっきと同じように歩く音が聞こえます。お具合が悪くなければいいんですが。解熱剤《げねつ》でも、お持ちしましょうかと言ってみたのですが、今まで見たこともない顔つきでわたしをご覧になるので、あわてて逃げてまいりましたの」

「心配にはおよびませんよ、ハドスンさん」と、わたしは答えた。「前にも、こういうことがありましたから。ちょっとした心配ごとがあって、落ち着かないのでしょう」

わたしは、親切なハドスン夫人に、さりげなくそう言ってはみたものの、その長い夜、一晩中、ときどき彼の鈍い足音が聞こえており、動きの取れない状態が鋭い神経をすり減らしていると知っていたから、わたし自身も不安に駆《か》られてしまった。次の朝の朝食の時、ホームズは疲労でやつれ、頬は熱でもあるかのように、赤みを帯びていた。

「これでは、君のほうがまいってしまうよ」と、わたしは言った。「一晩中、部屋の中を歩き回っていたようだね」

「うん、眠れなかったのでね」と、彼は答えた。「このいまいましい事件には、まいってしまうよ。他はすべて順調だったのに、こんなつまらぬ障害で立ち往生《おうじょう》とはね。犯人たちも、ランチも、何もかもわかっているのに、知らせがないのだよ。他の機関も動かしているし、あらゆる手は打ってある。河は、両岸くまなく探させているのに、連絡がないし、スミスのおかみさんにも、亭主から何も言ってきていない。奴らが舟底に穴を開けて船を沈めてしまった、とも考えられなくはないが、その推理にも反論はできる」

「それでは、スミスのおかみさんが、間違った船を教えたとか」

「いや、そういうことは、考えられないね。いろいろ問い合わせてみたのだが、彼女が言ったとおりの船は確かにあるのだ」

「では、船が上流に行ったのだろうか?」

「その可能性も考えた。遊撃隊を出して、リッチモンドまでは調べさせている。今日中に連絡がこないようだったら、明日、ぼくが出かけていって、船ではなしに、犯人を捜してみようと思っている。けれども必ず何か連絡があるはずだ」

ところが、知らせは来なかった。ウィギンズからも、他の連中からも、一言も連絡はなかった。ほとんどの新聞には、ノーウッドの悲劇を扱った記事が出ていた。しかも、どれもが気の毒なショルトー氏を犯人扱いしているように見えた。翌日、検死陪審が行なわれるということ以外は、何も目新しい情報はなかった。夕方、わたしは、出かけた。二人の婦人たちに、捜索が不首尾《ふしゅび》に終わったことを知らせに、カンバーウェルまで出かけた。帰ってくると、ホームズはいっそう元気をなくして、ふさぎ込んでいた。彼は、わたしが何か聞いても、ろくに返事もせず、夕方、ややこしい化学の実験に熱中して、レトルトを火にかけたり、蒸発した気体を冷やしたり、しまいには、その場にいられないほどの悪臭を出す始末だった。深夜おそくまで、試験管をガチャガチャいわせる音が聞こえたところをみると、まだあの悪臭に満ちた実験を続けているようだった。

明け方、わたしがはっとして目を覚ますと、驚いたことに、ホームズが粗末《そまつ》な水夫服に厚手のジャケツを羽織り、首には下品な赤いスカーフを巻いて、ベッドの脇に立っていた。

「ワトスン、川下《かわしも》の方へ行ってくるよ」と、彼は言った。「いろいろ考えてみたのだが、打つ手は一つしかない。とにかく、やってみるだけの価値はあるだろう」

「もちろん、ぼくも一緒に行っていいだろう?」と、わたしは言った。

「いや、君はぼくの代理として、ここに残っていてくれるほうがずっと役に立つ。ぼくだって行きたくはないんだよ。ウィギンズもゆうべはしょげ返っていたが、今日は、何か知らせが届きそうだ。ぼく宛てのメッセージや電報は、全部開封して、何か連絡が入ったら、君の判断で行動してほしい。いいね」

「もちろんだとも」

「ぼくに電報を打つことはできないよ。自分でも、どこへ行くかわからないからね。でも、運がよければ、そう長くはかからないだろう。何らかの手がかりをつかんで帰ってくるよ」

朝食の時間になっても、彼からは何の連絡もなかった。しかし、「スタンダード」紙を開けると、事件の新たな展開を報じる記事が目に入った。

アッパー・ノーウッドの悲劇に関しては（と、書いてあった）、当初の予想以上に、複雑で謎の多い事件となりそうな気配である。新たな証拠により、サディアス・ショルトー氏が、どんな形にせよ、事件と関わりをもつことは全く不可能だとわかった。ショルトー氏と、家政婦のバーンストン夫人は、昨夕釈放された。しかし、警察は真犯人に関する手がかりをつかんでおり、目下スコットランド・ヤードのアセルニー・ジョウンズ氏が、評判の精力と知力を駆使《くし》して捜査に当たっていると考えられる。遠からず、犯人逮捕ということになろう。

「ここまでは結構だ」と、わたしは思った。「ともかく、ショルトーさんも、これでひと安心だ。しかし、新しい手がかりとは何だろう。警察がへまをやったときに、よく使う手ではあるが」

わたしは新聞をテーブルに放り出したが、その瞬間、私事広告欄《らん》の広告が目に留まった。それは、次のようなものだった。

尋ね人——船長、モーディカイ・スミスとその息子、ジム。先日の火曜日午前三時頃、ランチ、オーロラ号でスミス宅前の桟橋《さんばし》より出航。船体は、黒に赤線二本、煙突は黒で、白線一本。上記モーディカイ・スミスとオーロラ号の行方に関する情報を、スミス桟橋のスミス夫人、またはベイカー街二二一Bへ通報された方には、謝《しや》礼《れい》五ポンド。

これは、ホームズの仕《し》業《わざ》に違いなかった。ベイカー街の住所が、その証拠だ。もし、この広告が犯人の目に入ったとしても、夫の行方を心配して出した妻の広告としか見えないだろうから、なかなかうまい方法だと思った。

長い一日だった。ドアをノックする音や、通りを足早に歩く音が聞こえるたびに、ホームズが戻ってきたのか、それとも広告を見た人がやって来たのかと思った。本を読もうとしてみたが、ついつい、この奇妙な捜索や、追跡中の不気味な組み合わせの二人組の悪党のことを考えてしまい、集中できなかった。ホームズの推理には、何か根本的な誤《あやま》りがあるのだろうか？　彼は、何か大きな勘違いをしているのではないか？　彼は、確かに鋭敏《えいびん》で論理的な頭脳の持ち主だが、間違った前提に立って、見当違いの推理を立ててしまった可能性はないのか？　ホームズの推理がはずれたことはないのだが、どれほど頭の冴《さ》えた理論家でも、たまには誤ることもあるだろう。彼は、推理をもてあそびすぎ、そのために、失敗しかねない。単純で常識的な説明が手近にあるのに、わざわざ風変わりで難解な説明をしたがるのだ、とわたしは考えた。しかし、そうは言っても、今度の場合は、わたし自身が証拠を見ているのだし、彼の推理の根拠も聞いている。次々におこる一連の奇妙な事実を振り返ってみると、その多くは取るに足らないことなのだが、全体としては一つの方向性が見えてくる。万一、ホームズの説明が間違いだとしても、真相は、やはり同じように奇怪で驚くべきものだと思わざるを得なかった。

午後三時、玄関のベルが勢いよく鳴ったかと思うと、もったいぶった声が聞こえ、こともあろうに、あのアセルニー・ジョウンズ氏が姿を見せた。しかし、その様子は、アッパー・ノーウッドで自信満々に事件を引き継いだときの、無愛想で横柄《おうへい》な常識家先生とは別人のようで、表情はうちしおれて、態度もおとなしく、反省の色まで出ていた。

「こんにちは。先生、どうも」と、彼は言った。「シャーロック・ホームズさんは、お出かけのようですね」

「そう、いつ戻るかはわからないのです。お待ちになられますね。おかけになって、葉巻でもいかがですか?」

「ありがとう。待たせていただきますよ」と言って、彼は、赤い大きな絞《しぼ》り染めのハンカチで、しきりに汗を拭《ぬぐ》った。

「ウィスキー・ソーダでもいかがですか？」

「それでは、グラス半分ほどいただきましょう。この時期にしてはむやみに暑いですね。それに、心配ごとや悩みごとが多くありましてね。ノーウッドの事件に関する、わたしの推理はご存じでしょうな？」

「はい、うかがったことは憶えています」

「それが、もう一度考え直さざるを得なくなったのです。ショルトー氏の周りに、しっかり網《あみ》を張っていたのですが、真ん中の穴から、彼がするりと抜け出てしまったというわけです。彼には、動かしがたいアリバイがあったのです。兄さんの部屋を出てから、一人になったことがないのですよ。だから、屋根に登ってはね上げ戸から入ったのは、ショルトー氏ではあり得ない。これはなかなか謎の多い事件で、わたしの職業的な信用もかかっています。少しでも協力いただけると、助かります」

「誰でも、助けがいることはありますよ」と、わたしは言った。

「あなたのお友達のシャーロック・ホームズさんは、実にすばらしいお方です、先生」と、彼はしゃがれ声でないしょを打ちあけるように言った。「負けることを知らない人だ。まだお若いが、たくさんの事件を手がけて、解決できなかったという事件は、一つもない。方法は型破《かたやぶ》りで、少々せっかちに推理に飛びつくところはあるが、全体として見れば、警官になったとしても、大成されたでしょうね。これは誰はばかることなく言えることです。今朝、ホームズさんから電報をもらいましてね。なんでも、このショルトーさんの事件に関して、何か手がかりをつかんだらしいのですよ。これが、その電文です」

彼はポケットから電報を取り出して、わたしに手渡した。正午に、ポプラー局から打たれたものだった。

「直ちにベイカー街に来られたし。わたしが未着なら、待たれたし。ショルトー事件の一味に迫《せま》りつつある。結末に立ち会いたければ、今夜、同行もよし」

「いい知らせですね。どうやら、再び手がかりを見つけたらしい」と、わたしは言った。

「それでは、あの方もやはり、当惑なさっていたのですか」と、ジョウンズは明らかに満足そうな様子だった。「どんなすぐれた追っ手でも、巻かれてしまうことはありますよ。もちろん、これも誤報かもしれないが、どんなチャンスも逃さないのが、警察官の務めですからね。おや、誰か来たようだ。きっとホームズさんでしょう」

階段を登る重い足音がして、息を切らした時のように、ぜいぜいとあえぐ音が聞こえた。足音の主は、階段を登るのがさもつらそうに、一、二度途中で立ち止まったが、やっとのことで、ドアにたどり着き、扉を開けて部屋の中に入ってきた。彼の外見は、それまでに聞いた音と一致していた。年寄りで、水夫服を着て、古ぼけた厚手のジャケツのボタンをえり元までしっかり止めている。腰は曲がり、膝《ひざ》は震え、喘息《ぜんそく》持ちのように、苦しそうに息をしていた。太いオーク材の杖《つえ》に身をもたせかけると、深く息を吸い込もうとする努力のために両肩が上下に動いた。あごの周りには色染めされたスカーフを巻いているため、ふさふさした白い眉毛の下に鋭く光る黒い目と、長い灰色のもみあげ以外、ほとんど見えなかった。昔は立派な船長だったろうが、今では老いと貧困に身をやつしている、というのが全体的な印象であった。

「ご用件をうけたまわりましょう」と、わたしは尋ねた。

客は年老いた人にありがちなようにゆっくりと、丁寧に辺りを見まわした。

「シャーロック・ホームズさんはおいでかな?」と、彼は言った。

「いませんが、わたしが代わりに承りましょう。彼にメッセージがあれば、お伝えしますよ」

「本人にじかに話したいのでね」と、彼は言った。

「しかし、わたしが代理人ですから、承りましょう。モーディカイ・スミスの船のことですか?」

「そう、その船がどこにあるか知っとるのさ。ついでに、探しとる連中の居どころもさ。そのうえ、宝のありかも知っとる。何もかもだ」

「それなら、おっしゃってください。彼に知らせますから」

「本人じゃなけりゃ、言えんね」彼は、年寄り特有の頑固《がんこ》さで、いらだたしげに繰《く》り返した。

「それでは、お待ちになるほかありません」

「いやいや、ひと様のために、わしゃあ一日をふいにすることはできねえぞ。ホームズさんがいないってえなら、自分で探しかあるめえよ。あんたら、どんな顔したってかまやしねえ、わしゃ言わんぞ」

足を引きずりながら、戸口に行きかけた老人の前に、アセルニー・ジョウンズが立ちはだかった。

「じいさん、ちょっと待ちなよ」と、彼は言った。「重要な情報を持っているとなれば、帰ってもらうわけにはいかないよ。いやでも何でも、ホームズさんが帰るまで、あんたを放さんぞ」

老人は、小走りに戸口へ向かって駆け出したが、アセルニー・ジョウンズが幅広な背中をドアにおしつけて出口をふさいでしまったので、抵抗しても無駄だとわかった

F・H・タウンゼンド画

ようだ。

「なんてことをしやがる！」と、彼は杖で床をたたいた。「わしゃ、紳士に会いに来たってえのに、どこの馬の骨ともしれん、おまえら二人が、わしをつかまえて、この扱いか！」

「ご損のないようにしますから」と、わたしは言った。「時間をとらせた分には、お礼をします。ここのソファに腰かけて。そう長くはありませんよ」

彼は、ひどく機嫌を損《そこ》ねた態度で、部屋を横切ると、座って顔を両手の中にうずめた。ジョウンズとわたしは、再び葉巻に火をつけて、話し始めた。すると、突然、ホームズの声がした。

「ぼくにも葉巻をくれたまえ」と、言ったのだ。

わたしたちは、驚いて、椅子から飛び上がった。ホームズが、さも愉快そうに、すぐそばに座っているではないか。

「ホームズ！」わたしは叫んだ。「帰ってきたのか！　あの老人はどこに行ってしまったのだ？」

「ここにいるよ」と言って、彼は白髪の束を差し出した。「ほら、ここにカツラと、頬ひげと、まゆ毛など全部がある。あの変装は、我ながら上出来だとは思ったが、あれほどうまくだませるとは思わなかったよ」

「なんという人だ！」ジョウンズが、いかにも楽しそうに叫んだ。「役者にだってなれますな、それも名優だ。救貧院にいる老人特有の咳《せき》までして、あのよたよたした歩き方だけでも、週に十ポンドは稼げそうだ。でも、あなたの目の輝《かがや》きを知っているつもりでしたがねえ。あなたは、そう簡単には逃げませんなあ、そうでしょう」

「一日中、この変装で動いていました」と言って、ホームズは葉巻に火をつけた。「たくさんの犯罪者が、わたしの名前を知り始めていますからね。ことに、このワトスンが、わたしのかかわった事件のうちのいくつかを発表するようになってからですが。こういうふうに、ちょっとでも変装しないことには、調査もやりにくくてね。電報は届きましたね？」

「ええ、それで出向いてきたわけです」

「そちらの捜査のほうは、いかがですか？」

「骨折り損でした。容疑者のうち、二人は、釈放《しゃくほう》せざるを得ませんでしたし、残りの二人も、証拠不充分でして」

「ご心配にはおよびません。その二人の代わりに、別の二人を教えてあげますよ。ただ、わたしの言うとおりに行動していただきたい。公《おおやけ》の名声はあなたのものですが、わたしの指示する線で動いてもらわなくては困ります。いいですね？」

「もちろんです。犯人たちをつかまえられるようにしてもらえるのでしたら」

「それでは、まず、足の速い警察艇《てい》――蒸気ランチ――を七時に、ウェストミンスター桟橋に用意してください」

「お安いご用です。あの辺りには、いつでも、一隻《せき》配置されているはずですが、ちょっと通りの向こうまで行って、電話で確かめておきましょう」

「それから、抵抗された場合のために、屈強な男を二人用意してください」

「船には、いつでもその手の男が、二、三人乗っていますよ。他には何か？」

「連中を逮捕すれば、宝は見つかります。その宝の箱を、その半分に対して当然の権利を持っている、あの若い婦人のところへ持って行けるならば、ここにいるわたしの友人も喜ぶことでしょう。彼女に、最初に箱を開けていただこうではないですか。ねえ、ワトスン」

「そうしてもらえると、ぼくもうれしい」

「それは前例がないな」と言って、ジョウンズは首を振った。「しかし、今回は、すべて、異例ずくめの事件だから、そのくらいは、大目に見ておきましょう。その後は、正式な調査が済むまで、宝を当局が預からせていただきますよ」

「もちろん。それは簡単なことです。それにもう一つ。この事件の詳細について、二、三、ジョナサン・スモール自身の口から確かめておきたいことがあるのです。自分が手がけた事件については、すべて自分で解決したいのでね。きちんと、見張りをつけたうえで、この部屋でもどこでもかまわないのですが、彼と非公式に会わせてもらえませんか？」

「まあ、ことはあなた次第ですからね。こちらは、ジョナサン・スモールなる人物がいるかどうかすら、証拠がないのですから。だが、あなたがその男を捕まえるというのなら、スモールと会わせないというわけにもいかないでしょうなあ」

「それなら、了承されたということですね？」

「そのとおり。他には何か？」

「食事をご一緒していただけませんか。三十分でしたくできます。カキと、つがいのライチョウ、それに、白ワインのちょっとしたのがありますよ。ワトスン、君は、ぼくが家政婦となっても一流だとは、知らなかっただろうね？」

第10章　島から来た男の最期

夕食はにぎやかだった。ホームズは、気が向けば、よく話すほうだったが、今日はとりわけ調子が良いようだった。神経が高ぶっているらしくて、これほど口数の多いホームズを見たことがなかった。彼は、たて続けにいろいろな話題、奇跡劇(58)、中世の陶器《とうき》、ストラディヴァリウスのヴァイオリン、セイロンの仏教、そして未来の軍艦《ぐんかん》などについて、まるで専門の研究をしているかのように話し続けた。この上機嫌は、ここ数日続いていたひどいうつ状態の反動のようであった。アセルニー・ジョウンズも、くつろいだ時は社交的な人物らしく、食卓では美食家ぶりをみせた。わたしはといえば、この事件も解決まぢかだと思うと、うれしくて、ホームズと同じように、つい陽気になった。しかし、誰一人として、わたしたち三人を結ぶ原因となった事件のことを、食事中に口にする者はいなかった。

テーブルクロスがたたまれると、ホームズは時計をちらりと見て、三つのグラスにポート・ワインを注いだ。

「我々のささやかな探険の成功のために、乾杯」と、彼は言った。「そろそろ出発する時間だ。ワトスン、ピストルを持っているかね?」

「机の中に、昔の軍用拳銃がある」

「それを持っていったほうがいいね。用心にこしたことはない。玄関に馬車が着いたようだ。六時半に来るよう頼んでおいたからね」

わたしたちがウェストミンスター桟橋《さんばし》に着いたのは、七時を少し回った頃で、すでにランチが待ち受けていた。ホームズは品定めをするように、船を眺め回した。

「警察船であることを示すようなものは、付いていますか?」

「あります。船の側面に付いている、緑の灯です」

「取り外してもらいましょう」

その灯が取り外されると、わたしたちは船に乗り込み、もやい綱《づな》が解かれた。ジョウンズ、ホームズ、そしてわたしは、船尾に座った。舵手《だしゅ》が一人、機関士が一人、それに船首に、たくましい警官が二人いた。

「どちらへ?」と、ジョウンズが聞いた。

「ロンドン塔へ。それから、ジェイコブスン造船所の対岸に停めるように、言ってください」

わたしたちの船は、たしかに船足が非常に速かった。船は、荷を積んだ長いはしけの列が、まるで停泊しているかのように見える速度で、その脇を走り抜けた。ホームズは、船が蒸気船に追いついたかと思うと、たちまちそれを追い越していくのを見て、満足そうに微笑んだ。

「河に浮いているものは、何でも捕まえられないと、困るのでね」と、彼は言った。

「いや、そこまではいかないでしょうが、大抵の船には負けませんよ」

「ほどなく、オーロラ号を追跡することになるが、敵はクリッパー並みだという評判の快速船だからね。ワトスン、形勢はどうなっているか説明しておこう。ぼくが、つまらないところでつまずいて、いらいらしていたのは、君も知っているね？」

「そう」

「そこで、ぼくは化学分析に熱中して、充分に頭を休めた。わが国のある偉い政治家が、別のことをするのは最高の休息だと言っているよ。[59]たしかにそのとおりだ。このところ手がけていた炭化水素の溶解に成功したので、もう一度ショルトー一家の問題に戻って、事件全体を考え直してみた。遊撃隊の子どもたちは、河の上流も下流も探したが、何の手がかりもなかった。ランチはどの船着き場にも桟橋にもいなかったし、戻ってもいない。どうしても見つからなければ、足跡《そくせき》を消すために沈めたと考えられなくはないが、しかしその可能性はまずない。スモールという男は、あるていどの悪知恵は持っているが、手のこんだ策略めいたことはできない。そういったことのできる人間は、普通は、教育を受けているからね。そこで、ぼくは考えた。彼はポンディチェリ荘を絶えず見張っていたわけだから、あの男はしばらくロンドンに住んでいたということだ。ということは、すぐに逃げ出すわけにはいかず、隠れ家を引き払うのに、たとえ一日にしろ、準備する時間が必要だろうということさ。いずれにせよ、これが妥当《だとう》な線だろう」

「そう考えるのは、ちょっと説得力がないね」と、わたしは言った。「彼は、この事件にとりかかる前に、すべての準備を整《ととの》えてしまった可能性が高いと思うがね」

「いや、ぼくはそうは考えない。隠れ家があれば、万一の場合には、そこへ逃げ込めるわけだから、完全に用がないとわかるまでは、引き払わないだろう。しかし、ここで、もう一つ考えたことがある。ジョナサン・スモールは、自分の相棒がその異様な風貌《ふうぼう》のために、どんな外套《がいとう》でかくしても、人の噂《うわさ》にのぼってしまい、このノーウッド事件と結びつけられるのではと、思ったに違いない。彼は利口だから、そのくらいのことは考えついただろう。そこで、連中は、夜の闇にまぎれて、隠れ家を出て、明るくならないうちにそこへ帰るつもりだったのだろう。スミスのかみさんの話だと、船に乗ったのは午前三時過ぎだそうだ。一時間もすれば、辺りは明るくなって、人々が起き始める。だから、一味はそう遠くへは行っていないはずだと、ぼくは考えたのだ。連中は、スミスに充分な口止め料を払って、最後の脱出用に船を押さえ、急いで宝の箱を隠れ家に運んだ。そこに数晩ひそんで、新聞記事に注意しながら、自分たちに容《よう》疑《ぎ》がかかっているかどうかを確かめる。そして、暗いうちに、グレイヴズエンドかダウンズ辺りに停めてある船までランチで行く。さらにその船は、アメリカか、どこかの植民地へ出航する準備が整っているのだよ」

「しかし、ランチはどうしたのだろう？　隠れ家まで運ぶわけには行かないだろう」

「そのとおりだ。ランチは、見つかってはいないが、隠れ家からそう遠くないところにあると思ったのさ。そこで、ぼくはスモールの身になって、あのくらいの知能の男がやりそうなことを推理してみた。彼はたぶん、ランチを返したり、桟橋に停めておいたりしたら、警察の手が伸びた時、追跡されやすくなると思うに違いない。それでは、船を隠せて、しかも、必要なときすぐ手に入れるには、どうすればよいか？　ぼくだったらどうするかと考えてみたのだ。方法はただ一つ。造船所か、修理工場に持って行って、外装を少しばかり変えさせるのだ。そうすれば、船は船置き場かドックへ持って行かれて、うまく隠すことができるし、二、三時間も前に連絡すれば、すぐに使うことができる」

「ずいぶん、簡単なことだね」

「そう、こういう簡単なことが、いちばん見落とされやすいのさ。とにかく、ぼくはこの推理に沿って行動しようと決めた。そして、すぐに、当たり障《さわ》りのない船乗りの変装をして出かけて行き、テムズ河の船置き場を片っ端から当たってみた。十五軒は無駄足だったが、十六軒目のジェイコブスン造船所で、二日前に、オーロラ号の舵《かじ》のちょっとした修理を、義足の男が頼んでいったことがわかった。『舵の具合は、ちっとも悪くないんだ』と、親方は言っていた。『あそこにある、赤い二本線の入った船だよ』ちょうどその時、誰が来たと思う？　ほかならぬ、行方不明だった船長のモーディカイ・スミスだよ！　酒にかなり酔っていたがね。もちろん、スミスを知っていたわけではないが、大きな声で自分の名前と船の名前を怒鳴っているのさ。『今晩八時に取りに来るぞ。八時きっかりだ。いいか。気の短いお客さんが二人、待っているんだからな』ってね。たっぷり礼金をもらったらしく、しこたま金を持っていて、みんなにシリング銀貨をつかませていた。少し、彼のあとをつけてみたが、飲み屋に入ってしまった。そこで、ぼくは船置き場に戻ったのだが、その途中で、偶然、遊撃隊の少年の一人にあったので、船を見張らせておくことにした。水際《みずぎわ》にいて、連中が出発するときには、ハンカチを振って、合図してくれることになっている。ぼくたちは少し離れた場所に船を停めていれば、間違いなく、宝ともども連中を捕らえることができるだろう」

「それが真犯人かどうかは別にしても、たいへん巧妙《こうみょう》な計画ですな」と、ジョウンズは言った。「だが、わたしだったら、ジェイコブスン造船所に警官の一隊を張り込ませて、連中が来たところを逮捕しますがね」

「それは無理ですよ。スモールは非常に抜け目がないですからね。まず、偵察《ていさつ》を出して、少しでも危ないと思えば、一週間だって、隠れ家にひそんでいますよ」

「しかし、モーディカイ・スミスを尾行して、奴らの隠れ家を突き止める手だってあったかもしれない」と、わたしが言った。

「それは時間の無駄だよ。スミスが連中の居どころを知っている可能性は、百に一つだろう。スミスは酒と充分な金さえもらえば、そんなことは聞かないよ。用がある時に、連中が使いを出すのさ。いや、打てそうな手はすべて考えてみたが、この方法が一番だ」

わたしたちが、こう話している間にも、船はテムズ河にかかるいくつもの橋の下を通り過ぎていった。シティ[60]を通り過ぎるとき、沈む夕日の光が、セント・ポール寺院の尖塔《せんとう》の十字架を照らしていたが、ロンドン塔に着く頃には、辺りはすでに薄暗くなっていた。

「あれが、ジェイコブスン造船所です」と、ホームズは、サリー州側に見えるマストの列と索具《さくぐ》など一式を指さした。「小舟の間を、隠れながら、ゆっくりここらを往復していてください」彼は、ポケットから夜間用の双眼鏡を取り出すと、岸の方をしばらく眺めていた。「ぼくが頼んでおいた、見張りの少年がもち場にいるのが見える」

と、彼は言った。「だが、ハンカチは振っていないようだ」

「少し下流へ行って、待ち伏せてはどうです」と、ジョウンズが、熱心な口調で言った。

この頃には、何事がおきようとしているのかはっきりとは知らない、警官やかまたきを含め、わたしたちの誰もが真剣だった。

「何事も、こうと決めてかかるのはよくありません」と、ホームズが答えた。「連中が下流へ行くのは、十中八、九間違いはないでしょうが、保証の限りではありません。ここからなら、こちらは造船所の入り口が見えるが、向こうからこちらを見ることはできない。今夜は、晴れて明るい晩になりそうだ。ここにとまっているほうがいいでしょう。ほら、向こうのガス灯の明りの下を、人の群が行くよ」

「造船所の仕事が終わって、帰るところらしい」

「よごれた格好をした連中だが、あそこを行く誰もが、不滅の火花を自らの中に宿しているのだろうね。外から見ただけでは、そうは思えないだろうがね。はじめから魂が宿っているとかいないとかは決められない問題だからね。人間というのは、実に不思議な、謎の存在だなあ！」

「誰だったかな、人間のことを『魂が宿っている動物である』と言った人物がいたね」と、わたしも言ってみた。

「ウィンウッド・リードは、この問題について、実に面白いことを書いているよ」と、ホームズが言った。「個人としての人間は、不可解な謎であるが、集団となると、数学的な確実性が出てくるとね。たとえば、一人の人間の行動を予測することはできないが、一定の数の人間の行動は、正確に予想できるということさ。一人一人の人間はそれぞれ異なるが、平均値で見ると、一定しているということだね。統計学者リードは、そう言っている。おや、ハンカチが見えたかな？　確かに、向こうで白いものがひらひらしている」

「そうだ、君の見張りの少年だ。ぼくにもはっきりと見える」と、わたしは叫んだ。

「それに、あれはオーロラ号だ」と、ホームズも大声を出した。「猛烈《もうれつ》な速さで飛ばしている！　機関士、全速力で前進してくれ。あの黄色い灯をつけたランチを追うのだ。何がなんでも、あれには負けられない！」

オーロラ号は、こちらが見ていない間に造船所の入り口を抜け出て、二、三隻の小型船のかげを走っていたので、こちらが気づいた時には、既にかなり速度を上げていた。今や、岸辺近くの水面を、下流に向かって、猛烈な速度で、飛ぶように船足を上げていた。ジョウンズは、深刻な面もちでその姿を見て、首を振った。

「ずいぶん速い。追いつけるだろうか」と、彼は言った。

「何としてもつかまえねば！」ホームズは、歯ぎしりをしながら言った。「燃料係、どんどん石炭を入れてくれ！　全速力で頼む！　たとえ船が燃えても、彼らを捕まえるのだ！」

オーロラ号との距離は、かなりあった。ボイラーは唸《うな》り、強力なエンジンは巨大な金属の心臓のように、荒く力強い音を響かせた。鋭く尖《とが》った船首が、静かな水面をかき分けて、左右両舷《げん》に波のうねりを送り出す。エンジンが鼓動《こどう》するたびに、船上にいるもの全員が、一つの生き物になったように、飛び上がったり、震えたりした。船首にある大きな黄色い灯が、揺らめく長いじょうご形の光を、わたしたちの前方に投げかけていた。すぐ前に見えるぼんやりした黒い影で、オーロラ号の位置はわかっており、船尾に渦巻く白い泡が、船の速さを物語っていた。わたしたちは、はしけや蒸気船や商船の間を縫《ぬ》って、後ろについたり、横をまわって追い抜いたりしながら、矢のように走り抜けた。闇の中のあちこちからどなり声がかかったが、オーロラ号は、依然として、唸りを上げて走り続けるので、こちらも距離を開けずにそのあとを追いかけた。

「くべるのだ。もっとくべて！」と、ホームズは、機関室を上からのぞきこんで叫ぶと、下から強烈な赤熱の光が、その鷲《わし》のような、真剣な顔を照らし出した。「できるだけの蒸気を作れ」

「少し近づいたようだ」と、ジョウンズが、オーロラ号から目を離さずに言った。

「たしかにそうだ。もう少しで追いつく」と、わたしは言った。

しかし、その瞬間、運の悪いことに、三隻の小舟を引いた引き船が、わたしたちの船の前に割り込んできた。思いきり取り舵を取って左に曲がったので、衝突《しょうとつ》はどうやら避けられたが、それを避けて、再び針路《しんろ》を戻したときには、オーロラ号との距離は、完全に二百ヤード（約一八〇メートル）は離れてしまった。しかし、その姿はまだよく見えて、霧にかすんだ夕暮は、晴れ渡った星月夜へと変わろうとしていた。わたしたちの艇《てい》のボイラーは割れんばかりに燃え、華奢《きゃしゃ》な船体は、船を進める怖ろしい力に、苦しげな音を立てて、ぐらぐらと揺れた。わたしたちは、プールを通り、西インド《ウエスト・インディア》会社のドックを過ぎ、長いデットフォート水域を下って、犬の島《アイルズ・オブ・ドッグズ》をまわり、再び北へと向かった。わたしたちの前方にぼんやり見えていたものは、やがて、優美なオーロラ号の船体だとはっきり見てとれるようになった。ジョウンズが探照灯を照らすと、甲板《かんぱん》にはっきりと数人の人影が見えた。船尾には男が座っていて、膝《ひざ》の間に何やら黒いものをはさみ、その上にかがみ込んでいる。その側には、ニューファウンドランド犬[61]のような、黒いかたまりがうずくまっていた。スミスの息子が舵柄《かじえ》を取っていたが、炉《ろ》の赤い炎を背にして、上半身裸で必死に石炭を放り込むスミス船長の姿も見えた。わたしたちに追われているのが自分の船だということを彼らは、最初はすこしは疑っていたかもしれないが、蛇行《だこう》したり、針路を変えたりするたびに、わたしたちがそれを追うのだから、今や、疑いの余地はなかった。グリニッジの辺りでは、あと三百ヤード（約二三〇メートル）に迫った。ブラックウォールでは、二百五十ヤード（約一九〇メートル）ほどまでに近づいた。わたしは、これまでの波乱に富んだ生涯のうちに、数多くの国で様々な動物を追ったことがあるが、テムズ河を矢のように下る、この熱狂的な人間狩りほど野性味のあるスリルに満ちたスポーツはなかった。わたしたちは、一ヤードまた一ヤードと、着実に距離を縮めていった。夜のしじまに、敵の船の苦しそうにあえぐガンガンというエンジン音が響きわたった。船尾の男は、依然として甲板にうずくまり、忙しそうに両腕を動かしていた。そして、ときどき顔を上げて、こちらを見ては、わたしたちの船との距離を測るのだった。こちらの船と敵の差は、どんどん縮まっていった。ジョウンズが、大声で、船を止めろと叫んだ。敵との距離は、四艇身以内に迫っていた。二隻は、共に、猛スピードで走った。一方にバーキング低地、もう一方に陰気なプラムステッド湿地帯が見渡せる、開けた水域に出た。こちらの叫び声を聞くと、船尾の男は、甲板に立ち上がって、両手の拳をこちらに向けて振り回し、甲高《かんだか》いしゃがれ声で何やらわめいた。かなり大きい、強そうな男で、両足を広げてバランスを取っていたが、右足はももから下が義足だった。男が耳障《みみざわ》りな声でわめくと、甲板にうずくまっていたかたまりのようなものが動き出した。立ち上がると、それは小さな黒い男で、今までに見たこともないほど小さな身体に、不格好《ぶかっこう》な大きな顔、もじゃもじゃに絡《から》んだ髪の毛をしていた。

ホームズは、既に拳銃を抜いていた。わたしも、この粗野《そや》で醜《みにく》い生き物を見て、自分の拳銃を取り出した。彼は、黒いコートか毛布のようなものにくるまり、顔しか見えなかったが、その顔は、一目見たら眠れなくなるようなものだった。これほど残虐性を刻印された野獣のような顔は、見たことがなかった。小さな目は、陰うつな光で燃えるように輝《かがや》き、めくれあがった厚い唇の間から歯をむき出して、怒り狂う動物のようなうなり声を上げた。

「あいつが手を上げたら、撃《う》つのだ」と、ホームズは落ち着き払って言った。

すでに、敵との差は一艇身にまで迫り、すぐにも獲物に手が届きそうだった。二人が立っている姿は、今でも目に焼き付いている。白人のほうは、足を開いて、ののしり声を上げ、怖ろしい顔をした悪の権化《ごんげ》のような小男が、黄色の鋭い歯をこちらに向けて歯ぎしりしている姿が、わたしたちのランタンの光に浮かび上がった。

小男の姿がはっきり見えたのは、幸いだった。わたしたちの眼前で、男は、覆《おお》いの下から、ものさしに似た短い丸い木の棒を取り出すと、さっと口にもっていった。わたしたちの拳銃が一斉に鳴ると、男はもんどりうって両手を投げ出し、喉がつまったようにせき込むと、船べりから川の中に落ちた。威嚇《いかく》するような、悪意に満ちたその男の目が、白く渦巻く波間にちらりと見えた。それと同時に、義足の男が舵に飛びつき、おもかじ一杯に切ったので、船は右の南岸へと向きを変え、こちらの船は、その船尾からほんの二〜三フィート（一メートル）ばかりと離れていないところをかすめて前にとび出した。すぐに、こちらも針路を変えたが、オーロラ号は既に岸に近づいていた。辺りは人気のない、荒涼《こうりょう》とした土地で、よどんだ水たまりと朽《く》ち果てた植物ばかりが一面に広がる沼地を、月がおぼろに照らしていた。船は、鈍い音を立てて泥の土手に乗り上げ、船首を空中にさらし、船尾は水の下に沈んだ。スモールは船から飛び出したが、すぐに、義足が全部軟らかい泥の中に潜《もぐ》ってしまった。今や、焦ってもがいても無駄であった。進むことも、退くこともならず、一歩も身動きできなかった。彼は、腹立ち紛《まぎ》れに何やらわめき、泥の中で左足をばたばたさせた。しかし、もがけばもがくだけ、義足は泥沼の中に深く埋まっていく。わたしたちが船を横付けした時、いかりをおろしたように彼は全く身動きのとれない状態だったので、彼の肩のむこうにロープのはしを投げただけで、ロープをたぐって引っぱり寄せ、まるで毒のある魚か何かのように、舷側《げんそく》から引きあげることができた。スミス船長とその息子は、むっつりとして自分の船に座っていたが、命令されると、おとなしくこちらの船に乗り移った。オーロラ号は岸から離し、こちらの船の船尾にしっかりつないだ。インドの職人が作った、がっしりとした鉄製の箱が、その甲板に置かれていた。紛《まぎ》れもなく、これこそが、ショルトー一族の呪われた宝が入っている箱であろう。鍵《かぎ》はなかったが、

F・H・タウンゼンド画

かなりの重さがあったので、わたしたちは、細心の注意を払って、それを自分たちの船の小さな船室に運び込んだ。ゆっくりと上流に引き返しながら、わたしたちは四方を探照灯でくまなく照らしてみたが、あの小男の痕跡は見つからなかった。テムズ河のどこかの暗い川底の泥の中に、この国を訪れた謎の男の骨が、今も眠っているのである。

「ここを見てごらん」ホームズは、木製のハッチを指さして、言った。「どうやら拳銃を撃つのが少しばかり遅すぎたらしい」本当にその通りであって、わたしたちが立っていたところのすぐ後ろに、よく知っている小さな毒矢が、一本刺さっていた。拳銃を発射した瞬間に、わたしたちの間をかすめたに違いなかった。それを見て、ホームズはにっこりして、いつものくったくのない仕草で肩をすくめたが、正直言って、わたしのほうは、その夜わたしたちのすぐそばを怖ろしい死が通り抜けたと思っただけで、ぞっとしたのである。

第11章　大いなるアグラの財宝

わたしたちの捕虜《ほりょ》は、船室の中で、自分が長い間手に入れようとさんざん苦労してきた鉄製の箱に、向かい合って座っていた。彼は、不敵なまなざしの、日に焼けた男で、赤褐色の顔中に刻まれた深いしわが、戸外での過酷な生活を物語っていた。ひげを生やしたあごの辺りが妙に突き出ており、一度こうと決めたら、簡単には後には引かないタイプの男であることを表わしていた。黒い縮れ毛に、かなり白髪が混じっているところから見て、年の頃は五十歳前後だろうか。じっとしている彼の顔は、それほど不快感を与えなかったが、濃い眉毛と攻撃的なあごのせいで、さきほどのように、怒ったときには怖ろしい形相となるのだった。男は、手錠をかけられた両手を膝《ひざ》に置き、頭を垂れていたが、自身の悪行の原因となった箱を見る目は、鋭く、輝《かがや》いていた。感情を押し殺したような、こわばった顔には、怒りというより悲しみが表われているように見えた。一度など、わたしを見上げる目つきに、ちらりといたずらっぽい表情が浮かんだ。

「ところで、ジョナサン・スモール」と、ホームズは、葉巻に火をつけながら言った。「こんな結果になって、残念だったね」

「あっしもでさあ」と、彼は素直に答えた。「このことで、縛《しば》り首にはならないでしょうな。神に誓《ちか》って言うが、あっしは、ショルトーさんに、手を出してはいませんぜ。あの悪魔みたいなトンガの奴が、彼のいまいましい毒矢でやっちまったんですよ。あっしは、何もしてないんで、だんなな。あっしだって、親族がやられちまったと同じように悲しんだくらいでさあ。奴を、ロープのたるんだ端で、ひっぱたいておきやした。だが、すんじまったことは、元に戻せませんや」

「葉巻をすうかね」と、ホームズは言った。「それに、これを一杯いくといい。ずぶぬれのようだからね。あれほど小さくて非力な現地人が、どうして、ショルトーさんを脅《おど》して、おまえがロープを登ってくる間、静かにさせておけると思ったのかな?」

「だんなはあの場に居合わせたように、よくご存じだ。実は、あっしはあの部屋には誰もいねえとにらんでいたんでさあ。あの一家の様子はよく知っていやしたから。いつもなら、ショルトーさんは夕食に降りていく時分だった。何も隠しだてはしませんぜ。自分を守るにゃ、ほんとのことを話すのが一番でさあ。そう、親父のジョン・ショルトー老少佐のことで、縛り首っていうんなら、喜んでなりますよ。あいつを殺すことなんぞ、この葉巻をふかすのと同じくらいにしか思わない。だがね、ショルトーの息子のことで、つかまるなんて、まっぴらですぜ。全く何の恨《うら》みもねえんですから」

「君の身柄《みがら》は、スコットランド・ヤードの、アセルニー・ジョウンズさんが預かっている。彼が、わたしの部屋まで、君を連れていくことになっているから、事件の真相を聞かせてくれたまえ。何もかも聞かせてくれたら、君の力になれるかもしれない。君が部屋にたどり着くまでにショルトーが死んでしまうくらいに、あの毒は非常に早くまわることをぼくなら証明できると思う」

「本当に、死んじまってたんですぜ。窓から入ろうとして、あの男が、首を肩に載せたまま、にやりと笑っているのを見たときほど、びっくりしたことはねえ。心底びっくりしやした。トンガの奴を半殺しにしてくれようとしたらさっさと逃げちまって、そのとき、やっこさんはこん棒と毒矢を置き忘れちまったと言ったもんだが、それでアシがついたってわけだ。もっとも、その先、どうやって追いかけてこられたのかは、さっぱりわからねえがね。そのことで、あんたらを恨んだりしちゃいやせんよ。だが、おかしな話だぜ」と、彼は苦笑しながら、話を続けた。「五十万ポンドの財宝をいただく権利を持ってる、このおれ様が、人生の前半をアンダマン諸島の防波堤《ぼうはてい》造り、残りの半生は、ダートムア(62)の監獄で排水溝掘りで終わろうとはね。はじめに、商人のアクメットに会って、アグラの財宝なんぞと関わりをもっちまったのが、けちのつき始めさ。宝は、それを手に入れた者に、呪いしかもたらさなかった。アクメットは殺されるし、ショルトー少佐は、恐怖と裏切ったという気もちにさいなまれるし、あっしはって言えば、一生奴隷《どれい》仕事さ」

その時、アセルニー・ジョウンズが、ごく狭い船室に大頭と幅の広い肩とをかがめて入ってきた。

「まるで家族パーティーみたいですな」と、彼は言った。「ホームズさん、わたしも一杯やりたいもんです。そう、お互いに、みんなおめでとうといこうじゃありませんか。もう一人を、生け捕《ど》りにできなかったのは残念だが、仕方がなかった。それにしても、ホームズさん、あなたも本当にきわどいところだったと認めなければなりませんな。こっちは、追いつくだけで、精いっぱいでしたからね」

「終わりよければすべてよし、ということですよ」と、ホームズは言った。「それにしても、正直言って、オーロラ号があれほど速いとは思わなかったね」

「スミスの話だと、テムズ河一の快速船の一隻で、エンジンのかまたき役がもう一人いれば、絶対に捕まらなかったということですよ。あの男は、このノーウッド事件については、全く何も知らなかったそうです」

「あいつは何にも知らなかったさ」と、スモールは言った。「あっしは、船が速いって聞いてたから、あれに決めたんでね。あの男には、何もしゃべりませんでしたが、金はたんまりやったし、グレイヴズエンドで待ってる、ブラジル行きの外航船エスメラルダ号まで無事に着いたら、かなりの礼をするつもりでいやした」

「そうか、あの男が、悪事を働いていないというのなら、不利にならないように、とりはからってやろう。わが警察は、犯人逮捕には迅速《じんそく》だが、処罰にはそれほどではないからな」尊大《そんだい》なジョウンズが、犯人逮捕に気をよくして、またいばり始めているのは、見ていておかしかった。シャーロック・ホームズがかすかな笑いを浮かべたところを見ると、彼の耳にも、ジョウンズの言葉が届かなかったわけではないらしい。

「まもなく、ヴォクスホール橋に着きます」と、ジョウンズが言った。「ワトスン先生は、宝の箱を持って、降りてください。言うまでもないが、この件に関しては、わたしが重大な責任を取る行為であることはおわかりですな? 極めて異例ではありますが、約束は約束ですからね。ですが、こちらとしては、当然の義務として、警官を一人、護衛《ごえい》につけさせていただきますよ。なにしろ、大変なお宝をお持ちですからな。

もちろん、馬車でおいででしょう?」

「そう、馬車で行きます」

「ここで、中身のリストを作るといいのだが、あいにく、鍵がない。こじ開けねばならんでしょう。おまえ、鍵をどこにやった?」

「川底でさ」と、スモールはぶすっと言った。

「ふん！　余分な手間をかけさせてくれる。おまえのおかげで、こっちはさんざん働かされてきたんだぞ。まあ、先生、くれぐれもご用心なさって。ご用が済み次第、箱はベイカー街の部屋へお持ちください。我々は、署に行く途中に、そちらへまわります」

わたしは、鉄の重い箱と、付き添いの、ぶっきらぼうだが親切な警官と共に、ヴォクスホールで船を降ろされた。セシル・フォレスター夫人の家は、そこから馬車で十五分ほどの距離だった。メイドは、この遅い訪問に、驚いた様子だった。フォレスター夫人は外出中で、帰りは遅くなりそうだが、モースタン嬢は応接間にいるとのことだったので、わたしは親切な警官を馬車に残して、箱を手に応接間へ入った。

彼女は、えり元と腰の部分に深紅《しんく》をあしらった、薄地の白い服を着て、開け放した窓辺に座っていた。覆《おお》いをつけたランプの柔らかな光が、籐椅子《とういす》にもたれた彼女の姿を照らし出していた。光は、かわいらしく、きまじめな顔の上で戯《たわむ》れ、ふさふさと豊かな巻き毛を、鈍い金属のような光沢に染め上げていた。色白の片方の腕と手を椅子の片側から垂らした、その姿形から、物思いにふけっていることがうかがえた。しかし、わたしの足音に気づいて立ち上がった彼女の蒼《あお》ざめた頰は、驚きと喜びで明るく染まった。

「馬車の停まる音が聞こえましたので、フォレスター夫人が、ずっと早めにお帰りになったのかと思いました」と、彼女は言った。「まさか、あなた様とは、夢にも思いませんでした。どのようなお知らせを持ってきてくださったのでしょうか？」

「知らせより、ずっとよいものです」と言って、わたしは箱をテーブルの上に置き、陽気にはしゃいでしゃべったが、本心は重かった。「世界中の、どんな知らせより、価値のあるものを持ってきました。あなたの一財産をお持ちしたのです」

彼女は、鉄製の箱にちらりと目をやった。

「それでは、これがあの宝物ですの？」と、彼女はひどく冷静に尋ねた。

「そうです。これが大いなるアグラの財宝です。半分はあなたのもの、そして残りの半分は、サディアス・ショルトー氏のものです。それぞれ、二、三十万ポンドずつ、手に入ることになります。考えてもごらんなさい！　年金にすれば一万ポンドですよ。イングランドの若い女性で、これほどの金持ちはめったにいないでしょう。すばらしいことではありませんか？」

彼女は眉を少し上げて、わたしの方をいぶかしげに眺めたので、わたしの喜び方が、いくぶん大げさになってしまい、お祝いの言葉の中にそらぞらしさを彼女が感じとったのだ、とわたしは考える。

「もし、それがわたくしのものになるのでしたら、それはあなたのおかげですわ」と、彼女は言った。

「いや、いや、わたしではなく、友人のシャーロック・ホームズのおかげですよ」と、わたしは答えた。「ホームズの天才的な分析力をもってしても、あれほど手こずったのですから、わたしなどがいくらあがいても、手がかりを追っていくことはできなかったでしょう。実のところ、最後の最後で、危うく取り逃がすところでした」

「どうぞ先生、お座りになって、すべてを話してくださいませ」と、彼女は言った。

わたしは、彼女に最後に会って以来の事件の経過を、手短に話した。ホームズの新たな捜査方法、オーロラ号の発見、アセルニー・ジョウンズの登場、夕暮れの冒険、そして、テムズ河での、あの荒荒しい追跡劇。彼女は、唇を開け、目を輝かして、わたしたちの冒険談に耳を傾けた。二人が危うく毒矢に当たりそうになったくだりでは、彼女が真っ青になってしまったので、気を失うのではないかとわたしは気が気ではなかった。

「何でもありませんわ」わたしがあわてて水をつぐと、彼女は言った。「もう、大丈夫です。わたくしが、お二人をそんなに危険な目にあわせたことを聞いて、ショックだったのです」

「もうすべて終わったことです」と、わたしは言った。「何もなかったですよ。もう、これ以上、恐ろしい話はいたしません。もっと明るい話題に変えましょう。ここに財宝があります。これ以上明るい物はないでしょう？　まず、真っ先にご覧になりたいだろうと思い、特別許可をもらって、こうして持ってきました」

「わたくしにも、たしかにずいぶん興味があるものでしょうね」と、彼女は言ったが、その口調は、気のりがしない調子だった。おそらく、彼女としては、それほどの犠牲《ぎせい》を払ってかち得た財宝に無関心では、申し訳ないと思ったのだろう。

「美しい箱ですこと！　これはインド細工かしら？」と、箱の上にかがんで、彼女は言った。

「そう、ベナレスの金属細工です[63]」

「それに、重いこと！」彼女は、箱を持ち上げようとして、言った。「箱だけでも、相当の値打ちがありそうですね。鍵はどこでしょうか？」

「スモールが、テムズ河に捨ててしまったのです」と、わたしは答えた。「フォレスター夫人の火かき棒を、ちょっとお借りしましょう」

箱の前面には、仏陀の座像をかたどった、厚みのある幅広の掛《か》け金がかかっていた。わたしは、その下に火かき棒の端を差し込み、てこ代わりにして、ぐっとひねった。掛け金は、パチンという大きな音と共に、はずれた。わたしは、震える指で、ふたを開けた。わたしたち二人は、驚きのあまり、立ちすくんだまま箱の中を見つめた。なんと、箱は空だったのだ！

箱が重いのも当然だった。箱の鉄壁の厚さは、三分の二インチ（約二センチ）だった。高価な物を入れるための箱らしく、細工もよく、どっしりとした、頑丈な作りだったが、中には金属や宝石のかけらも入ってはいなかった。正真正銘、空だったのである。

「宝がなくなっていますわ」と、モースタン嬢は、落ちついた口調で言った。

その言葉を聞いて、その意味を理解したとたん、心から重石《おもし》が取れたように感じた。このアグラの財宝が消えてはじめて、それがどれほどわたしの心を重くしていたかに、気づいたのである。確かに、わたしは、自分本位で、まぎれもなく不遜《ふそん》であり、喜んではいけなかったのだが、わたしには、お互いを隔てていた財宝という壁が取り除かれたということしか、頭になかった。

「神様、ありがとうございます」わたしは、心の底から、そう叫んだ。

彼女は、一瞬、けげんそうな笑みを浮かべて、わたしを見た。

「あら、なぜそんなことをおっしゃいますの？」

「あなたが、また、わたしの手の届くところに、戻って来てくださったからです」わたしはそう言って、彼女の手を取った。彼女は、その手を引っ込めようとはしなかった。「メアリ、わたしは誰よりも、心からあなたを愛しています。しかし、この財宝、この富のために、わたしはそのことを言い出せなかった。それがなくなった今、わたしはどんなにあなたを愛しているか、言えるようになりました。だから、『神様、ありがとうございます』と言ったのです」

「それなら、わたくしも、『神様、ありがとうございます』と申しますわ」彼女をそばに引き寄せたわたしに、彼女はそうささやいた。

財宝を失ったのが誰であったにせよ、その夜、わたしは一つの宝を手に入れたことを確信した。

第12章　ジョナサン・スモールの不思議な物語

馬車の中で待っていた警官は非常に辛抱強い男だった。なぜなら、わたしが戻ってくるまでだいぶ時間がかかってしまったのだから。空の箱を見せると、彼の顔は曇った。

「これで手当てはなしだ」彼はがっかりしたように言った。「宝がなければ、手当てもなしです。箱に宝がありさえすれば、今夜の仕事で、わたしもサム・ブラウンもそれぞれ十ポンド《テナー》はもらえただろうに」

「サディアス・ショルトーさんは金持ちだから、財宝があってもなくても、お礼をくれるだろう」

しかし、警官はがっかりした様子で頭を振った。

「骨折り損だったな」彼は繰り返した。「アセルニー・ジョウンズさんだってそう思うでしょうよ」

彼の予想は的中した。ベイカー街に戻って、空の箱を見せると、警部はぽかんとしてしまった。ホームズと、スモール、警部の三人は予定を変更し、途中で警察に立ち寄って報告を済ませて、ちょうど帰ってきたばかりだった。ホームズはいつものものうげな顔つきで、肘掛《ひじか》け椅子《いす》にもたれていた。スモールは、義足を丈夫なほうの足の上にのせて、ホームズの向かい側に無表情ですわっていた。わたしが空箱をみせると、彼は椅子にのけぞって、大笑いした。

「スモール、おまえのしわざだな」アセルニー・ジョウンズは腹を立てて言った。

「そうさ、あんたたちの手の届かないところに、隠したのさ」彼は得意げに叫んだ。「あれはあっしのものだ。自分の手に入らないのなら、誰の手にも渡らねえようにちゃんと始末するさ。アンダマン四人収容所にいる三人の仲間とあっし以外には生きている誰だってそれを手に入れる権利はないんだ。こうなりゃもうあっしには宝は使いようがない。仲間にも使いようがない。あっしはずっと自分のためもあったが、仲間のためにも行動してきた。いつだって四つのサインだったんだ。だから、あっしがやったことは仲間だって認めてくれるさ。ショルトーやモースタンの親類縁者にやるくらいなら、テムズ河に投げ捨てちまったほうがましだって言うにちげえねえ。アクメットを殺したのは、奴らを金持ちにするためじゃない。宝はな、鍵《かぎ》のあるところ、ちっちゃなトンガが眠っているところに沈んでらあね。あんたらのランチにつかまるにちげえねえとわかった時、宝は安全なところに隠しましたぜ。あんたらの今度の追跡

か」

「でたらめを言うな、スモール」アセルニー・ジョウンズがきびしく言った。「テムズ河に財宝を捨てようと思ったのなら、箱ごと捨てたほうがずっと楽だったじゃないか」

「こっちが捨てるのに楽なら、そっちが拾うのにも楽ってえことだ」彼はぬけめのない流し目で言った。「あっしを追い詰めるほど頭のいい人間なら、川底から鉄の箱を拾うこともできるだろう。だがいまは、五マイル（八キロ）かそこらにわたって散らばっちまったから、探すのはちょっと難しいだろうよ。だが、捨てた時にゃ胸が痛んだよ。あんたらに追い詰められた時にゃあ、気が狂いそうだった。まあ、くよくよしても仕方がねえ。あっしの人生には上向きのときもあれば、下向きのときもあったが、ミルクをこぼしちまっても泣かねえっていうことを覚えましたよ」

「これは重大なできごとだ、スモール」警部は言った。「こんなふうに正義の邪魔をするのではなく、手を貸してくれたなら、裁判でもっと有利だったろうに」

「正義だって！」元囚人は歯をむき出して、どなった。「大した正義だぜ！　おれたちのものでないなら、いったい誰の分捕り品だってえんです？　その宝を手にいれるために汗水流したことのない奴らに、財宝をくれてやらにゃあならんなんてえ、そんな正義がどこにあるんですかい？　あれをどうやって手にいれたか、まあ聞いてもらいやしょうよ。熱病のはびこる沼地で二十年間過ごしたんだ。昼間はマングローヴの下で働き、夜は汚い囚人小屋に鎖でつながれ、蚊《か》にくわれ、マラリヤ熱に苦しめられてだ。白人いじめの大好きな、黒い顔をした看守にこづきまわされる暮らしだったさ。こうやって手に入れたアグラの財宝だ。それを、ひとが楽しむためにこんな苦労をしたなんて、あっしにゃあ我慢ができねえ。それだからといって、あっしに正義の講釈をしようってえのかい。あっしが留置場にいて、ほかのやつはおれのものになったはずの金で御殿《ごてん》で楽々と暮らしていることを考えるくらいなら、何十回も縛《しば》り首になったほうがいいさ、トンガの吹き矢が皮膚《ひふ》にささったほうがまだましなんだ」

スモールは冷静さの仮面をかなぐりすて、急にまくしたてた。目はらんらんと輝《かがや》き、興奮《こうふん》して手を動かすたびに手錠がカチャカチャと鳴った。彼の怒りと激情をみていると、この義足の囚人が自分のあとを追っていることを初めて知った時に、ショルトー少佐をとらえた恐怖が理由のないものでも、不自然なものでもないことが理解できた。

「君はわたしたちが何も知らないということを忘れているようだね」ホームズはおだやかに言った。「君の話を聞いてないのだから、宝を川に捨てる前、もともとはどれだけの正義が君のほうにあったのかわからないよ」

「そうだったな、だんなはあっしにまともな口をきいてくれた。もっとも、だんなのおかげでこんな腕輪をはめることになっちまったんだが。まあ、そのことでは何も恨《うら》みはない。公明正大で、正しいことだ。あっしの話を聞きたいというなら、あらいざらい話しやしょう。一言《いちごん》半句、神に誓《ちか》って真実だ。ありがてえ。水のコップは横に置いてくんなせえ。喉が渇《かわ》いたらいただきやすよ。

あっしはウースターシァの出で、パーショアの近くで生まれやした。あそこには、行ってみりゃわかるが、スモールってえ名字の人間がうじゃうじゃいやす。一度帰ってみてえともときどき思いやしたが、何をかくそう、あっしは一族にとっちゃあ白慢のできる人間じゃなかったんでね。あっしに会ったって家族が喜んでくれるかどうかはあやしいもんさね。一族の連中は堅気《かたぎ》で、日曜日には教会へ行くような奴らで、あの辺の田舎じゃあよく知られて尊敬されてきた小っちゃな農家だったが、あっし一人にはいつもちょっと放浪癖があったのさ。あっしが十八歳くらいの時、ついに、家族にゃもう面倒をかけることはなくなった。娘とごたごたをおこして、そこを抜け出すにゃ女王陛下の一シリングのお手当を頂くより道がなくなったんでさ。それで、インドに出発するところだった第三連隊《バフ》[65]に入隊しちまった。

だが、軍隊生活も長くはない運命だった。ちょうど歩行訓練が終わって、マスケット銃の扱いを覚えた頃だ、ガンジス川で泳ぐなんてあほなまねをしでかした。まあ、幸いなことにゃ、軍隊の中でも泳ぎの名人の一人だった、同じ隊のジョン・ホウルダ軍曹が一緒に泳いでいたもんで、助かったがね。川の真ん中まで来た時、ワニに襲われて、右足のちょうど膝《ひざ》の上から、外科の医者が切り取ったみてえに、きれいさっぱり食いちぎられちまった。ショックと失血のため気を失って、おぼれかけているところを、ホウルダが抱えて、岸まで運んでくれたてえわけだ。五ヶ月も入院してやした。残った足に木の義足をつけて、足をひきずって退院した時にゃ、傷病兵《しょうびょうへい》ってえんで軍隊はお払い箱さ。もう力仕事にゃ向かねえ体さ。

考えてもごらんなせえ。この頃は全くついていなかったですぜ。まだ二十歳《はたち》前だてえのに、何もできない障害者になっちまった。けれど、まもなくあっしのこの不運も、災い転じて福となったんでさ。藍《インジゴ》栽培業者[66]のエイブル・ホワイトてえ人が、労働者を働かせて見張る、監督を探してたんでさあ。その人は偶然にも、足の事故があってからこっち、あっしのことを気にしてくれていた大佐の友達だった。まあ、簡単に言えば、大佐がその仕事にあっしを強く推薦《すいせん》してくれたてえわけだ。仕事はおおかたは馬に乗ってできることだったので、足が不自由でもそれほどさしさわりはなかった。馬の鞍《くら》を押さえるだけの膝は残ってやしたんでね。あっしの仕事は、馬で農園を見まわって、労働者を監視して、怠《なま》けている者がいれば報告する。給料はいい、居心地のいい家もある、えらく満足していたから、この藍《インジゴ》農園で一生を終えたっていいと思っていた。エイブル・ホワイトさんは親切な人で、よくあっしの狭い小屋へ立ち寄っては、いっしょにパイプをふかしていきやした。外地では白人同士、内地では考えられないくらい、お互いに親しみを感じるもんでさあ。

だが、あっしの幸運は長続きしたことがねえんだね。なんの前触れもなく突然、あのセポイの大反乱が始まったのさ。(67) その前の月までは、インドはどこからみたって、サリー州やケント州と同じく静かで、平和だったのさ。それが翌月になると、なんと二十万人もの黒い悪魔たちがいっせいに解き放され、インド全土がまるで地獄のようになっちまった。このことはだんながたもよくご存じだ。あっしは字を読むのが苦手だから、だんながたのほうが詳しく知ってるでしょうよ。あっしはこの目で見たものしか知らねえがね。あっしの農園はムトゥラっていって北西州の辺境《へんきょう》近くにありやした。毎晩毎晩燃やされるバンガローの炎で空がみんな明るくなっていやしたぜ。そして昼は、毎日毎日、かみさんや子どもを連れたヨーロッパ人の小さな一団が、あっしらの農園を通っては、アグラへ向かって行きやした。そこがいちばん近い軍隊の駐屯地だったんでね。エイブル・ホワイトさんは頑固者《がんこもの》だった。この騒《さわ》ぎはおおげさに伝えられているだけで、突然始まったんだから、終わるのだってあっという間さと考えていたんだ。それで、国中が燃えてるてえのに、バンガローのベランダに座って、ウイスキー・ペグ(68)を飲んだり、葉巻を吸ったりしていた。もちろん、あっしらもホワイトさんといっしょにいたんでさあ。あっしらってえのは、帳簿《ちょうぼ》づけや管理をやっていたドースンとそのかみさんのこってす。ところが、ある晴れた日のこと、ひでえことになったのさ。あっしは、遠くの農園へ出かけていて、夕方馬に乗ってゆっくりと家に向かっていた。その時、急な谷《ヌラ》の底に何かかたまりのようなものが目にとまったのさ。よく見てみようと降りていって、それがドースンのかみさんだとわかった時にゃ、心臓がぞっとした。半分はずたずたに切り刻まれ、ジャッカルや野犬に食われちまっていた。少し先にゃドースンがうつぶせに倒れて、弾丸のきれた拳銃を握って死んじまっていた。彼の前にゃ四人のインド人傭兵《セポイ》が折り重なって倒れている。あっしは手《た》綱《づな》をひいて、どっちへ行ったものか、思案してるてえと、そのときエイブル・ホワイトさんのバンガローから黒い煙が巻き上がり、屋根から炎が吹き出るのが見えた。それで、戻ったってもうご主人様のために何もできねえし、あっしの命を落としちまうだけだと考えた。あっしの立っているところから、何百という黒い悪魔が、まだ英国の赤い軍服を着たままで、燃え上がる家のまわりを、踊《おど》ったりわめいたりしているのが見えやした。そのうちの何人かがあっしを指さすと、弾丸が二発ほど頭をかすめて飛んでいった。そこで、あっしは稲田をつっきって逃げ出し、夜遅くにアグラの城壁の中に無事にたどり着いたってえわけです。

だが、結局そこもたいして安全てえわけじゃあなかった。なんせ国中がハチの巣をつついたような騒ぎだったんだから。英国人が小ちゃな集団をつくれるところじゃあ、鉄砲がとどく範囲の土地だけは抑えがきいたが、それ以外のところじゃあ、無力に逃げまどうだけさ。これは何百人対何百万人の戦いだった。皮肉なのは、あっしらの敵は、歩兵にしろ、騎兵も砲兵もみんなあっしら英国人が教育し、訓練した精鋭部隊で、あっしらの武器を使い、あっしらの集合ラッパを吹き鳴らしながら攻めてくるってえことだ。アグラにゃ、ベンガル・フュージリア第三連隊(69)と、シーク教徒の兵隊がいくらかと、騎兵が二個中隊、砲兵が一個中隊いやした。事務員や商人の義勇軍ができたので、あっしは木の義足だったが参加した。あっしらは七月初め、シャーグンジの暴徒と戦うために打って出た。一時は奴らを撃退したが、弾薬がきれ、城内へ逃げ込まなきゃならなかった。

知らせはどこから来るのも、最悪なものばっかりさ。それも無理はねえ、地図を見りゃあわかるが、あっしらは反乱のど真ん中にいた。ルクナウ(70)は東へ百マイル（約一六〇キロ）行ったところだし、コーンポールだって南へ同じくらい離れている。どっちを向いたって、拷問《ごうもん》と殺人と暴行ばかりさ。

アグラってえのはでかい町で、狂信者やあらゆる種類の熱烈な悪魔信奉者が群れていた。あっしらのような一握りの人数しかいない軍隊なんぞ、狭くて曲がりくねった道のなかではばらばらになっちまう。それで、あっしらの指揮官は川を渡り、アグラの古い砦《とりで》に陣地をかまえることにしたんでさあ。だんながたは、あの古い砦のことを読んだり聞いたりしやしたか、あっしは知りませんがね。ありゃあ実におかしなところさ。あっしもいろいろ奇妙なとこにいたことがあるが、あれはいちばん変わっていた。なんてったってその広いこと、何エーカーもあったと思う。新しく建てたところがあって、そこはあっしらの兵隊を全部と、おんな子どもから備《び》蓄品《ちくひん》、それからありとあらゆるものを収容したってまだ空いているところがたっぷりあった。けれど、その新しいところも、古いところの広さに比べりゃ問題にもならない。古いほうへは誰も行かないので、サソリやムカデの住み家になってる。そこは荒れ放題の大広間や、曲がりくねった通路、右へ左へ折れる長い回廊《かいろう》があって、じきに迷子になっちまう。そこで、たまにゃあたいまつを持って探険に行く連中もいたが、めったに人の行かないところさ。

川は古い砦の正面を流れていて、その守りにゃなったが、両側や後ろには出入り口がたくさんあった。あっしらの軍隊がいるところの出入り口だけでなく、古いところの出入り口も守らにゃならん。あっしらは人手不足で、建物の角々に人を配置して、武器を持たせるなんてえことはできなかった。だから、たくさんある全部の門にしっかりした警戒所を置くことは不可能だった。あっしらは、砦の真ん中に警備本部を置いて、各門は白人一人と二、三人の現地人で守るってえことにした。あっしは、建物の南西にぽつんと離れてあった、小さな出入り口を、夜の何時間か見張ることになった。二人のシーク教徒(71)の騎兵があっしの部下で、何か異変がおきたらあっしのマスケット銃を発砲することになっていた。そうすれば、本部からすぐに応援が来ることになっていたんだが、本部まではたっぷり二百ペース(72)（約一五〇メートル）はあるし、その間には通路や回廊が迷路のように走ってるもんで、ほんとうに襲われりゃ、応援が間に合うかどうかはおおいに疑わしいものだったがね。

　さて、あっしはまるで新米のうえ、片足が不自由だったのに、小さいながらも分隊の指揮をまかされて得意だった。二晩、あっしはパンジャブ人(73)と見張りに立ちやした。二人とも背が高くて、目つきが鋭いやつで、マホメット・シングとアブドゥラー・カーンという名前さ。チリアン・ウォラ(74)の戦《いくさ》じゃあ、あっしらの国に武器を向けたこともある古兵だ。英語は使えるが、あいつらとはほとんど話さなかった。二人だけで見張りに立ちたがって、一晩中二人でへんてこなシーク教徒の言葉でペチャペチャ話していた。あっしは、門の外に立って、広い、曲がりくねって流れる川を見下ろしたり、きらきら光る町の明りをながめていたさ。ドラムをうちならす音、太鼓《トムトム》の響き、アヘンや大麻《ブハング》(75)に酔った暴徒のわめき声が聞こえてきて、川の向こうには危険な敵がいることを、一晩中忘れられねえ。二時間ごとに、異常がないか確かめに、当直将校がすべての部署を巡回してくることになっていたのさ。

　見張りの三日め、暗くて、横なぐりの雨がわずかに降った荒れ模様の夜だった。こんな天気に、門に何時間も立っているってえのは、なんとも陰気な仕事さ。あっしは何度もシーク教徒に口を開かせようとしたが、うまくいかねえ。朝の二時に将校の巡回が来て、夜の退屈が少しまぎれた。あいつら二人は話相手になってくれないし、あっしはパイプを取り出し、マッチをするためにマスケット銃を下に置いたのさ。その途端だ。シーク教徒二人はあっしに飛びかかってきやがった。一人が銃をひったくり、あっしの頭に銃口をむけた。もう一人は、あっしの喉に大きなナイフをつきつけて、一歩でも動いたら刺すと、小声でぬかしやがった。

あっしの頭にまず浮かんだのは、こいつらは暴徒たちの同盟者で、これが襲撃《しゅうげき》の始まりだということだ。この門がセポイの手に落ちれば、砦は陥落《かんらく》だ。おんな子どもの運命はコーンポールのときと同じだ。(76) こんなことを聞けば、だんながたはあっしが自分の弁護《べんご》につくりばなしをしてると思うかもしれんが、喉元にナイフを感じながらも、大きく口を開けて叫ぼうと思ったのさ。これで最期でもいい、本部に届けって、本当ですぜ。あっしを押さえていた奴は、あっしの考えがわかったようで、ちょうど声を出そうと思った時、あっしの耳にささやいたんです。『騒ぐな。砦は安全だ。川のこちら側には反徒はいない』奴の言葉には真実味があったし、声をあげれば殺されることは、奴の茶色の目を見ればわかった。それで、あっしは黙ったまま、奴らの狙《ねら》いが何なのか様子を見ることにした。

『よく聞きな、だんな』二人のうち、背が高くて、目つきの鋭いほうが言った。みんながアブドゥラー・カーンと呼んでいたほうさ。『おれたちにつくか、これっきり口がきけなくなるか、どっちかだ。大きな仕事だから、ためらっている暇はない。キリスト教徒の十字架に誓って、誠心誠意おれたちの味方をするか、今夜死体になって溝に投げ込まれるかだ。そうなりゃ、おれたちは川を渡って反乱軍の仲間のところに帰る。この二つのうちのどっちかで、その中間はない。おまえは、生きるか死ぬかのどっちかだ。時間は過ぎていく。だから、三分間で決めろ。次の巡回が来るまでに終わらせなけりゃならないんだ』

『どうやって決めろってんだ』あっしは言ってやった。『おれに何をやれってのか言ってないじゃないか。ただ、言っておくが、砦の安全を脅《おびや》かすことだったら、おれはおまえたちと取引はしない。ナイフをぐさりとやってくれて結構だ』

『これは砦の害になることじゃない』奴は言った。『ただあんたの国の人間がこの国へやりにきたことと同じことをだんなにもやってくれと言ってるだけだ。おれたちは、あんたに金持ちになってほしいんだ。あんたが今夜おれたちの仲間になれば、抜いたこのナイフと、シーク教徒なら絶対に破らない三重の誓いにかけて、たっぷりと財宝のわけまえをやることを約束する。財宝の四分の一はだんなのものだ。これ以上公平な話はありますまい？』

『財宝って言ったが、そりゃ何だ？』あっしは尋ねた。『あんたらと同じように、金持ちにはなりたい。ただ、どうやったらなれるのか教えてくれればだ』

『それじゃ、誓ってくれ』奴は言った。『だんなの父親の骨にかけて、母親の名誉にかけて、そしてだんなの信じている十字架にかけて、今もこれからも、おれたちに手むかったり、逆らったりしないことを』

『誓う』あっしは答えた。『砦が危険にさらされない限り』

『それじゃ、仲間とおれは、財宝を四人で平等に分けて、財宝の四分の一はだんなのものだと、誓おう』

『ここには三人しかいないじゃないか』あっしは言った。

『いや、ドスト・アクバーにもわけまえが要る。奴らが来るまでにわけを話しておこう。マホメット・シング、おまえは門のところに立って、奴らが来たら知らせてくれ。話はこうだ。だんなに話をするのは、ヨーロッパ人《ファリンギ》てえのは誓いは守るし、信頼できると思うからだ。もし、だんなが嘘《うそ》つきヒンドゥーだったら、いかさまの寺院であらゆる神にかけて誓ったって、今頃はこのナイフで血まみれさ、死体は川の中だ。だが、シーク教徒はイギリス人を知っている、そして、イギリス人はシーク教徒を知っている。さあ、これからの話にしっかり耳を傾けてもらおうか。

北部州に、領土は狭いが、裕福なラジャがいる。父親から多くのものを受け継いだうえに、自分でもそれ以上にためこんだ。生まれつきけちな性格で、使うよりもためる一方だった。今度の騒ぎがおこると、彼はライオンともトラとも、つまり、セポイとも東インド会社(77)とも仲よくしようと考えた。だが、やがて、国中から聞こえてくる知らせが、白人たちが殺されたとか、白人が倒されたというものばかりだったので、白人たちの最後の日がやってきたように思えた。しかし、用心深い人間だったので、騒ぎの結果がどちらに転ぼうが、少なくとも自分の富の半分は残るような計画をたてた。つまり、金銀は宮殿の金庫室に保管したが、最も貴重な宝石と選《え》りすぐりの真珠《しんじゅ》は鉄の箱にいれ、信頼のおける家来を商人に変装させ、アグラの砦に運ばせて、国土が平穏になるまで隠しておくことにした。こうして、もし反乱軍が勝てば金銀が残る。もし東インド会社が平定すれば宝石は無事に彼の手元に戻る。自分の宝を二分させてから、彼はセポイ軍に加勢した。彼の領地のあたりでは彼らのほうが優勢だったからだ。彼がこうやって二股かけたんだったら、ここが大事なところだ、彼の財宝は、おれたちのように二股かけずに雇主に忠実に従ったものに当然与えられてもいいってえことになりゃしませんかね。

　この商人に化けた男というのは、アクメットという名前で旅をしているが、今アグラの町にいて、なんとか砦に入ろうとしている。あいつの旅の道連れが、おれの乳兄弟のドスト・アクバーで、この秘密を知ったのさ。ドスト・アクバーは今夜あいつを砦の裏門に案内する約束をした。そのためにこの門を選んだ。やがて彼がここへやって来ると、マホメット・シングとおれが待っているというわけだ。ここはほかの部署からは離れているし、彼が来ることは誰も知らない。世間は商人のアクメットのことなんか忘れてしまう。そして、ラジャの大財宝はおれたちで山分けだ。どうだね、だんな?』

あっしの故郷のウースターシァじゃあ、人の命は大事なもの、神聖なものだった。だが、まわりが火の山、血の海となりゃ話は別さ。至るところで死体に出くわすことに慣れてしまう。商人のアクメットが死のうが生きようが、それはあっしにとってどうでもいいことだった。だが、財宝の話を聞いて、気もちが動きやした。そして、その財宝を故郷へ持って帰り、何をしようかなどと考えやした。一家のろくでなし《ネールドゥイール》が、ポケットをモイドール金貨(78)で一杯にして帰ったら、村の者はどんな顔をするだろう、なんて考えてみやしたよ。それで、あっしの気もちは決まっていたが、アブドゥラー・カーンはあっしが迷っていると思って、つづけて説得してきやした。

『考えてもごらん、だんな』奴は言った。『そいつが司令官につかまれば、絞首刑《こうしゅけい》か銃殺だ。そして、宝石は政府に没収される。そうなれば、誰にも一ルピーだって手に入らない。それなら、あいつをつかまえるのがおれたちなら、そのあとのこともおれたちがしていいんじゃないかね? 宝石が、会社の金庫の中に入るくらいなら、おれたちの手の中に入ってもいいってことさ。おれたちみんなが金持ちになって、人の上に立つような人間になれるだけのものがある。ここは、ほかの仲間からは離れているから、このことは誰にも知られない。そういう人間になるのに、こんな都合のいいことが他にあるかね。さあ、どうだね。だんな、おれたちの仲間か、それともあんたを敵だと思わなくちゃいけないかね』

『誠心誠意、あんたらの仲間だ』あっしは答えやした。

『よかった』奴は、あっしの銃を返してくれた。『おれたちがあんたを信頼したのは、おれたちと同様、あんたも約束を破らないからだ。さあこれで、あとは二人を待つだけだ』

『それじゃ、アクバーはこの計画を知っているのかい？』あっしはききました。

『これは、あいつの計画だ。あいつが考え出したことだ。さあ、門のところへ行って、マホメット・シングといっしょに見張りをしよう』

ちょうど雨期が始まったところで、雨はあいかわらず降り続いてやした。空には茶色の厚い雨雲が流れて、ほんの少し先しか見えない。あっしらのいる門の前は、深い濠《ほり》だが、ところどころ水が干上がっていて、歩いて渡れる。二人の粗野《そや》なパンジャブ人とならんで、死ぬためにやってくる男を待っているのは、妙な気分でやしたよ。

突然、濠の向こう側に、覆《おお》いをつけたランタンの光がちらちら見えやした。土手の陰にいったん消えたが、また現われて、ゆっくりとこっちへ向かって来る。

『来たぞ！』あっしは叫んだ。

『だんなは、いつものとおりに尋問すればいい』アブドゥラーが小さい声で言いやした。『怖がらせないようにな。おれたちを奴といっしょに中へ行かせてくれ。だんながここで見張っている間に、あとはおれたちが片づける。ランタンの覆いをとって、準備していてくれ。奴に間違いないか確かめるんだ』

明りは、止まったり進んだりしながら、こっちへ向かってきやした。そのうち、濠の向こう側に二つの黒い影が見えた。二人が土手の斜面をすべりおり、湿地《しっち》をぴしゃぴしゃと渡り、こちら側の土手を半分まで上って来るのを見てから、呼びとめた。

『誰だ？』あっしは声を押し殺してたずねやした。

『味方だ』答えが返ってきた。ランタンの覆いをはずして、二人の上に光をあびせた。前に立っていたのは、黒いあごひげが腰帯のあたりまでのびた、とてつもなく大きなシーク教徒で、見せもの以外で、こんな背の高い人間は見たことがなかった。もう一人は、背の低い、太ってころころした男だった。頭には黄色の、大きなターバンを巻いて、手にはショールでくるんだ包みを持って、恐怖で全身ガタガタ震えていやした。マラリアにかかってでもいるように、両手はぴくぴくしていたし、穴から出てくる時のねずみのように、頭を右左に振り、小さな目をきょろきょろ光らせていた。奴を殺すのかと思うと背筋が冷たくなったが、財宝のことを考え、心を鬼にし、堅く決心した。アクメットはあっしの白い顔を見ると、うれしそうな声を出し、駆《か》け寄ってきやした。

『だんな、お助けください』奴はあえぎながら言った。『あわれな商人、アクメットをお助けください。アグラの砦にかくまっていただきたく、ラージプータナの向こうから旅してきたものです。会社の味方だったので、略奪《りゃくだつ》され、殴られ、いじめられました。ようやくまた安全なところにきて、今晩は幸せです。わたしとわずかに残ったこの荷物といっしょに』

『包みのなかみは何だ?』あっしはたずねやした。

『鉄の箱です』奴は答えた。『中には、人さまには何の価値もありませんが、わたしには手離しがたい、家族の記念になるものが二、三あるだけです。でも、わたしは、物乞《ものご》いではありません。お若い方、もしかくまっていただければ、あなたにも、司令官さまにもお礼いたしますだ』

これ以上、奴と長く話を続ける自信がなかった。奴の太った、恐怖の浮かんだ顔を見ていると、冷酷にこの男を殺すのはますます難しくなりそうだった。さっさと終わらせるに限りやす。

『こいつを本部に連れて行け』あっしは命令した。二人のシーク兵が男を取り囲むように両側に立ち、大男が後ろを歩き、暗い門の中へ消えた。これほどしっかり死神に取り囲まれた人間もいないだろう。あっしはランタンを手に、門のところに残った。彼らの規則正しい足音が、人気《ひとけ》のない回廊に響いていた。突然、その音がやみ、言い合う声ととっ組み合う音にまじって、殴り合う音がきこえてきた。それからすぐ、ばたばたという足音がして、はあはあと息を切らしながら男がこっちへ走ってきたのでぎょっとした。ランタンを、長くて、真っ直ぐな通路に向けてみると、あの太った男が顔を血だらけにし、風のように走ってきた。そのすぐ後ろから、手にナイフをきらめかせながら、大きな、黒いあごひげのシーク教徒が、まるでトラのようにおどりかかってきやした。あの時の小さな商人ほど速く走る人間を見たことがない。奴とシーク人の間はどんどん離れていった。あっしのいる所を通り過ぎ、表に出てしまえば、奴はまだ助かる。奴にちょっと同情しかかったが、ここでもまた財宝のことを考えて、心を鬼にした。奴があっしの脇を走り抜けようとした時、銃を奴の足の間に投げつけてやると、弾にあたったウサギのように二回ころころと転がった。よろめきながら立ち上がろうとするところに、シークが襲いかかり、脇腹に二度ナイフをつきたてた。男はうめき声もたてず、ピクとも動かず、倒れた場所に横たわった。倒れた拍子に首の骨でも折ったんでやしょう。だんながた、あっしは約束を守っていますぜ。あったことを、自分に都合の悪いことも何もかも、包み隠さず話していやす」

彼は話すのをやめ、ホームズが作ってやったウィスキーの水割りの方へ手錠のはめ

ハーバート・デンマン画

られた手をのばした。わたしは、この男に対してすごい恐怖を感じた。それは、彼が手を貸した、冷酷な犯罪のためだけではなく、それ以上に彼の話し方が、軽々しく、無造作なためでもあった。彼がどんな罰を受けるにしろ、わたしからの同情は期待できない。シャーロック・ホームズとジョウンズは膝に手を置き、熱心に彼の話を聞いていたが、わたしと同じく嫌悪感が顔にあらわれていた。彼はそれに気がついたのだろう。話を続ける彼の声や態度はなんとなく挑発的《ちょうはつてき》になった。

「悪いことをやったのは、確かだが」彼が言った。「あっしの立場になったら、こんな戦利品のわけまえを断われる奴がどれだけいるか、知りてえもんさ。そんなことをしようものなら、自分の喉をかき切られるってえときにだよ。それに、奴が砦にいったん入ったら、あっしが殺されるか、奴を殺すかなんだ。奴が砦の外に出たら、すべてがばれて、あっしは軍法会議にかけられて、銃殺されるかもしれない。ああいう状況では、人間は情などなくしやすからね」

「話を続けてくれ」ホームズはそっけなく言った。

「へえ、あっしら、アブドゥラーとアクバーとあっしの三人で、あの男の死体を中に運び込んだ。背が小さいわりに、なかなかの重さだった。マホメット・シングは門の警護《けいご》のために残しておいて、シーク教徒たちが準備しておいたところに死体を運んだ。そこは少し離れた所で、曲がりくねった通路を進んでいくと、何にもない大広間に出

F・H・タウンゼンド画

た。そこの壁のれんがはみんな崩れ落ちて、粉々になっている。床の一ヶ所が落ち込んでいて、自然の墓場になっていやしたから、商人アクメットをそこに入れ、落ちていたれんがで埋めた。それが終わると、みんなで財宝のところに戻りやした。

そいつは、アクメットがはじめに襲われた時に落とした場所にころがっていやした。その箱ってえのが、今このテーブルの上に、ふたをあけて置いてある、こいつです。ふたの上の彫り物をした取っ手に、絹《きぬ》のひもで鍵がつるしてあった。ふたを開け、ランタンで照らすと、パーショアーにいた子ども時分に、本で読んだり空想していた宝石の山がきらきらと輝《かがや》いていやした。それは、眺めているだけで目がくらみそうだった。目を存分に楽しませてから、箱から全部取り出し、目録《もくろく》を作りやした。一級品のダイヤモンドが一四三個、その中にはたしか『ムガール大帝』という名前の、現存するものでは世界で二番目に大きいといわれている石があった。それから、すごくりっぱなエメラルドが九七個。ルビーが一七〇個あったが、この中には小さなものもあった。ガーネットが四〇個、サファイアが二一〇個、メノウが六一個、それに緑柱石《りょくちゅうせき》、シマメノウ、猫目石、トルコ石など、あれ以来覚えたが、当時は名前を知らなかったような宝石が山ほどあった。このほかに、三百個近い、実に見事な真珠《しんじゅ》があり、そのうち一二個が金の宝冠にはめこまれていた。ところが、あっしが箱を取り戻してみると、この宝冠だけが箱から取り出されていて、みあたらなかった。

宝石を数え終わると、箱の中に戻し、マホメット・シングに見せるために門のところへ運んだ。そして、互いに助け合い、秘密を守るという誓いをあらたにおごそかにかわした。宝は騒ぎがおさまり、国が平穏になるまでどこかに隠しておいて、それから四人で平等に分配することにした。いま分けあっても何もならない。こんな高価な宝石を持っているのが見つかったら、疑われてしまう。砦のなかにも私室はなかったし、どこにも隠しておけるような場所はなかった。そこで、箱をアクメットの死体を埋めた広間に運び、あまりれんがが崩れ落ちていない壁の下に穴をつくり、宝を隠した。隠し場所を詳しくかきとめておいて、翌日あっしが地図を四枚、一人に一枚ずつ作り、地図の下部に四人のサインを記した。それは、四人はいつもいっしょに行動し、誰も抜け駆けをしないという誓いだった。この誓いは、胸に手をあてて言えることだが、あっしは破ったことはありゃしません。

まあ、だんながたにインド暴動の結末の話をしたってしょうもないですが、ウィルスンがデリーを陥落《かんらく》させ(79)、サー・コリンがルクナウを解放すると(80)、反乱軍もお手あげでした。新しく軍隊がつぎつぎやってくると、反乱軍指導者のナナ・サヒブ(81)は国境をこえて姿を消してしまった。グレイトヘッド大佐が指揮する別動隊がアグラにやってきて、パンディー(82)（暴徒）を追い払ってくれた。ようやく平和がやってきて、お宝のわけまえを持って、安全に出発できる時がやってきたと、希望を持ち始めたんだ。ところが、その時になってアクメットを殺した犯人だとして逮捕されてしまい、あっしらの希望は木っぱみじんにくだけたってえわけさ。

それはこういうぐあいだ。ラジャがアクメットに宝石を預けたのは、あいつが信頼のおける人間だったからだ。だが、東洋の人間は疑り深い。このラジャはさらに信用できる使用人を選び、アクメットをスパイさせたんだ。第二の男は第一の男から目を離すなと命令を受け、影のようにあとをつけた。あの晩も奴はアクメットをつけて行って、彼が門から中へ入るのを見ていた。もちろん砦にかくまってもらったのだと思って、翌日自分も中へ入る許可をもらった。ところが、アクメットの姿が全く見つからない。不思議に思って、そのことを警備隊の軍曹に話し、そいつが司令官に報告した。すぐに徹底的な捜査が行なわれ、アクメットの死体が見つかってしまった。こうして、何もかも安全だと思ったその瞬間に、四人ともつかまって殺人の罪で裁判にかけられちまった。三人はあの夜、あの門の見張りだったし、もう一人は殺されたアクメットといっしょに旅をしていたことが知られたからだ。裁判では宝石の話は全く出なかった。というのも、ラジャは地位を追われ、インドから追放されていたからで、あの宝石に関心のあるものなどいなかった。しかし、殺人が行なわれたのは間違いのないことで、あっしら全員が関わったのは確かだということで、シーク教徒三人は終身刑、あっしは死刑の判決だったが、その後あっしも減刑され、ほかの三人と同じになったってえわけさ。

その時、あっしらの置かれた立場はおかしなものだった。四人とも鎖で足をつながれ、二度と再び社会《しゃば》へ出る機会はまあほとんどねえっちゅうのに、もし、それを使えさえすれば、御殿に住めるようになる秘密を胸に抱えている。外ではすばらしい富が掘り出されるのを待っているてえのに、けちな小役人にけられたりなぐられたりしながら、口にするのは米と水だけというのは、はらわたがかきむしられるほどくやしかった。気がふれたって不思議じゃなかったね。だが、あっしはかなり頑固《がんこ》な性格で、なんとか持ちこたえて、時節を待ったのさ。

そして、その時がついにやってきたように思われやした。あっしはアグラからマドラスに、そしてそこからアンダマン諸島のブレア島へと移送されやした。この植民地には白人の囚人はほんの数人しかいなかった。最初から行儀よくふるまっていやしたから、まもなく特別待遇を受けるようになった。ハリエット山の斜面にある小さな町、ホープ・タウンに小屋を与えられ、かなり自由にふるまえやした。そこはわびしくて、熱病がはびこる所で、狭い開拓地の向こうには野蛮《やばん》な人食い原住民が、すきあらば毒の吹き矢を打ち込もうと待ちかまえていやした。日中は土を掘り起こしたり、溝を掘ったり、ヤムイモを植えたり、ほかにあれこれやることがあってけっこう忙しい。それでも夜は少し自由な時間があった。いろいろやったが、軍医の代わりに調剤《ちょうざい》して、医学の知識をほんの少し身につけました。四六時中、いつも逃げ出す機会をねらっていた。だがそこは、ほかのどの島からも何百マイルも離れていて、このあたりの海には全くといってよいほど風がなく、ここから逃げ出すのはおそろしく難しいことでやした。

軍医のサマトン先生は次々に歓楽を追う、賭《か》け事が好きな若者で、ほかの若い士官たちは夜になると軍医の部屋に集まっては、トランプをやっていた。あっしが薬を調合する治療室は軍医の居間の隣で、二つの部屋の間には小さな窓が一つあった。あっしは退屈するとよく治療室のランプを消して、そこに立ってみんなの話を聞いたり、ゲームを見ていた。あっしもトランプは好きで、見ているだけでもおもしろかった。そこの顔ぶれは、現地軍を指揮しているショルトー少佐、モースタン大尉、ブロムリー・ブラウン中尉、それから軍医、そして刑務所の役人が二、三人いたが、これが悪賢く、老練《ろうれん》なやり手で、いつもうまい、安全な手を打っていた。彼らは集まっては和気あいあいと遊ぶ、気の合った仲間だった。

そしてまもなく、ある一つのことに気がついた。それは、軍人がいつも負け、勝つのは役人だということだった。不正が行なわれているというわけではなく、ただそうだということだ。この刑務所の役人はアンダマン諸島へ来て以来トランプ・ゲームしかやることがないから、相手のゲームのやりかたをとことん心得ていた。それに対して、軍人たちは暇つぶしにやっているだけのことで、ただカードをもてあそんでいるだけだった。毎晩毎晩、軍人たちは負けて金をとられ、負ければ負けるほど軍人たちは勝負に熱中した。なかでも、ショルトー少佐がいちばん負けていた。初めのうちは札や金貨で支払っていたが、そのうち約束手形になり、その額も大きくなっていった。ときどき二、三番勝負に勝つこともあって、ちょっと元気になるが、幸運に見放され、前よりもっと悪い状況になる。終日彼はかんかんに腹を立てて歩きまわり、体に悪いほど酒を飲むようになった。

ある晩、奴はいつもよりずっと大負けした。あっしが自分の小屋にいると、宿舎へ帰るショルトー少佐とモースタン大尉がよろよろしながら通りかかった。この二人は親友で、いつもいっしょだった。少佐は負けた金のことをわめいていた。

『モースタン、もう終わりだ』あっしの小屋の前を通りながら、少佐は言っていた。『おれはもう辞表を提出するしかない。もう破滅だ』

『そんなことを言わないでください』大尉が肩をたたきながら言った。『ぼくだってひどく負けていますよ……』これ以上は聞こえなかったが、これだけで、あっしに考えさせるにゃ充分だった。

二日くらいしてショルトー少佐が浜辺をぶらぶら歩いていたので、いい機会だと思って話しかけた。

『少佐どの、ちょっとご相談があるんですが』あっしは言った。

『ほう、なんだね、スモール』少佐はくわえていた葉巻を口から手に持ちかえてきいた。

『お尋ねしたいのはですね』あっしはこたえた。『隠された財宝の正当な持ち主は誰かということです。五十万ポンドの価値のある財宝のありかをあっしは知っているが、それを自分で使うことはできない。一番いいのは、適当な当局に財宝を引き渡すこと、そうすればあっしの刑期も短くしてもらえるかもしれないと考えたんですが』

『五十万ポンドだって、スモール?』少佐は息をのむように言うと、本気かどうかみきわめようと、あっしをじっと見た。

『そのとおりです。宝石と真珠です。誰かが来て掘り出してくれるのを待っている。そして奇妙なのは、本当の持ち主は追放されて、財産を所有することができないから、早い者勝ちで、最初に来た者の持ち物になるんです』

『政府のものだよ、スモール』少佐はどもりながら言った。『政府のものだ』こう言いながらもためらいがちだった。これでこっちの思うつぼに少佐がはまったと思った。

『それでは、あっしは総督《そうとく》閣下に報告すべきでしょうか?』あっしは静かに言った。

『うん、いや、急いではいかんぞ、さもないと後悔することになる。あらいざらい聞かせてくれ、スモール。事実を全部話してみろ』

少佐にすべてを話して聞かせた。もちろん場所が特定できないように、ちょっと変えたところもあるが。話し終わっても、少佐はじっとしたまま考え込んでいた。唇がぴくぴく動いて、どうすべきか心の中で葛藤《かっとう》しているのがわかった。

『これはとても重要なことだ』少佐はようやく言った。『このことは誰にも言ってはいけない。近いうちにまた会おう』

二日後の深夜、友人のモースタン大尉といっしょに少佐は、ランタンを提《さ》げてあっしの小屋にやってきた。

『もう一度おまえの口から例の話をモースタン大尉に聞かせてやってくれ、スモール』彼は言った。

あっしは前の話を繰り返した。

『なあ、うそじゃないらしいだろ?』彼が言った。『やってみる価値はあるんじゃないか?』

モースタン大尉はうなずいた。

『さて、スモール』少佐が言った。『おれと大尉は、おまえの話を検討してみたが、こういう結論に達した。おまえの秘密は政府の問題なんかではなく、おまえ個人の問題だから、おまえが一番よいと思うように処理する権利がおまえにはある。そこで問題は、代償《だいしょう》におまえが何を求めるかということだ。条件が合えば、われわれが引き受けてもいいし、少なくとも、調べてやってもいい』彼は冷静に、何気ないふうに言ったが、眼は興奮《こうふん》と欲望でぎらぎらしていやした。

『その話でしたら、だんながた』冷静になろうとしたが、あっしも同じように興奮してしまった。『あっしのような立場の人間ができる取引はたったひとつですよ。あっしを自由の身にしてほしい、それに他の三人の仲間も。その代わり、お二人を仲間にいれて、五分の一のわけまえをさしあげます。それをお二人で分けてください』

『ふん』彼は言った。『二人で五分の一か。ぞっとしないな』

『一人五万ポンドですぜ』あっしは言った。

『だが、どうやったらおまえを自由にできるのだ。おまえはできないとわかっていることを要求しているんだ』

『そんなことはありませんよ』あっしは答えた。『最後の細かいところまで考えてあります。あっしらが逃げ出せないでいる唯一の障害は、航海にふさわしい船が手に入らないことと、その間の食料がないことだ。カルカッタやマドラスなら目的に合った小さいヨットや小さな帆船《ヨール》がいっぱいある。そいつを一つこっちへ持ってきてくれたら、おれたちはその船に夜の間に乗り込む、そしてインド沿岸のどこでもいいから降ろしてください。そこでそっちの役目は終わりです』

『おまえ一人だけならな』彼は言った。

『全員いっしょか、そうでなければこの話はなしだ』あっしは答えた。『あっしらは誓ったんだ。四人はいつもいっしょに行動することになっているんだ』

『なあ、モースタン』少佐は言った。『スモールは約束を守る男だ。仲間を裏切ることはしないんだ。信用してもいいと思うんだが』

『これは不正な仕事だ』大尉が言った。『それでも、あんたが言うように、これだけの金があれば賭けでわれわれの将校の地位を失わなくてもすむだろうなあ』

『それじゃ、スモール』少佐が言った。『おまえの要求に応えられるかどうかやってみよう。だがまず、おまえの話が本当かどうか調べなくてはならない。箱の隠し場所を教えてくれ。そうしたら、おれは休暇をとって月に一度の交替船でインドへ行ってよく調べてこよう』

『まあそんなに急がないで』相手が熱くなればなるほどあっしは冷静になって言った。『ほかの三人の承諾《しょうだく》をとらなくちゃならない。言ったでしょ、あっしら四人はいつもいっしょだってね』

『ナンセンスだ』大尉が言いだした。『われわれの約束と、黒いやつ三人が何の関係があるんだ？』

『黒かろうと青かろうと』あっしは言った。『あっしらはみんな仲間だ。逃げるときはいっしょだ』

さて、話は二回目の会合で決まった。その時はマホメット・シング、アブドゥラー・カーン、ドスト・アクバー、みんなが出席した。もう一度話し合い、ようやく手はずが決まった。こっちからは将校二人にアグラ砦のあの部分の地図を渡し、宝の隠し場所の壁の地点にしるしをつける。ショルトー少佐がインドへ行き、おれたちの話が本当かどうか確かめる。箱があったら、そのままにしておいて、航海中の食料を積んだ小さなヨットをラトランド島沖に回す。あっしらはそれに何とか乗り込み、少佐は軍務に戻る。それから今度はモースタン大尉が休暇をとって、アグラであっしらと落ち合う。そこで宝を山分けにし、大尉は少佐の分も持ち帰る。こういう手はずを、頭で考えられる、そして口にできるいちばん厳《おごそ》かな誓いの言葉で取り決めた。あっしは一晩中紙とインクと格闘し、朝までに地図を二枚しあげて、四人、つまりアブドゥラー、アクバー、マホメットそしてあっしの四人のサインを記しやした。

さて、だんながたは、あっしの長い話にうんざりでしょう。それにジョウンズさんなんざ、あっしをブタ箱《チヨケイ》に放り込んで、安心したくてじりじりしている。できるだけ手短に話しましょう。悪人ショルトーの奴はインドへ出かけたっきり、二度と戻ってこなかった。その後間もなく、郵便船の乗客名簿にショルトーの名前がのっているのをモースタン大尉が見せてくれた。奴のおじが死んで莫大《ばくだい》な遺産が入ったので、除隊したという話だった。奴は、われわれ五人の人間をこんなふうに扱っておいて平気な男だったのだ。その後すぐモースタンがアグラへ行ったが、思ったとおり財宝はなくなっていた。あの悪党が、あっしらが秘密をうちあけた時に約束した条件は何ひとつ実行せずに、全部持って行っちまった。その日からあっしはただ復讐《ふくしゅう》のために生きてきやした。昼も夜もそれだけを考えた。この強い思いがあっしの心と体を占領した。法律のことなんか気にならねえ、絞首台なんざ怖かねえ。脱走して、ショルトーの居場所をつきとめ、奴の首をこの手で絞める――これしか頭になかった。ショルトーを殺すことに比べたら、アグラの財宝もちっぽけに思えてきた。

いままでにいろんなことをやろうと思ったが、実行しなかったことは一つもない。だが、機会がめぐってくるまでは、うんざりするような長い年月だった。前に、あっしが薬のことをちょっと聞きかじってたって言いやしたね。ある日、サマトン先生が熱を出して寝込んだ時、四人たちが森で小さなアンダマン諸島の原住民を一人拾ってきた。そいつは重病にかかって、死ぬために人里はなれたところに来ていたというわけだ。元気な毒蛇のように恐ろしい奴だったが、あっしはそいつを引き受けて、手当てしてやった。二、三ヶ月後には回復し、歩けるまでになった。それからは、奴はおれになついて、森に戻ろうとせず、いつもあっしの小屋のまわりをうろついていた。奴から現地の言葉をすこし習ったが、それでますますあっしのことが気に入ったようだ。

トンガっていうのが奴の名前だが、こいつは船を漕《こ》ぐのがうまく、自分でも大きくて、ゆったりしたカヌーを持っていた。奴があっしになついていて、あっしのためなら何でもするとわかった時、脱走のチャンスがきたと思った。奴と相談した。そして、ある晩、見張りのいない古い波止場《はとば》に船をまわし、そこであっしを船に乗せるということになった。ひょうたん五、六個に水をいれたのや、ヤムイモ、ココナッツ、サツマイモをたくさん船に積んでおくようにいいつけておきやした。

小男のトンガは、頼りになる、正直な奴でした。これほど忠実な仲間はない。約束の晩に、トンガはカヌーを波止場にまわしてくれた。ところが、その晩に限って、看守の一人がそこにいた。ことあるごとにあっしを侮辱《ぶじよく》したり、殴ったりしていた、パタン人(83)のいやな奴だった。あっしはいつも今に見てろと思っていたので、これは絶好のチャンスだった。島を出る前に奴に借りを返せるように、なにか運命のようなものがあっしのところへ奴を連れてきてくれたみたいなものだった。奴は、こっちに背を向け、カービン銃を肩にかけ、海岸に立っていた。奴の脳天をたたきわってやろうと、まわりを見渡して石を探したが、みあたらなかった。

そのとき、突然、武器が手近なところにあることに気がついた。あっしは闇の中にすわって、木の義足をとりはずした。片足で三歩とんで、奴に襲いかかった。奴は銃を肩に構えようとしたが、思いっきりなぐりつけて、頭蓋骨《ずがいこつ》のひたいの全面をへこま

F・H・タウンゼンド画

せてやった。奴をなぐった時にできた割れ目が今でも義足に残っているのがおわかりでしょう。あっしはバランスがとれなくて、奴といっしょに倒れ込んだ。だが、こっちが立ち上がった時に、奴は身動きせず横たわっていた。船の方へ歩いて行き、一時間後には海上に出ていた。トンガは、武器も神様も、この世の財産を全部もちこんできていた。なかに、長い竹槍《たけやり》とアンダマン・ヤシのむしろがあったので、それで船の帆《ほ》のようなものをつくった。十日間、運を天にまかせて海上を漂流《ひょうりゅう》し、十一日目に、マレー人の巡礼者《じゅんれいしゃ》をのせてシンガポールからジッダへ向かう商船に助けられた。乗客はへんてこな一団だったが、トンガとあっしはなんとか彼らの間に身を落ち着けた。彼らにもひとつだけ良いところがあって、それは他人のことは放っておいてくれて、何も質問してこなかったてえこってす。

あっしと小男のトンガが味わった冒険を全部話したらお陽さんが昇っちまうから、だんながたには迷惑でしょう。ロンドンに向かおうとすると何かが起こって、なかなかロンドンにたどりつけず、あっしらは世界中をあっちこっちと放浪した。しかし、いつも目的を見失いやしない。夜になるとショルトーの夢を見た。寝ている間に百回は奴を殺してやった。そして、三、四年前にようやくあっしらはイングランドにたどりついた。ショルトーの居場所はすぐにわかった。まず、奴が財宝を現金に替えてしまったのか、まだそのまま持っているのか調べることにした。それで、役に立ちそうな奴と近づきになった。他の人間に迷惑かけたくないから、名前は言わない。それですぐに、奴がまだ宝石を持っていることがわかった。そこで、なんとか奴に近づこうとしたが、なかなかずる賢くて、息子やインド人の使用人のほかに、プロボクサーが二人いつも警護していた。

ところが、ある日、奴が死にそうだという知らせが入った。こんなぐあいに奴がおれの手からすりぬけるかと思うと気も違いそうになって、急いで奴の庭にしのびこみ、窓からのぞきこんでやった。奴はベッドに横たわり、両側に一人ずつ息子が立っていた。窓から押し入って、三人と一度に勝負することも考えたが、奴の顔を見たとたん、奴のあごががっくりおちて、それが奴の最期だとわかった。その晩、奴の部屋に忍び込んだ。わしらの宝石の隠し場所を書いたものでもないかと思って書類をひっかきまわしてみたが、何も見つからねえ。あっしはこれ以上ないほどくやしくて、残忍な気もちになっていた。それで部屋を出ようとした時、シークの仲間にもう一度会うことがあったら、あっしらの憎しみのしるしをおれが残しておいたと奴らが知ったら、気も済むだろうと思いついて、地図の上に残したのと同じあっしら四つのサインを急いで書いて、奴の胸にピンでとめてやったのさ。奴に宝を奪われ、だまされたものからのしるしが何もないまま墓場に運ばれたんじゃあんまりでさあ。

この頃のあっしらといったら、トンガを黒い人食い人種とかなんとかいって、市《いち》や縁日なんかで見せ物にして暮らしていやした。トンガが生肉を食べてみせたり、戦いの踊りを踊って、一日の終わりには帽子いっぱいの小銭がもらえたもんで。ポンディチェリ荘の様子はいつも耳に入っていたが、ここ二、三年はたいしたニュースはなく、まだ財宝を探しているということだけだった。ところが、ついにあっしらが長いこと待っていた知らせが届いた。財宝が見つかったのだ。あの屋敷の一番上、バーソロミュー・ショルトーさんの化学実験室の上の屋根裏部屋にあった。あっしはすぐに出かけていって場所を見たが、あっしのこの義足でどうやってあそこまで登れるのかわからなかった。しかし、屋根に、はね上げ戸があることと、ショルトーさんの夕食の時間がわかったので、トンガを使えばなんとかなるように思えた。トンガの腰に長いロープを巻きつけて連れていった。あいつは猫のようにのぼることができ、アッという間に屋根から入り込んだ。だが、不運なことに、バーソロミュー・ショルトーさんがまだ部屋にいて、命をおとすことになった。トンガはあの人を殺して、なにか気の利いたことをしたと思ったのでさあ、あっしがロープを伝って部屋に入っていくと、トンガはクジャクのように気どって歩きまわっていやした。それで、奴を血に飢《う》えた小鬼めと、ロープの端でなぐってやったらびっくりしていた。あっしは宝の箱を取り出し、地面におろしてから、自分もすべりおりた。その前に宝石がようやく正当な持ち主に戻ったことを知らせるために、テーブルに四人のサインを残しておいた。それか

F・H・タウンゼンド画

らトンガがロープを引き上げ、窓を閉め、入ってきたのと同じようにして逃げ出したというわけでさあ。

さあ、これで話は全部だ。スミスが持っているオーロラ号というランチの船足が速いと船頭が話しているのを聞いていたから、逃げるのに役に立つだろうと思ってね。スミスのおやじさんと話し合って、本船まで無事に送ってくれたら大金を払うことになっていた。おやじも何かおかしいなと思ったに違いないが、秘密は知らない。これまでの話はみんな本当ですぜ。こんなふうにだんながたにお話しするのは、なにも楽しませるためじゃありやせん。別にみなさんに親切にしてもらったわけじゃあなし。あっし自身を弁護する一番いい方法は何でも包み隠さず、ショルトー少佐にどんな目にあわされたかと、彼の息子の死にあっしがまったく関係ないってえことを世間に知らせることだと考えたからでさあ」

「なかなか珍しい話だったね」シャーロック・ホームズが言った。「非常に興味深い事件にふさわしいしめくくりだった。君の話の後半はぼくには目新しいことがなかった。ただ、君が自分でロープを持っていったというのは、ぼくにはわからなかった。ところで、トンガは毒の吹き矢を全部落としてしまったと思っていたのだが、船の中のわれわれに一本吹いてよこしたね」

「全部落としたんだが、一本だけ吹き矢の筒の中に残っていたもんでね」

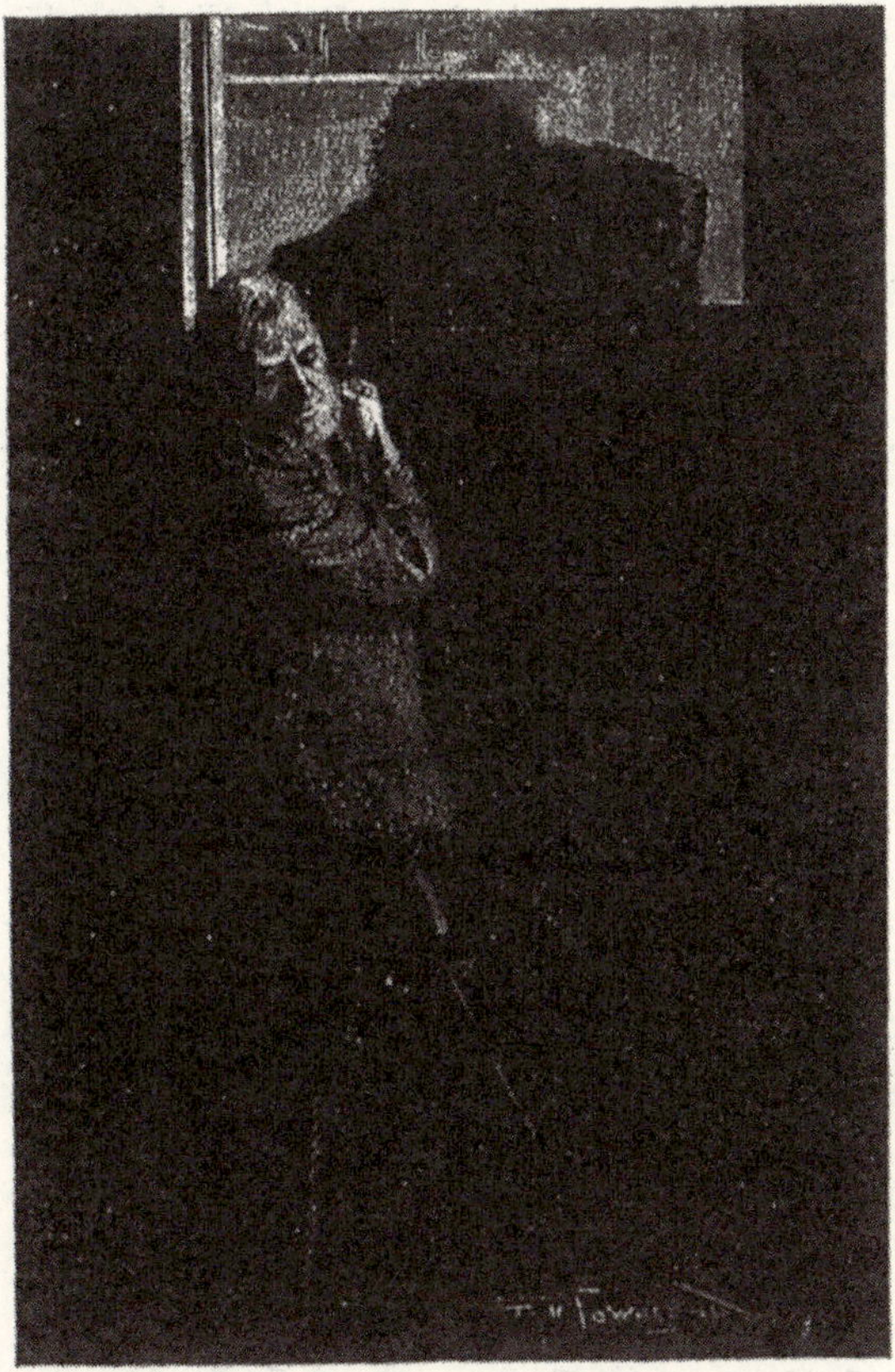

F・H・タウンゼンド画

「ああ、なるほど」ホームズは言った。「それは気がつかなかった」

「ほかに何かきいておきたいことは？」四人は愛想よく尋ねた。

「いや、もう何もないようだ。ありがとう」ホームズが答えた。

「さて、ホームズ」アセルニー・ジョウンズは言った。「あなたのご機嫌はとらなければならないし、あなたが犯罪の権威であることはわかっていますが、職務は職務です。それに、お二人の要求には無理して充分お応えしたと思います。この話し手を錠《じよう》と鍵とで閉じこめてしまえば、ひと安心です。馬車も待たせていることですし、警部が二人下にいます。お二人のご協力にはたいへん感謝いたします。もちろん、裁判にはおいで願うことになると思いますが。それでは、おやすみなさい」

「お二人さん、おやすみなせえ」とジョナサン・スモールが言った。

「スモール、おまえが先だ」部屋を出る時、用心深いジョウンズが言った。「アンダマン諸島で紳士に何をなさったかはさておいて、義足でなぐられないように、特に用心しないとな」

「さて、これでわれわれの小さなドラマは終了だ」二人で黙ってしばらくタバコを喫《す》ったあとでわたしは言った。「君の捜査方法を研究するのはこれが最後の事件になるかもしれない。モースタン嬢がぼくを将来の夫として受け入れることを承諾してくれたのだ」

ホームズはすごく憂《ゆう》うつそうなうめき声をだした。

「そうなるのではないかと思っていたよ」彼は言った。「おめでとうとは言わないよ」

わたしは少し気分を害した。

「ぼくの選択に不満でもあるのかね?」わたしは尋ねた。

「とんでもない。彼女は今まで会った若い女性の中でいちばん魅力的な女性の一人だし、ぼくたちがやってきたような仕事にはずいぶん役に立つ人だと思うよ。その方面にたしかに才能がある。父親のいろいろある書類の中で、アグラの地図を保存しておいたことを見てもわかる。けれども、恋愛は感情的なものだ。感情的なものは、それが何であるにせよ、ぼくが何より大事に思っている、真の、冷静な理性とは相反するものだよ。ぼくはね、ぼくの判断力が狂うといけないから、絶対に結婚はしないよ」

「ぼくは信じているよ」わたしは笑いながら言った。「ぼくの判断力はその試練に耐えられるってね。ところで、君はひどく疲れているようだ」

「ああ、反作用がもう現われている。これから一週間はぼろきれのようにぐったりしているだろう」

「不思議だ」わたしは言った。「ほかの人間だったら怠惰《たいだ》としか言いようのない時期と、すばらしいエネルギーと活力の発作が、君のなかでは交互に現われるのだからねえ」

「そうだね」ホームズが答えた。「ぼくの中には極度に怠《なま》け者の素質と、きびきび動きまわる人間の素質とが同居しているのだ。ぼくは昔のゲーテの詩のこの一節をよく思い出すよ。

自然がおまえという素材から、一人の人間しか作り出さなかったのは残念だ。
というのも、この素材は品位ある人間とも悪漢《あっかん》ともなりうるのだから。(84)

ところで、またこのノーウッド事件に戻るが、ぼくが推測したとおり、家の中に共犯者がいたと言っていたが、それは執事のラル・ラオ以外にないと思うよ。あんなに大きな網《あみ》をはって、魚を一匹だけはつかまえた。それは、たしかにジョウンズ一人だけの、分配できない手柄になるのさ」

「そんな分配法は、あまりにも不公平のようにみえるよ」わたしは言った。「君は事件を全面的に解決したのだ。ぼくはこの事件のおかげで妻を得、ジョウンズは名誉《めいよ》を得た。ところで、君にはいったい何が残っているのかね?」

「ぼくにはね、まだこのコカインのびんが残っているさ」と言いながらホームズは、白くて長い手をびんの方へ伸ばすのだった。

注・解説

クリストファー・ローデン（高田寛訳）

《四つのサイン》注

↓本文該当ページを示す

《四つのサイン》の初出は、フィラデルフィアの「リピンコッツ・マガジン」誌一八九〇年二月号であった。その時の題名は、『四つのサイン、もしくはショルトー一族の問題(The Sign of the Four; or, The Problem of the Sholtos)』であった。

アーサー・コナン・ドイルは、一八八九年の懐中日記の九月三十日の項に、次のように記している。「『四つのサイン(The Sign of the Four)』脱稿、及び発送」。しかし後になると、作品の題名は〝The Sign of Four(四つのサイン)〟と短縮形が用いられる場合が出てきた。さらにこの物語の原稿を見ると、作品の題名に関する状況は、一段とややこしくなってくる。先ず原稿の表紙には、アーサー・コナン・ドイルの筆跡で〝The Sign of Four〟と書かれていたらしい。しかし、原稿の一頁目に書かれている作品名(これは紛れもなくアーサー・コナン・ドイルとは別人の筆跡である)は、〝The Sign of the Four〟と書かれている。作者は短縮形のほうが便利だったと思われるが、作品の題名としては〝The Sign of the Four〟と〝The Sign of Four〟の両方を使っている。単行本として出版されたものの題名は、本文を雑誌掲載時のものから採ったか、著者公認版の単行本から採ったかで異なる。海賊版では常にそうであるわけではないが、〝The Sign of the Four〟が使われている場合が多い。

1　シャーロック・ホームズは……
《四つのサイン》の原稿は現存し、個人が所有するところとなっている。〔この原稿は一九九六年十二月四日、サザビーズのオークションに出品され、五十一万九五〇〇ドルで落札された〕　⇩13

2　皮下注射器
皮下注射器は一八八四年、アメリカ人外科医ウィリアム・ステュワート・ハルステッド（一八五二〜一九二二）が発明した。この発明によって、コカインを注射して神経に作用させ、身体のどの部分でも麻酔の効果を得られるようになった。　⇩13

3　ボーヌ・ワイン
フランスのボーヌ地方の産である、上等のブルゴーニュ・ワイン。　⇩14

4　「今日はどちらかね。モルヒネ、それともコカイン？」

ここはホームズが、モルヒネにも耽溺していたことを示す、唯一の言及例である。遅くても一八八七年までには、南アメリカ産のコカの葉から抽出される、白い結晶体の薬物であるコカインは、ヨーロッパでは魔法の薬として知られていた。 ⇩14

5 アフガニスタン戦争

一八六三年に、アフガニスタンの藩王の地位についたシェール・アリ（一八二五〜七九）は、一八七八年ロシアの外交上の提案に対抗して派遣された、英国の外交使節団を受け入れるよう要請を受けた。彼が英国使節団の受け入れを拒絶したことから、一八七八年から一八七九年に掛けての第二次アフガン戦争の火蓋が切って落とされたのである。シェール・アリの息子ヤクブ・カーン（一八四九〜一九二三）率いる軍勢はカンダハールへ進撃し、マイワンドで英国軍を破った。アーサー・コナン・ドイルが、ワトスンが負傷し本国へ送還される設定に選んだのが、このマイワンドの戦いである（《緋色の習作》参照のこと）。 ⇩14

6 グレグスンや、レストレイドや、アセルニー・ジョウンズ

トバイアス・グレグスンとG・レストレイドの両警部は、スコットランド・ヤードのロンドン首都警察犯罪捜査部に所属し、《緋色の習作》にも登場している。アセルニー・ジョウンズの名は、ダラム北西選挙区選出の自由党急進派に属する下院議員（一八八五〜一

九一四）だった、レウェリン・アーチャー・アセレリー・ジョウンズ第二等勲爵士（一八五一～一九二九）から採ったものかもしれない。また、ブリッジウォーターの南、ソーントンの東に、アセルニーという町がある。 ↓15

7　**ジーザイル銃弾**

ジーザイル銃は、銃身の長くて重いマスケット銃で、アジアで製造され使われていた。 ↓17

8　**フランソワ・ル・ヴィラール**

この名前は、フランスの詩人にして犯罪者であった、よく似た名前の持ち主だったフランソワ・ヴィヨン（一四三一生）から採ったのであろう。 ↓17

9　**ルンカ葉巻**

両切りで細身の葉巻である。インドで製造され、両切り葉巻（cheroot）に似ている。 ↓19

10　**トリチノポリ葉巻**

南インドのトリチノポリ近郊で製造される、黒っぽい煙草の葉で作られる葉巻。 ↓19

11 バーズ・アイ印
刻み煙草の一種。 ⇩19

12 他の要因をすべて消していって、残ったのが真実
ホームズのあまりにも有名な格言の一つである。今回のほかに、彼は少なくても三つの事件で、この原則を用いている。まず《緑柱石の宝冠》（『シャーロック・ホームズの冒険』所収）、次に《白面の兵士》（『シャーロック・ホームズの事件簿』所収）、そして《ブルース・パティントン設計書》（『最後の挨拶』所収）である。 ⇩21

13 五十ギニー
「ギニー」という通貨単位は、一九七一年に英国の貨幣制度が十進法に移行した際に廃止された。一九七〇年になっても、多くの商店では品物の値段をギニー単位で表示していた。専門職に対しての支払いも、多くはギニー単位が用いられていた。 ⇩24

14 メアリ・モースタン
ホームズ物語に登場する人名の姓で、頻繁に現われる最初の音節「モ」を含んだ人名の一番最初の例である。 ⇩26

15　ランガム・ホテル
このホテルはリージェント街の北端ランガム・プレイスにある。当時のロンドンのホテルの中で、最も名高いホテルのひとつだった。このホテルでの会食の席で、アーサー・コナン・ドイルはスタッダートから、《四つのサイン》の執筆依頼を受けた。 ⇩29

16　日付は九月七日
「……ところで単行本を出す際には、訂正しなければならないあからさまな誤りが一つあります。それは第二章で、手紙の日付は七月七日になっていますが、ほとんど同じ頁で私は九月の晩のことで、と書いているのです」（一八九〇年三月六日付J・M・スタッダート宛てのアーサー・コナン・ドイルの手紙） ⇩31

17　六ペンス
現在の貨幣制度では二・五ペンスになる。一九七一年に英国の貨幣制度が、十進法に移行した際に廃止となった。 ⇩32

18　ライシーアム劇場
ライシーアム劇場は一七九四年、歌劇場としてサミュエル・アーノルド博士によって建てられた。〔もともとは一七七一年にコンサートや展示の場としてジェイムズ・ペインが建てたものを、アーノルドが劇場に変えたのであった。ライシーアム劇場と名乗ったのは一七九九年。ヘンリー・アーヴィングやエレン・テリーによるシェイクスピア劇でこの劇場が名声の絶頂にあった頃に《四つのサイン》事件が起きた〕
⇩32

19　この男の字体をどう思う？

ホームズ物語では、話の筋立ての中で筆跡の分析が、たびたび主題として用いられている。しかし推理を下す手段としての、筆跡の分析の重要性が最も強調されているのは《ライゲイトの大地主》（『シャーロック・ホームズの思い出』所収）である。一八八〇年代初頭、クレピュー・ジャミンは筆跡には書いた人の意思が表われるものであり、いわば外界と心の内面が接する境界線であって、きわめて繊細な、ほとんど無限とも言い得る変化を遂げるものであると述べ、同時に、気分や感情、肉体的状態の変化を如実に反映するものである、とした。筆跡学の体系はその後も発展を続け、今日、広く普及し、特に裁判所の査定官はこの技術に秀でている。アーサー・コナン・ドイル自身も、一九〇七年のジョージ・エダルジ事件の調査に際しては、ジョージ・エダルジの無罪を証明する自分の議論を補強するため、筆跡学を援用している。

⇩35

20　ウィンウッド・リードの『人類の苦悩』

ウィリアム・ウィンウッド・リード（一八三八〜七五）は冒険家にして小説家であり、チャールズ・リード（一八一四〜八四）の甥でもあった。アーサー・コナン・ドイルはチャールズ・リードの『修道院と炉辺』を評して「最も偉大な歴史小説であり、かついかなる種類の小説であっても最も偉大な小説」としている。 ↓35

21　病理学

病理学とは医学の一分野で、病気と病気の過程を研究し、病気の原因と性質の理解を図る学問である。ワトスンがこうした論文を読むことにしたのは、彼が医業に再び携わる意図があったことを暗示している。 ↓36

22　四輪馬車（four-wheeler）

〝four-wheeler〟とは、屋根つきの一頭立て四輪馬車を指す。公式にはクラレンス型四輪馬車、非公式には「グラウラー」と呼ばれていた。 ↓39

23　九月の夕方

物語の設定は九月であって、若き作者はモースタン嬢宛ての手紙の消印が「七月七日」であったことを忘れてしまったのである（前述の手紙の消印の日付に関する注16を参照のこと）。 ↓41

24 二輪馬車（hansom）

〝hansom〟は屋根つきの一頭立て二輪馬車だった。その名前は、この馬車の特許を取ったジョウゼフ・アロイシャス・ハンサム（一八〇三〜八二）の名前にちなんでいる。この馬車は、車体後部の一段高くなった所に座る馭者の他に、乗客二名を乗せることができた。 ⇓42

25 キトマトガー（khitmutgar）

〝khitmutgar〟とは、ヒンドゥー語で執事や男の使用人を言う。 ⇓45

26 それはまるで、もみの林の上に突き出た山の頂上を思わせたここで描かれているサディアス・ショルトーの風貌は、アーサー・コナン・ドイルの短編『革の漏斗』（一九〇三年）〔『ドイル傑作集Ⅲ―恐怖編』新潮文庫所収〕に登場する、頽廃的な唯美主義者のライオネル・デイカーの描写に類似している。 ⇓47

27 僧帽弁

心臓の左心房と左心室の間にある弁で、左心室内の血液が左心房へ逆流するのを防いでいる。 ⇓49

28 大動脈弁
心臓にある弁で、左心室と、全身に隈無く血液を運んでいる大動脈とを分けている。 ⇩49

29 キャンティ
キャンティとは、フィレンツェとシエナの間に広がる、北イタリアの中心地の丘陵地帯に産するワインを言う。 ⇩50

30 トカイ
トカイとは、ハンガリー北部に産する、アルコール度の高い、芳醇な甘口ワインを言う。 ⇩50

31 コローの風景画
ジャン・バプティスト・カミーユ・コロー（一七九六～一八七五）はフランスの風景画家である。 ⇩51

32 サルヴァトール・ローザのほうは、専門家は何と言うかわかりませんがサルヴァトール・ローザ（一六一五〜七三）は、イタリアの画家・エッチング版画家で、その野性的にして神秘的な風景画は、十八世紀の英国では非常に高く評価されていた。 ⇩51

33 ブーグロー

アドルフ・ウィリアム・ブーグロー（一八二五〜一九〇五）は、宗教や神話を題材にした作品を描いた、フランスのアカデミズムに属する画家だった。 ⇩51

34 現代フランス派

「最近のフランス絵画」と言うべきところを、もったいぶって言ったもの。 ⇩51

35 プロのボクサー（prize-fighter）

〝prize-fighter〟とは、金のために、グラブをつけずに素手で殴り合うボクサーを指す。 ⇩53

36 「あと味の悪さは罪の元」

この警句は、フランスの小説家アンリ・ベール（スタンダール、一七八三〜一八四二）によって、不朽のものとなった。 ⇩60

37　アストラカン
アストラカンは、色合いの暗い、極上の巻毛の羊毛で、ペルシャかシリアがその起源であるとされている。アストラカンという名前は、毛皮に似せて子羊の毛で織られた毛織物が、ヨーロッパに属するロシアのこの地で使われていることに由来する。ワイルドやグラッドストーンは、アストラカンのコートを好んで着ていた。

↓61

38　家の容積を割り出し、あらゆる場所を一インチたりとも残さず測った
《ノーウッドの建築士》(『シャーロック・ホームズの生還』所収)で、ホームズは事件の調査に際して同種の方法を用いている。〔《恐怖の谷》のバールストン館については、ホームズはこの方法を用いていない〕
↓61

39　チャリティ試合 (benefit)
〝benefit〟とはスポーツの慈善興行のことである。
↓67

40　比例計算 (the rule of three)
〝rule of three〟とは数学の定理の一つで「比例関係にある三つの数字の値が分かっていれば、外項の積は内項の積に等しいから、残りの一つを求めることができる」というもの。

41 ヒポクラテスの微笑ともいって、古代の文献では「痙笑（risus sardonicus）」と呼ばれたもの ⇓86

強縮性の痙攣の際に生じる、笑いのように歯をむく痙攣性の症状。歴史上はじめて病気や死の数多くの症状を記録したヒポクラテス（前四六〇?～三六〇?）の名前をとってこう呼ばれた。 ⇓86

42 強縮

強縮とは、傷口から侵入する破傷風菌が、運動神経に炎症をおこす強い毒素を出すことによっておこる症状をいう。 ⇓87

43 「小才のきく愚か者ほど、始末の悪い愚か者はない」

ラ・ロシュフコー公爵フランソワ六世（一六一三～八〇）の『箴言集』四五一番を引用したもの〔岩波文庫版『ラ・ロシュフコー箴言集』では、「頭のいい馬鹿ほどはた迷惑な馬鹿はいない」と訳されている〕。 ⇓91

44 トビー

アーサー・コナン・ドイルが、《四つのサイン》で活躍する犬の名前をトビーとしたのは、なかなか興味深い。十九世紀前半の『パンチとジュディ』の人形芝居に、トビーは調教を受けた犬として登場する。また、コナン・ドイルの伯父にあたるリチャード・ドイル（一八二四～八三）が描いた、漫画雑誌「パンチ」の最もよく知られた表紙絵にも、トビーが登場している（リチャード・ドイルが描いた「パンチ」の表紙絵は、一八四九年から百年以上もの間、この雑誌の表紙を飾っていた）。　↓94

45「人は、自分の理解できないことをあざけるものだ」
これはゲーテの『ファウスト』第一部からの引用である。　↓95

46　アシナシトカゲ（slowworm）
〝slowworm〟とは、毒のない、蛇に似たトカゲを指す。　↓101

47　ラーチャー
猟犬の一種。　↓102

48　クレオソート
（ブナの木のタールを蒸留して得られる油状の液体。グアカコールやクレゾールなどの混

合物で殺菌薬として医薬や木材・肉の防腐に用いられる」 ⇓103

49 ブロンディン顔負けの演技
シャルル・ブロンディン（一八二四〜九七）、本名ジャン・フランソワ・グラヴレは一八五五年、ナイアガラの滝を綱渡りで渡ってみせた。 ⇓104

50 マーティニ銃弾
当時、英国軍が使用していたマーティニ・ヘンリー型ライフル銃の銃弾。 ⇓106

51 ジャン・パウル
ジャン・パウルとは、ジャン・パウル・フリードリッヒ・リヒター（一七六三〜一八二五）の一般的な呼び名で、ドイツの作家であり、恋愛物やユーモア物、哲学的著作で知られている。 ⇓114

52 カーライル
トーマス・カーライル（一七九五〜一八八一）はスコットランド出身の歴史家・随筆家。《緋色の習作》でホームズはカーライルを知らないようなふりをしたが、すぐあとで「天才とは無限に努力する能力をいう」というカーライルの有名な警句を使っている」 ⇓114

53　ウェリー船

ウェリー船とは軽量の、船底の浅い手漕ぎ船をいう。 ⇓124

54　ミルバンク監獄

ミルバンク監獄は一八一三年、ジェレミー・ベンサムの提唱した円形刑務所案にそって設計された巨大な刑務所だった。他の刑務所に比較して、衛生状態は改善されていたが、刑務所内での生活は単調で孤独なものだった。一八九〇年に取り壊され、その跡地にはテイト・ギャラリーが建てられた。 ⇓126

55　三ボッブとタナー

即ち、三シリングと六ペンスである。 ⇓130

56　ブレア港

アンダマン諸島における主要な植民地で、一七八九年に占領され、一八五六年に再び植民地として支配下におかれた。 ⇓133

57　「アンダマン諸島の原住民《アボリジニー》は……」

アーサー・コナン・ドイルは、アンダマン諸島の原住民に対する、当時の一般的な認識を、ここでそのまま書いている。 ⇩133

58 奇跡劇

聖書や聖人伝を題材にした中世の芝居。 ⇩155

59 わが国のある偉い政治家が、別のことをするのは最高の休息だと言っているよ

普通この格言は、ウィリアム・エヴァート・グラッドストーン（一八〇九～九八）の言葉であるとされている。 ⇩157

60 シティ

〔ロンドンが発達し始めた頃の旧市街〕 ⇩161

61 ニューファウンドランド犬

黒くて毛足の長い、大型の猟犬。 ⇩165

62 ダートムア

ダートムアにある、プリンスタウン刑務所を指す一般的な言い方。 ⇩173

63 ベナレスの金属細工です
ベナレスはガンジス川流域の、インドの都市である。またヒンドゥー教徒にとっては、総本山であると同時に最高の聖地でもある。織物、宝石類、真鍮細工で有名。
⇩ 179

64 一ルピー
ルピーは英領インドの銀貨である。
⇩ 185

65 第三連隊《バフ》（the 3rd Buff）
〝the 3rd Buff〟とは、正確には第三東ケント歩兵連隊のことである。一六六五年に創設された、英国陸軍所属の歩兵連隊である。
⇩ 187

66 藍《インジゴ》栽培業者（Indigo-planter）
〝Indigo〟は、インドに生える植物から抽出される青い染料である。
⇩ 188

67 突然、あのセポイの大反乱が始まったのさ
「セポイの反乱」（一八五七〜五九）のこと。およそ三万五千人のセポイ（英国東インド会社のインド人傭兵）が反乱を起こし、インド全土を巻き込む血なまぐさい大乱となった。

68 ウィスキー・ペグ ⇩189

ハイボール(ウィスキー、またはブランデーのソーダ割)の俗語。普通、一杯飲むごとに飲む者の棺桶の釘(ペグ)を打ちつけるようなものだから、と名前の由来は説明されている。 ⇩189

69 ベンガル・フュージリア第三連隊 ⇩191

おそらくは、セポイの反乱当時も忠誠を貫いた第三ベンガル歩兵連隊のことであろう。 ⇩191

70 ルクナウ

セポイの反乱当時、反乱軍に包囲されたインドの都市。

71 シーク教徒 ⇩192

〔インドのパンジャブ地方で十五世紀に興ったヒンドゥー教の一派。十九世紀半ばに二回にわたり英国支配に反抗し、シーク戦争をおこした〕

72　ペース

〔一ペースは三十インチ（七六・二センチ）〕

⇩193

73　パンジャブ人（Punjaubees）

〝Punjaubees〟は、正確には〝Punjabis〟と綴る。パンジャブとは、インドからパキスタンにかけてヒマラヤ高原の下に広がる、インダス川の五本の支流の間に形成された沖積平野である。今日、インド側のパンジャブ地域の住人の六十パーセントはシーク教徒であり、一方パキスタン側の住人のほとんどはイスラム教徒である。

⇩193

74　チリアン・ウォラ

一八四九年一月十三日にこの地で戦いが起こり、勝利を収めた英国は、パンジャブにおける支配権を確立した。

⇩193

75　大麻《ブハング》（bang）

〝bang〟は〝bhang〟とも綴り、インド産の大麻で、喫ったり嚙んだりして麻薬として使われる。〔インドでは大麻製品を三種に分類している。いちばん精神展開作用力の弱いのがブハング（米国で使われているマリワナの大部分はこれ）、次がガーニャ、いちばん強力なのがチャラスでブハングの八倍ほどの力をもっている。このチャラスが、フランス語のアシシュにあたる」

↓193

76 おんな子どもの運命はコーンポールのときと同じだ
スモールが言及しているのは、一八五七年七月中旬に、英国軍の援軍が到着する前にこの地で起きた女性や子供達の虐殺のことである。

↓194

77 東インド会社（the Company's Raj）
〝the Company's Raj〟は、英国の東インド会社による支配をいう。英国の東インド会社は、七年戦争（一七五六〜六三）でロバート・クライヴが勝利を収めたことで、フランスの東インド会社を犠牲にして設立された。その後の数十年の間に、東インド会社はインド政府を管理下に置くまでになり、その後、本国政府の一連のインド統治法によって制限を加えられるようになった。
↓197

78 モイドール金貨
モイドールは元々ポルトガルの金貨を指し、十八世紀に英国でも使われるようになった。この語は、この金貨とほぼ等しい二十七シリングを指す言葉として後世まで使われた。

↓198

79　ウィルスンがデリーを陥落させ

セポイの反乱勃発当時、アーチデイル・ウィルスン准将（一八〇三〜七四）はベンガル砲兵連隊隊長であった。彼が反乱軍に占領されていたデリーを奪還したのは、一八五七年九月二十日のことであった。

↓207

80　サー・コリンがルクナウを解放する

サー・コリン・キャンベルがルクナウを解放したのは、一八五七年十一月十七日のことであった。

↓207

81　ナナ・サヒブ

正しくはブラーミン・ドンドゥー・パント（一八二〇?〜五九?）。彼はマラータ同盟の前宰相の養子で、この同盟の指導者であった。養父が一八五三年に没した際に、東インド会社は彼の年金や称号の相続を認めず、剝奪した。この事から彼はセポイの反乱時には、コーンポール攻撃軍の指導者となった。コーンポール攻防戦に敗れた後はネパールに逃れ、ネパール高原で没した。

↓207

82　パンディー（Pandies）

〝Pandies〟とは反乱軍の綽名であった。これは反乱当初の首謀者に、パンディーという

名の人物がいたことに由来する。 ⇩207

83 パタン人
パタンは、アフガニスタンの現地人部族の一つ。 ⇩218

84 自然がお前という素材から、……
この一節は、ゲーテとシラーの合作である『クセニア』(一七九六年)からの引用である。 ⇩228

解説

シャーロック・ホームズ物語は、一八八七年から一九二七年の四十年以上にもわたって書き続けられた物語である。また、書かれた当時も、そして今日でも尚、サー・アーサー・コナン・ドイル（一八五九〜一九三〇）の作品のうちで、最も人気の高い作品である。この期間は、作者がどちらかといえば、貧しい全科開業医であった時代から、当時最も高額の原稿料を稼ぐ作家の一員となった時代に当たる。《緋色の習作》が出版された一八八七年当時、彼はサウスシーで、開業医としての収入で帳尻を合わせようと、あれこれやりくりしている若き医師だった。《緋色の習作》の原稿は一八八六年九月に、既にワード・ロック社宛てに送られていた。出版社は一定の条件下で、この物語を採用はしてくれたが、現在市場には三文小説が溢れている状況に鑑み、実際に出版するのは来年になると言ってきた。彼は、出版社の言い分を受け入れて、《緋色の習作》の英国における版権を、僅か二十五ポンドで手放したのだった。出版社から予め知らされていたように、自分の作品を出版してもらうまで、彼は丸一年以上も待たされることになった。そして、ようやく世に出ることのできた《緋色の習作》に対して、一般の読者はほとんどすぐに関心を向けることはなかった。シャーロック・ホームズという登場人物は、その初めの段階では、強い印象を読者に与える人物ではなかったのである。

それでもコナン・ドイルは、辛抱強く開業医としての日々の仕事の傍ら、作家としての経歴を積んでいった。彼の『クルンバーの謎』は、一八八八年十二月に出版されている。しかし作家としてのごく初期の段階から、彼はこの作品の扇情的性格には不満を抱いていた。彼は自らの文学上の良き師であった、サー・ウォルター・スコットやトーマス・バビントン・マコーレイの作品の向こうを張るような作品を書きたい、と望んでいたのである。自伝である『わが思い出と冒険』(一九二四年)で、彼は次のように述べている。「私は自分の持てる力を、全部発揮してみようと決心し、その対象に歴史小説を選んだ。ある種のずっしりとした文学的威厳と、華々しいアクションやわくわくするような冒険の場面を合体させるやり方が、当時の若く燃えるような私の心には、ごく自然であるように思えたのである」。彼の更なる努力は、一八八七年に書かれた『マイカ・クラーク』という作品に結実した。彼が《緋色の習作》の原稿を、何とかして出版社に認めてもらおうとした際に味わった困難が、『マイカ・クラーク』が出版社の間をたらい廻しにされた時にまたも繰り返された。「コーンヒル・マガジン」誌の編集長だったジェームズ・ペインは、この作品をはねつけた。リチャード・ベントレー&サン社(ここはコナン・ドイルの作品の幾つかを掲載したことのある、「テンプル・バー」誌の版元であった)、ブラックウッド&サン社(ここは自分のところの雑誌に、彼の作品を掲載したことはなかった）も同様だった。しかし一八八八年九月、彼は『マイカ・クラーク』の原稿をロングマンズ社に送った。ロングマンズ社でこの作品は、アンドリュー・ラング（一八四四〜一九一二）の関心を引いた。ラングは『マイカ・クラーク』を気に入り、ロングマンズ社に出版するように薦めた。かくしてコナン・ドイルは、一八八八年十月二十九日に契約書に署名をした。一たび本が出版されてみると、『マイカ・クラーク』はドイル自身の言葉によれば、「評判は非常によく」、また売り上げもよかった。一八八九年二月に、『マイカ・クラーク』は出版された。それはコナン・ドイルの生涯において、別の幸福の訪れに続いて起きた出来事だった。というのは、一八八五年八月に結婚した、妻のルイーザ（愛称トーイ）との間に、一八八九年一月二十八日、初めての子供である娘のメアリ・ルイーズが生まれ、二人は人の親になったのである。コナン・ドイルの著作は、新たな重要性を持つようになった。開業医としての彼の年収は、三百ポンドを超えることはなく、家計はルイーザ自身の僅かな年収によって補われてきた。しかし今や、彼は家族を支えていく必要が生じたのである。一八八九年の復活祭の頃から、彼は大変な量の本を読み始めた。この読書は、彼の新しい歴史小説の基礎となった。日記を見ると、彼が『白衣の騎士団』の執筆を始めたのは、一八八九年八月十九日のことだった。『マイカ・クラーク』の物語の舞台となったモンマス公の反乱の起きた、一六八五年の西部地方に代わり、ドイルは十四世紀後半の英国、フランス、そしてスペインといった世界に没頭していった。『白衣の騎士団』を書くための、文献の渉猟ということ以上に、一八八九年の八月末に、コナン・ドイルがロンドンでの会食に招かれることさえなかったら、この『白衣の騎士団』は、実際に脱稿した一八九〇年六月より遥か以前に仕上がっていたはずである。このロンドンでの会食こそ、他のどのような出来事にもまして、コナン・ドイルがその後三十八年間にわたって書き続けることとなった、シャーロック・ホームズ譚の形を確定するに至った、ただ一度の出来事であった。

ジョウゼフ・マーシャル・スタッダート（一八四五〜一九二一）は、自らの出身地であったフィラデルフィアで、出版社として主導的立場にあったJ・B・リピンコット社に再び加わり、ロンドンで発行されることになった「リピンコッツ・マガジン」誌の編集長となった。彼は英国版担当の編集人、寄稿家、そして何よりも販売担当者として、この雑誌の英国版を発行していくことになった。英国での出版に関しては、リピンコット社はワード・ロック社と深い繋りがあった。スタッダートはワード・ロック社の編集部から、編集主幹兼出版顧問であった、ジョージ・トーマス・ベタニー（一八五〇〜九一）を英国版「リピンコッツ・マガジン」の編集人として、またベタニーの新しい編集補佐だったジョン・コールソン・カーナハン（一八五八〜一九四三）を編集助手として、迎え入れることにした。ベタニーは元来、科学が専門であった。ワード・ロック社が《緋色の習作》を採用したのは、確かに彼の推薦によるものではあったが、実際に《緋色の習作》を採用するように主張したのは、彼の妻であった。「リピンコッツ・マガジン」の最初の二巻の「英国特別版」には、以下に挙げるような諸作品が掲載されていた。即ち、ジーニー・グウィン・ベタニーの九十五頁にわたる「愛に出遅れし者」(彼女は後に多作家として知られるようになったが、当時は三巻本を一作と、男子生徒の家庭生活を描いた小品を一つ書いただけの作家でしかなかった)、匿名の作者による連載小説であった「死者の日記」(作者は実際には、コールソン・カーナハンだった)、そしてA・コナン・ドイルの「四つのサイン」である。見たところ、これが一八九〇年当時、ワード・ロック社が「リピンコッツ・マガジン」に提供し得た、作家の限界であったのであろう。オスカー・ワイルドが、「リピンコッツ・マガジン」に作品を発表したのは、スタッダートのおかげだった。と言うのは、一八八二年にフィラデルフィアで行なわれた、オスカー・ワイルドの講演会の費用を持ったのは、スタッダートだったからである。一方、十月号にウィリアム・クラーク・ラッセル(一八四四～一九一一)の、『海の結婚』が掲載されたのは、この作家の情熱的崇拝者であったコナン・ドイルが、会食の席上で強く推した結果であった、と考えていいかもしれない。こうした作家の作品を除くと、一八九〇年の英国版「リピンコッツ・マガジン」の各月号に掲載された小説は、英国でも知られていたアメリカ人作家の作品であった。例としては、まずジュリアン・ホーソーン(一八四六～一九三四)の名が挙げられる。彼は、自作の「ミリセントとロザリンド」の他に、父親であるナサニエル・ホーソーン(一八〇四～六四)による、物語の草稿に関する論文を――父の残した作品のためのノートを踏まえて――四回にわたって掲載している。それからグラスゴーのアメリカ領事を務めたことのある、フランシス・ブレット・ハート(一八三六～一九〇二)の名前がある。コナン・ドイルが《緋色の習作》を書いた当時は、この作家から最も強く影響を受けていた時期でもあった。その他の英国での評価がさほどはっきりとわかっていないアメリカ人寄稿家の名前としては、チャールズ・キング大尉（一八四四〜一九三三）、クリスチャン・リード（一八四六〜一九二〇）、ケイト・ピアソン・ウッズ（一八五三〜一九二三）、そしてメアリー・エッタ・スティックニー（一八五三生、没年未詳）が挙げられる。こうした寄稿家達の生年を見ると、なかなか暗示的なものがある。即ち、コナン・ドイルは一番若い寄稿家なのである。「リピンコッツ・マガジン」英国版のために、ワード・ロック社自体はほとんど力を貸さなかった。この事を考えると、ベタニー（と彼の妻）が、彼らが見出した輝かしい文学上の発見を、前面に押し出して行かざるを得なかったことも、ジョウゼフ・M・スタッダートが何らかの意志を固める前にコナン・ドイルに会う必要があったことも、理解できるのである。またスタッダートは、自らの風変わりな友人であったワイルドから、出来のよい短編小説を渡されて、満足していたであろう。

有名な一八八九年八月末のロンドンでの会食に関するこうした見解は、コナン・ドイル研究家にとっても新しい所説であるかもしれない。従来、「リピンコッツ・マガジン」編集部にコナン・ドイルを推薦したのは、「コーンヒル・マガジン」誌の編集長で、それまでにコナン・ドイルの短編を幾つか採用したことのある、ジェームズ・ペイン（一八三〇〜九八）であるとされてきた。しかし、《緋色の習作》の続編を執筆するように勧めたのは、《緋色の習作》を採用しなかった編集者ではなく、この作品の価値を認めた編集者だった、とするほうがより理にかなっているように思われる。或いはペインは、推薦状を書くくらいのことはしたかもしれない。しかしベタニーは、世間の評判を取る必要があった。探偵小説は、ここ数年離陸寸前の状態にあった。当時エミール・ガボリオー（一八三二〜七三）の全作品は、彼のライヴァル達の作品の翻訳と共に、全て翻訳が出されていた。ファーガス・ヒューム（一八五九〜一九三二）の『二輪馬車の謎』は一八八六年に出版され、常に売り上げの上位にあった。「リピンコッツ・マガジン」英国版一八九〇年一月号で、筆頭に自作を掲載されるはずだったジュリアン・ホーソーンは、彼自身カッセル社から『悲劇の謎』（一八八八年）、『セクション五五八、もしくは運命の手紙』（一八八八年）、『他人の犯罪』（一八八九年）といった作品を書いていた。これらの作品は全て「刑事局所属バインズ警部の日記より」とされていた。以上の事を考慮に入れると、結論は明らかである。即ち、ベタニー夫妻はスタッダートに対して、作者についてだけではなく、可能であったら、どんな人物の登場する作品を依頼するべきか、事前に伝えていたはずである。彼らはホームズ物語を世に出した人物であり、またホームズ物語の新作を求めていたのである。[*1]

　スタッダートとコナン・ドイルとの会食は、ランガム・ホテルの贅沢な空間の中で行なわれた。後年コナン・ドイルは、『わが思い出と冒険』の中で、当時の事をいくばくかの喜びを以て次のように回想している。（以下、括弧内は原注）

　……スタッダートはアメリカ人だったが、一流の人物だった。会食には他に二人が席に加わっていた。一人は（トーマス・パトリック）ギル（一八五八～一九三一）という、大変に面白いアイルランド人の下院議員だった（彼は一八八三年から八五年にかけて「ノース・アメリカン・レビュー」誌の共同編集者を務めていた。彼が同席していたのは、おそらくスタッダートの個人的査定人というところだったのだろう）。そしてもう一人は、当時既に唯美主義者の第一人者として、令名を馳せていたオスカー・ワイルド（一八五四～一九〇〇）だった。その晩は私にとって、まさに最高の一夜であった。驚いたことにワイルドは『マイカ・クラーク』を読んでいて、この作品に熱中していた。おかげで私は、自分は全くの場違いな人物なのだ、と感じなくてすんだのである。彼の会話の妙は、私に強烈な印象を与えた。彼は同席した我々より遥かに抜きん出た存在であったが、それでいて我々が話すあらゆる事柄に、関心を抱いているように思わせる術を持ち合わせていた。彼は非常に繊細な感情と鋭敏な感覚の持ち主ではあった。しかしどれほど鋭い頭脳の持ち主であっても、独り語る人物というものは、決して真の紳士たり得ないものである。彼は自分が話すばかりではなく、こちらの話にもよく耳を傾けてはくれた。その一方で彼の話の中身は非常に独特のものであった。彼の所説には奇妙なほどの正確さがあり、また繊細なユーモアの感覚を持ち合わせていて、自分の言わんとするところを説明するために小さな身振りを入れる術を心得ていた。こうしたもの全てが、彼独特のものだった。その効果を再現することは不可能である。（中略）

この一夜の結果は、ワイルドも私も「リピンコッツ・マガジン」の為に作品を書く、という約束になった。ワイルドが書き上げたのは『ドリアン・グレイの肖像』だった。この作品は非常に高い教訓的側面がある。一方、私が書いたのはホームズが再登場する、『四つのサイン』であった。（中略）彼の本が出版された時、私はこの本についての自分の考えを手紙に書き、彼に送った。彼からの手紙には……私の作品についての過分の賛辞が述べられていた。

コナン・ドイルの契約書は、一八八九年八月三十日付となっていて、会食の行なわれたのと同じ日に作成されたようである。契約書は、「リピンコッツ・マガジン」は四万語以上の小説に百ポンドを支払う、という内容であった。また出版社は、《四つのサイン》に関する米国における全ての著作権を買い取ることとなっている（英国では、出版社の版権所有期間は三ヶ月とされた）。そして小説の原稿は、一八九〇年一月以前に出版社へ渡すこととされていた。リピンコット社はもちろん米国の出版社であったが、ワード・ロック社は「リピンコッツ・マガジン」に掲載された小説については、英国では自分のところから出版したいと考えていた。例えば、オスカー・ワイルドは『ドリアン・グレイの肖像』をワード・ロック社から出版した。後になってそれをひどく悔やんだ。というのは、印税として十%という一定の割合の全額を支払う、と言われたのに、結局それが実行されなかったからである。コナン・ドイルは、ワード・ロック社から《緋色の習作》の英国における版権料として二十五ポンドしか貰えなかった経験から、《四つのサイン》の著作権については、出版社の版権所有期間を三ヶ月に限り、それ以上の延長を拒絶した。そして三ヶ月が過ぎた後には、地方紙に《四つのサイン》を続き物として連載するよう手筈を整えた。単行本の出版は一八九〇年十月、スペンサー・ブラケット社からだった。それから二年後、ジョージ・ニューンズ社は（この時までに、「ストランド・マガジン」誌におけるシャーロック・ホームズ譚の連載、そして単行本の『シャーロック・ホームズの冒険』は大当たりをとっていた）スペンサー・ブラケット社の版権を買い取り、自分のところから《四つのサイン》を出版した。コナン・ドイルがワード・ロック社に対して抱いていた反感の源は、或いはワイルドが抱いていた反感の源と同一であったかもしれない。それは百戦錬磨のジェームズ・ボウデンその人だった。この人物は儲けを上げようと、ワード・ロック社の手中にある僅かの鵞鳥たちに、一つ以上の金の卵をワード・ロック社という巣の中で産むよう、激励したのである。作者達は自分達の本来の収穫が、簿記係によって搾取されていたことを知った。ベタニーが亡くなった同じ年に、彼はワード・ロック社の共同経営者の地位を手に入れた［この年以降、ワード・ロック社は「ワード・ボウデン社」と社名が変わっている］。

しかし、コナン・ドイルとジョウゼフ・マーシャル・スタッダートとの間の良好な関係は、その後も発展していった。リピンコット社の新たなる作者は、一八八九年九月三日付の手紙で、次のように書いている。

……目下のところ、私の作品は『六人のサイン』か『ショルトー一族の問題』という題にしようと思います。貴兄は何か、気の利いた題名が欲しい、とのことでしたがいかがでしょう。私は、《緋色の習作》に登場したシャーロック・ホームズに、解きほぐすべき何かを与えようと思います。《緋色の習作》を読んだことのある者は、誰でもこの若い男についてもっと知りたい、と考えていることと思います。もちろん、新しい作品は《緋色の習作》とは完全に独立した物語です。しかし、どちらの作品にもシャーロック・ホームズとワトスンが登場します。私は一方の売り上げが、もう一方にも影響を与えるだろうと思います。それゆえ私は、貴兄の会社が《緋色の習作》を米国で再刊し、私になにがしかの報酬をもたらしてくれたら、と希望します。

彼は『わが思い出と冒険』の中で、米国で《緋色の習作》の海賊版が出版されたのは、スタッダートからの連絡を受ける少し前のことだったと回想している。そして、《緋色の習作》の海賊版の成功がスタッダートの派遣を促したのだろう、と回想している。しかし今日まで知られている、米国における《緋色の習作》の初版本は、リピンコット社がコナン・ドイルの嘆願に応えて出版したものであった。そしてスタッダートの《緋色の習作》の成功を知ったのは、彼がロンドンへやって来てから後のことだった。この手紙には、契約書の内容、会食の席で交わされた会話の概要、たまたまホームズ物語を読んだ読者がどう反応したかについての考察、そしてワード・ロック社、及びボウデンによって受け取り損った利益をいくらかでも取り返そうとする方法などが示されている。ランガム・ホテルの会食前に、コナン・ドイルが《緋色の習作》の続編を書く意図があったか否か、それを示すものは何もない。コナン・ドイルの意図がいかようなものであったにせよ、《四つのサイン》で彼はホームズを再登場させ、この探偵を再び一般読者に紹介する機会を、提供することになったのである。

《四つのサイン》は、相当の速さで仕上げられている。一八八九年九月三十日付の、コナン・ドイルの日記には「『四つのサイン』脱稿、及び発送」と書かれている。原稿はおよそ一六〇頁程の長さで、「リピンコッツ・マガジン」誌宛てに発送されたのだが、この時点でもコナン・ドイルは、作品の題名について未だ意を決しかねていたらしい。同年十月一日付のスタッダート宛ての手紙で、彼は次のように記している。

……貴兄はこの作品に関しての御協力を、御約束して下さいました。そこでこの作品に題名を付けていただきたく思います。そうしていただけたら、貴兄は正真正銘の協力者、ということになろうかと思います。『四つのサイン』という題名が、まず頭に浮かびました。これは受けがよさそうに思いますが、少しばかり低俗かもしれません。『ショルトー一族の問題』というのがもう一つの候補ですが、こちらは劇的効果に乏しいようです。どうか、題名を決めるという責任を担っていただきたく思います。どうか校正刷りに、御眼をお通し下さいますよう。原稿に大西洋を往復させせなくても済みます。

私は原稿を仕上げ、貴兄のロンドンの代理人宛て発送いたしました。私は普通、自分の作品の出来栄えに満足する者ではありませんが、この作品の出来栄えは、なかなかだと思います。この作品は、《緋色の習作》よりも優れた出来です。それは、物語の構成がより複雑になっているだけではなく、《緋色の習作》の第二部のように物語が過去に遡ることなく、物語の進行がとぎれずに連続している点です。ホームズは、こう申し上げられるのは私としても嬉しいことでありますが、全編を通じて素晴らしい出来です。《緋色の習作》のことも、それとなくほのめかしているところがあり、私は《緋色の習作》もこの作品と一緒に出版していただけるなら、こちらもまた売れるものと思っております。[*2]

コナン・ドイルから下駄をあずけられた形になったスタッダートは、単純なやり方を選んだ。この物語が初めて世に出た、「リピンコッツ・マガジン」一八九〇年二月号と、また同時発売された、同誌の九〇年上半期号（こちらのほうは単行本といってもよいほどの体裁に仕上げられていた）では、題名は「四つのサイン、もしくはショルトー一族の問題（The Sign of the Four; or, the Problem of the Sholtos）」と、コナン・ドイルが出した二つの題名を共に使っている。そして作者のA・コナン・ドイルの肩書きを「『マイカ・クラーク』並びに『緋色の習作』の作者」として、コナン・ドイルの知的および経済的野心をそれぞれ満たすものとした。一方、英国の出版社はこの作品の題名として、スペンサー・ブラケット社の初版本以降、〝the sign of four〟を用いている。コナン・ドイルは、こちらのほうを——彼が作品の題名を考えたことがあった、とすると——好んでいたらしい。しかし物語の中では、常に〝the sign of the four〟が使われていることから、この全集ではこちらを使うこととした。

《四つのサイン》がこれほど速く仕上げられた背景には、物語の着想の源が既に存在していたことが挙げられる。まずはインドについてである。ポーツマスに引っ越して来る前に、コナン・ドイルは既に、「植民地であった本当の話」といったような仰々しい副題の付いた、充分な知識に基づいていない、多種多様の若書きの作品を物していた。これらの作品の舞台には、大胆にもアリゾナからオーストラリアまでの様々な地域が選ばれている。後に彼はこうした作品について、顔を赤くすることとなった。しかし、インドを舞台とした諸作品には初めから、インドの事情に詳しい人物から受けた指導が反映されている。年代的に見ると、インドを舞台としたコナン・ドイルの諸作品は、彼がサウスシーに引っ越して、アルフレッド・ウィクス・ドレイソン少将（一八二七～一九〇一）と知りあった後に書かれている。ドレイソン少将は彼の患者にして（心霊学の）指導者で、またポーツマス文芸・科学協会の後援者であった。一八七六年から七八年にかけて、ドレイソン少将は第二十一砲兵旅団長としてインドに進駐した経験があった。彼は以下のような回顧録を残している。

……ベンガル州における全ての駐屯地で、再武装と分遣隊の交代が望ましいとされ、私は委員会の責任者に任命されて委員会を招集した。私が最初に査察に訪れ、報告書を纏めたのはアラハバート駐屯地だった。ここの後、私は順にアグラ、グワリオール、デリー、フォート・ウィリアム、カルカッタと各駐屯地を廻った。私の提案はことごとく実行に移された。だから私はインド政府の、何十万ルピーにもなる出費を節約したのは、この自分であると信じている。[*3]

であるから、アグラについての正確な知識を得ようと思えば、コナン・ドイルは自分の患者の許を訪ねるだけでよかったのである。

コナン・ドイルが、エディンバラ大学の医学博士号を取得したのは、一八八五年八月一日のことであった。彼に博士号を授けたのは、医学部の新しい学部長だったサー・ウィリアム・ミュア（一八一九～一九〇五）だった。もしドイルがこの時、或いは後にミュアと話す機会に恵まれたとすると、ドイルはセポイの反乱当時の、アグラ防衛戦でのミュアの仕事について、話を聞くことがあったかもしれない。というのは、学部長の就任の際に、ミュアはこのことについて言及していたはずだからである。或いはドレイソン少将は、コナン・ドイルに誰から博士号を貰ったのか聞いたかもしれない。ドレイソン少将は自分自身でもアグラの防衛戦の事を調べていたから、少将はミュアの名前を知っていたかもしれない。これらの事から、古強者が「見込みが半分までだったら、仲間に尋ねたまえ」と述べたのは、まず確実かと思われる。テニスンがうたった古《いにしえ》のユリシーズのように、少将はコナン・ドイルの友人の一人であり、同様に少将自身の友人達の輪をドイルのそれに加えるのにあずかって力があった。

アグラの防衛戦に関するドレイソン少将の人的つながりは、《四つのサイン》を執筆時のコナン・ドイルにとって、ウィリアム・ウィルキー・コリンズ（一八二四〜八九）の『月長石』（一八六八年）以上に依存の度合が高かった。『月長石』も《四つのサイン》も、他人の宝物の略奪に関わる物語である（『月長石』では、聖なる黄色いダイヤモンドであり、《四つのサイン》ではインドの藩王秘蔵の宝石や真珠だった）。またどちらの物語も、インドから英国までを舞台にした、大英帝国の兵士の悪行に対する復讐譚である。そして初めの殺人は簡単に描かれている。この最初の殺人については、コリンズは殺人の行なわれた直後の場面から物語を書き始め、一方コナン・ドイルは殺人者の目を通して殺人の場面を描いている。しかし、共通点はこれまでである。『月長石』では、三人のインド人が聖なる黄色いダイヤモンドを取り返す。一方、《四つのサイン》でも三人のインド人が登場し、自分達が人殺しをして奪った宝石類を取り戻そうとするが、実際に取り戻したのは署名をした四人のうちの、ただ一人の白人だった。『月長石』がコナン・ドイルに与えた影響は、『クルンバーの謎』（一八八八年）に、より顕著である。『クルンバーの謎』でも、三人のインド人の高僧の復讐の旅は、自分達の信仰を辱めた者の死で終わっている。ドレイソン少将もコナン・ドイルも、一八八三年に神智学に熱中するが、後には疑念を抱くようになった

(『クルンバーの謎』が実際に書かれたのは、この頃だったかもしれない)。その結果、後の作品、即ち《四つのサイン》では復讐を遂げようとする三人のインド人からの精神的重圧、という構想はそのままではある。しかし霊体の存在をごく安易に、読者に信じ込ませようとしたり、コリンズの作品に基づくものであることがあまりにあからさまな部分については、《四つのサイン》では、署名をした白人ではない仲間に対する、白人であるジョナサン・スモールの非常に固い同志の契りに物語の重心が置かれている。この仲間に対する忠誠心は、ジョナサン・スモールの最も魅力ある性格の一つとなっている。また、《四つのサイン》でのスモールの語る物語は、自然な位置に納まっている。

『月長石』に登場するカッフ部長刑事は、幾つかの点でシャーロック・ホームズの先祖の一人と目されている。しかし彼は単独で活躍する探偵ではあるが、レストレイドやグレグスン、或いはアセルニー・ジョウンズといった、ホームズ譚ではホームズと対立する、警察当局の側の人間である。またカッフ部長刑事が、シーグレイヴ警察署長に示す軽蔑の念は、ホームズ的であると言えるだろう(ロンドンの人間の多くが地方の人間に対し、尊大な態度をとることはごくありふれたことかもしれない。しかしカッフ部長刑事のシーグレイヴ警察署長への軽蔑の念は、彼らの地位の違いによるものであることを、驚くほどあからさまに示している)。しかし『月長石』でのこうした対立が、ホームズ譚で最も色濃く反映されているのは、《緋色の習作》におけるグレグスンとレストレイドの間に見られる、相手に対する嫉妬心であろう。《四つのサイン》に登場するアセルニー・ジョウンズは、シーグレイヴ警察署長に似たところが、いくらかはあるかもしれない。しかし、カッフ部長刑事とシーグレイヴ警察署長とのやりとりの中には、以下に記すような忘れ難いやりとりはどこにもないのである。

「……あ！　理論を思いついたぞ。ときどき、こうしてひらめくんですよ。……こういう推理はどうですかな、ホームズさん。ショルトーは、自分でもそう言っていますが、昨夜、兄と一緒でしたね。兄が発作で死んだので、ショルトーが宝物を運び去った！どうです？」
「そうすると、死人がご親切にも立ち上がって、中からドアに鍵をかけたというわけですか」
「うーん！　これはまずい。……」

また、カッフ部長刑事の慎しさは、自分自身の成功を、ほとんどの場合警察の当局者に譲るホームズの奥床しさに匹敵するかもしれない。さらにホームズが、一見些細にしか思えないことを尋ねる傾向――これによって決定的と思われていた事柄が、全く逆転することが判明するのである――も、おそらくはカッフ部長刑事に由来するものであろう。この他にも、コナン・ドイルは次に挙げる二つの点で、『月長石』の影響を受けていると考えられる。一つは阿片に耽溺するエズラ・ジェニングスと、フランクリン・ブレークに対する阿片の処方である。ホームズが倦怠から逃れる刺激物として、コカインに（ワトスンの言に拠ればモルヒネにも）手をだす設定としたのは、これに影響されてのことであろう。もうひとつは、グーズベリーというあだ名を持つ少年の存在である。この少年は、ベイカー街遊撃隊の（そして《バスカヴィル家の犬》に登場する、カートライトの）起源のひとつであ る、と考えられよう。ホームズの非公式警察部隊であるベイカー街遊撃隊は、《緋色の習作》に初めて登場するが、《四つのサイン》においてより華々しく活躍する。コリンズの大きな目玉のグーズベリーは、ベイカー街遊撃隊のように神出鬼没である。


「……あの少年に気づきましたか――馭者席にいる？」

「あの目玉に気づきましたよ」

ブラッフ氏は笑った。「事務所にいる連中は、みんなあの小僧を『グーズベリー』と呼んでいるのです。私は奴を使い走りに雇っているのです。あの小僧にあだ名を付けた、うちの連中があのくらい頼りになればなあ、と思いますよ。グースベリーはロンドンでも、ずば抜けて鋭い少年の一人ですよ」

（『月長石』第二部第五話第一章より）


カッフ前部長刑事は、この章の後の方で「いつの日にか、この少年は私のかつての仕事で、えらいことをするでしょう。私はこれまでの経験の中でも、これほど頭の良い、切れ者の少年に出会ったことはありませんね」と評している。更に同じ章の最後の場面では、カップが死んだ男の顔を洗い、悪党の正体を暴く場面——ホームズが《唇の捩れた男》（《シャーロック・ホームズの冒険》所収）でやってのけたように——で、グーズベリーは嬉しくて小躍りしている。

『魔法の扉を通って』でコナン・ドイルは、エドガー・アラン・ポー（一八〇九〜四九）について「私の考えでは、あらゆる時代を通じて、最高に独創的な短編小説家」と評している。《四つのサイン》におけるポーの影響は、小さく奇怪な姿のアンダマン島の原住民トンガに見出すことができよう。トンガは実際には、ポーの『モルグ街の殺人事件』（一八四一年）に登場する、オランウータンの設定を逆にしたものである。『モルグ街の殺人事件』でオランウータンは、最初に登場する場面では、人間の性質を持つ獣として描かれている。

《四つのサイン》に影響を及ぼしたもので、いちばん見落とされているのが、コナン・ドイルと同郷のスコットランド人ロバート・ルイス・スティーブンソン（一八五〇〜九四）からの影響である。コナン・ドイルはスティーブンソンについて、『魔法の扉を通って』で次のように述べている。

……スティーブンソンの小説における、彼独特の手法に関しては、まだまだたくさんの言うべきことがあるだろう。些細なことではあるが、指摘すべき点のひとつに、彼は身体障害を持つ悪党とでも呼ぶべき人物の創始者だということが挙げられる。確かにウィルキー・コリンズ氏は、四肢を全て奪われただけではなく、ミザリマス・デクスターという我慢できない名前に、その後も苦しめられる紳士のことを描いてはいる。しかしスティーブンソンは、自分の作品に非常にたびたびこうした人物を登場させ、絶大なる結果を得ているのだから、これは彼の十八番である、と言っても差し支えないだろう。正に身体障害者の権化とも言うべきハイド氏は言うまでもなく、忌まわしき盲人のピュー、二本の指を欠いたブラック・ドッグ、そして一本足ののっぽのジョン〔いずれも『宝島』の登場人物〕。

しかし、物語の語り手は、『宝島』での十八世紀生まれでコーンワル出身の迷信深い少年から、『四つのサイン』での十九世紀生まれで、洗練されたロンドン人に変わっている。この点は、ジム・ホーキンズの体験した恐ろしい悪夢と、サディアス・ショルトーの冷静さとを、より鮮やかに際立たせている。サディアスは、「兄もわたしも、これは父の単なる気まぐれだと思っていました。しかし、その後いろいろと事件が続いて、わたしたちも考え直さざるを得なくなったのです」と述べ、父親の奇嬌な振る舞いは、ただいつもの気まぐれで、何かの予兆だとは考えなかった。ジョナサン・スモールは、『宝島』のジョン・シルヴァーとは、大きく掛け離れた人物である。本質的には凶悪な人間と言うよりも、不運な人間だと言えよう。彼は人間としての同情心や思慮分別、そして何よりも自分の仲間に対する忠誠心を持った人間である。こうした人間的な素質は、スティーブンソンの作品に登場する、カリスマ的な冷血漢の海賊には、全くといってもいいほど欠けている。しかし、ジョナサン・スモールもジョン・シルヴァーも、自分の肉体的障害を逆に武器にして、殺人を犯している。ジョン・シルヴァーは、自分の突いていた松葉杖を投げつけて、水夫のトムの背骨を砕き、ジョナサン・スモールは自分の義足を外し、自分が憎んでいた看守の「額の全面をへこませてやった」と語り、更に「奴をなぐった時にできた割れ目が今でも義足に残っている」と述べている。しかしホーキンズ少年が目撃した、ジョン・シルヴァーが水夫のトムを殺害する恐ろしい場面は、物語に描かれているジョン・シルヴァーの残虐行為としては、最たるものである。それに対してコナン・ドイルの描いた、ジョナサン・スモールによる看守の殺害場面は、スティーブンソンの描いた情景に比べて遥かに喜劇的である。そしてジョナサン・スモールとアセルニー・ジョウンズの退場の場面では、義足による殺人がモーパッサン的なものをいくらか混ぜ合わせた調子で、以下のように繰り返されている。

「お二人さん、おやすみなせえ」とジョナサン・スモールが言った。

「スモール、おまえが先だ」部屋を出る時、用心深いジョウンズが言った。「アンダマン諸島で紳士に何をなさったかはさておいて、義足でなぐられないように、特に用心しないとな」

《四つのサイン》に見られる、スティーブンソンの影響として最後に挙げられるのは、スモールが手にした宝物を、誰にも取り戻されぬよう、すっかりまき散らしてしまった場面であろう。彼のとった方法は、『新アラビア夜話』でフロリゼル皇太子が「ラジャのダイヤモンド」に対してとった最後の措置を連想させる。「王子は不意に手を動かした。そして宝石は、光の弧を描きながら、川の流れの中にぽちゃんと落ちていった」。しかしアグラの宝物も「ラジャのダイヤモンド」同様、関わりのあった者達を犯罪や背信に走らせたにもかかわらず、コナン・ドイルは倫理については、スティーブンソン以上に省略している。ジョナサン・スモールは、彼の三人のインド人の仲間達も「認めてくれるさ。ショルトーやモースタンの親類縁者にやるくらいなら、テムズ河に投げ捨てちまったほうがましだって言うにちげえねえ」と叫んでいる。しかし彼のモースタン大尉に対する言及は、公正さを欠いていると言えるだろう。と言うのは、モースタン大尉は（スモールの知っていた人物の中では）、終始信義を持って行動しているからである。しかし、スモールのとった行動は、ワトスンとメアリ・モースタンに幸福をもたらした。この幸福は、仮にアグラの宝物がメアリ・モースタンの手に渡ったら、成立し得なかったのである。結果としてスモールは、自分を裏切った者には復讐を遂げ、自分の側についた者に対しては借りを返したことになった。スモールの「宝はな、鍵のあるところ、ちっちゃなトンガが眠っているところに沈んでらあね」という苦い自嘲の正義は、スティーブンソン作品に描かれているものより徹底している。

の人の描写とも言い得る一節がある。

《四つのサイン》に影響を与えた人の名前として、オスカー・ワイルドの名前を外すわけにはいかない。サディアス・ショルトーが描かれている部分には、一ヶ所だけワイルドその人の描写とも言い得る一節がある。

……生まれつき唇が垂れ下がっていて、黄色く不揃いな歯が丸見えなので、たえず片手を口のあたりに持っていき、それで少しでも隠そうとしていた。

また、サディアス・ショルトーの話しぶりには、間接的ではあるが、唯一ワイルドを連想させるものがある。ワイルドは、サディアス・ショルトーがメアリ・モースタンに、彼女の父親の死を告げたような、非常に無神経なものの言い方はできない、非常に心優しい人物だった。しかしメアリ・モースタンやワトスンの反応は、ワイルドがもっと不埒《ふらち》なものの言い方をした際の、人々の反応に共通するものがある。話し手としてのサディアス・ショルトーは、ワイルドとは掛け離れた存在であるが、彼の芸術談議はワイルドの世界の境界線上にあると言えるだろう。

《四つのサイン》及びこの後に書かれた作品中のホームズが、《緋色の習作》当初より華麗な存在に、また警句的表現を多用するようになった点に、ワイルドからの影響を見ることができる。そして、ときにはワトスンにも、ワイルドからの影響を見いだすことが可能である。シャーロック・ホームズが、一八九〇年代の人物となったのは、ワイルドの手招きによるものだと言っていいだろう。

また《四つのサイン》は、『ドリアン・グレイの肖像』と同じ依頼者からの要請を受け、執筆された作品という点で共通している。オスカー・ワイルドもコナン・ドイルも、薬物使用者ではなかったが、ドリアン・グレイは阿片をやり、また阿片に溺れる放蕩者も登場する。一方《四つのサイン》でのホームズは、《緋色の習作》のホームズとは大いに掛け離れていることが、冒頭部分で非常にはっきりした形で明らかにされる。

シャーロック・ホームズはマントルピースの片隅からびんを取り上げると、格好のよいモロッコ革のケースから皮下注射器を取り出した。そして、力強い白く長い指先で細い注射針を整え、左手のワイシャツのそでをたくし上げた。彼はおびただしい数の注射針の跡が点々と残る筋肉質の前腕と手首に、しばらくじっと視線を落とした。やがて鋭い針先を一気に突き刺し、小さな内筒をぐっと押し下げると、満足げに長い溜息をついてビロード張りの肘掛け椅子に身を沈めた。

ホームズが、コカイン（「七パーセント溶液」）に依存している様をまざまざと描いたこの場面は、年少の読者を対象とした版からは削除されていることがときどきある。作者であるコナン・ドイルと同時代の、ヴィクトリア時代の読者は、コカインや阿片が食料品店や薬局で簡単に入手できる環境下にあった。であるから、探偵専門家としての活動（「本来の自分」）から、「気分の高まるような刺激」が得られなくなった時に、精神を刺激するためにコカインを注射するホームズの習慣に関する記述に対して、現代の読者ほど神経を尖らせることはなかったはずである。ホームズはワトスンに、次のように語っている。「問題があればいい。仕事がしたいのだ。このうえなく難解な暗号文の解読でもいい。あるいは複雑このうえない分析でもいい。そうすれば、……人工的な刺激などは要らなくなる」。このように物語の冒頭部分で、ホームズを劇的に登場させたのは、コナン・ドイルの工夫のひとつだった。彼は自らの創造による諮問探偵の性格に、深みと存在感を与えようと試みたのである。ホームズが最初に登場したのは、市場に出回っている期間が、ごく短い出版物（即ち「ビートンのクリスマス年刊」誌一八八七年版）においてであった。後に《緋色の習作》は、幸運にも駅の売店で売られる「犯罪小説《シリング・ショッカー》」の一冊として、単行本として出版された。《四つのサイン》を執筆する際、コナン・ドイルは自らの創造した人物が、一般の読者からもっと広く受け入れられ、評判になることを望んだ。そして《緋色の習作》に描かれている以上に、ホームズを洗練された人物に仕立てあげることは、彼の目的にとって不可欠であった。《緋色の習作》でワトスンが、新しく知り合いになった人物の限界について作成した、分野ごとに分けられた最初の何項目かに関しての評価は、以下のような断定的なものだった。

1　文学の知識——なし

2　哲学の知識——なし
3　天文学の知識——なし
4　政治学の知識——極めて薄弱

しかし《四つのサイン》では、このホームズの限界は全て一変する。ホームズは《緋色の習作》をけなす際に、ユークリッドを引き合いに出す。また、アセルニー・ジョウンズへの寸評として、ゲーテを引用している。更にワトスンに、ウィンウッド・リードの本を読むよう薦めてさえいる。しかしホームズの、無知からの転向で最もあからさまなのは、カーライルについてであろう。作者であるコナン・ドイルは、ポーツマス文芸・科学協会で（一八八六年一月十九日に）「トーマス・カーライルとその作品」と題する講演を行なっている。その数ヶ月後、彼は《緋色の習作》でワトスンに、ホームズが次のように言ったと語らせているのである。

「……わたしがトーマス・カーライルを引きあいに出したとき、彼は無邪気に、カーライルとは何者で、何をした人かと尋ねた。……」

しかし《四つのサイン》には、次のようなやり取りがある。

「……自然の偉大な力の前では、つまらぬ野心にとらわれて、あくせくとしている人間の姿は、なんと小さな存在だろう! 君はジャン・パウルについては詳しいかね?」
「まあ、いちおうね。カーライルを通して、彼の著作にたどり着いたのさ」
「小川を遡って、水源の湖に出たようなものだね。……」

《緋色の習作》では、ホームズはある分野における屈指の専門家でありながら、別の分野では呆れるほどの無知という、風刺的な資質を発揮している。しかしここでは彼のかつての資質は、専門家として不可欠の、自己修養による教養の蓄積を主張するために、どこかへ霧散してしまっている。それでもここでは実に堂々と、かつてはカーライルについては全く無知であった人物が、カーライルがドイツ・ロマン派に負うところ、すこぶる大であると指摘する厳格な批評家へと、劇的変化を遂げている。《四つのサイン》で初めてホームズを知る読者は強い印象を与えられるだろうが、《緋色の習作》を知る読者はショックを受けるだろう。

ホームズは《四つのサイン》で、さらに洗練の度を加え、実在感を増した登場人物となった——しかし同様に重要なのは、一段上の展開の可能性を持っている点である。《緋色の習作》の執筆は、コナン・ドイルにとって推理小説を書く、充実した初めての経験であった。《四つのサイン》では彼は、自分の作品や、新たに手がけることになった分野での技術的な側面に関しては、自信を深めていることを示している。しかしこの時点では、コナン・ドイルは医者を自らの本職としていた。小説の中の登場人物として、大きく成長し、作者がより強く共感を覚えるようになったのは、ホームズだけではなかった。ワトスンもまた、作者であるコナン・ドイルの、創作活動への自信による恩恵を受けている。ホームズとワトスンという、物語の中心をなす登場人物の関係は、物語を進めるうえで不可欠の要素となっている。またこの二人の関係は、友情の絆がより強固なものとなっていくことを基盤にしているが、これは後の連載を成功に導く鍵となった要因でもあった。《四つのサイン》の冒頭から、ワトスンも専門家としての知識と医学的な責任から、よりいっそう同居人の健康状態を案じる人物として描かれている。

ホームズとワトスンの関係の深まりは、目覚ましい発展であり、物語の可能性の幅を大きく広げることになった。《緋色の習作》では、二人の結びつきはごく軽いものであった。《四つのサイン》では、二人の関係は非常に密なものとなり、物語の中ではワトスンも、独自の活躍をしている。《四つのサイン》以後の物語中、ホームズは常に優位を占めていると考えられているが、ワトスンは全く影が薄い、ということでは決してなかった。物語中のある登場人物に対するもう一人の人物、という組み合わせの釣り合いが常に存在し、ホームズは輝かしい存在でありはしたが、ワトスンの存在は決して軽んぜられたり、あざ笑われたりするものではなかった。幾つかの物語では、ワトスンはホームズに自省を促す役割までも――《黄色い顔》の結びのように――果たしているのである。二人の関係のバランスは、《四つのサイン》ではっきりしてくる。一例を挙げると、ホームズはワトスンの兄に関する推理を披露した後、ワトスンが感情を害したのを知り、「ねえ、ワトスン、許してくれたまえ。これをひとつの抽象的な問題として扱って、それが君個人にとってたぶん身近でつらいできごとだっただろうということをぼくは忘れてしまっていたようだ」と謝罪し、ワトスンと本当の仲直りをしているのである。ここにはまだ、ある種の形式ばった慇懃さがある。しかしこれは後に、《三人ガリデブ》(一九二五年)における、おそらくは二人の間柄が絶頂に至るまでの里程標のひとつであった、と言えよう。この物語でホームズは、ワトスンの身の安全を案じ、思いもよらぬ感情を披露する。

「怪我しなかったよな、ワトスン。頼むから、怪我なんてないと言ってくれ!」

あの冷たい仮面の背後にこんなにも大きなまごころと愛があったことを知れば、負傷なんて何でもないさ、たとえたくさんの傷を負ったとしても何でもない。はっきりとしたきびしい目が一瞬うるみ、その固く結んだ唇がふるえていた。この時たった一回だけ、わたしは鋭い頭脳とともにある暖かい心をかいま見たのであった。つつましいが誠実な私の奉仕にあけくれた何年もの毎日が、驚くべきこの一瞬で報われたのである。

しかし《四つのサイン》の最後で、ワトスンはホームズに自分はメアリ・モースタンと結婚し、ホームズとワトスンが共に楽しんだ、ベイカー街での居心地のよい独身生活に終止符を打つつもりであると語り、ここで二人の友情に危機が訪れたかに思われる。これは同時にホームズにとっては、唯一の真の友人を失いかねないということを意味していた。この結末はワトスンにとってはお決まりのハッピー・エンドであり、そしてホームズが本質的には孤独で、自己完結型の人間であることを強調するためのものだった。しかしコナン・ドイルは、ホームズ譚を更に書き続けることとなった際に、二人の組み合わせを復活させる手段を見いださなければならなかった。彼はほとんど直感的に、読者が同一化できる傑出した手段を生み出していたのである。即ち、物語の語り手は、まさにごく普通の、我々自身や我々が実際にかかるお医者であり、非凡さは唯一、語り手の友人の側にある。ときに語り手は友人を訪ねたり、ときには友人が自分から語り手の許を訪れ、更には友人の昔の冒険を語り手が思い出したりするのである。これこそが世界的な読者を獲得し、同時に熱狂的な読者を産む根源であった。

《四つのサイン》に、ベイカー街での生活振りが詳細に語られたことで、ホームズとワトスンの関係は実在感のあるものとなった。ワトスンは「天候が変わるたびにうずく」負傷した足をいたわり、ホームズは「単調な日常生活の繰り返し」にいらだっているが、共に独り者の気楽さにくつろいでいる様を我々は目の当たりにする。二人とも恋愛に関わるごたごたに、悩まされてはいない。ベイカー街二二一Bの部屋は、気楽さと男らしさとクラブ的雰囲気に満ちた、恋愛沙汰の煩わしさからの避難所であった。ここでの唯一の女性は、女主人のハドスン夫人だけ（及び彼女の使っている女中の存在が、《緋色の習作》で言及されているが）である。ワトスンが《四つのサイン》の最後で、自分が結婚するつもりであることを宣言するまでは、ベイカー街二二一Bの部屋は、男女間の問題には無縁の空間だった。何よりも、ホームズとワトスンの極めて緊密な間柄には、性的なことを思わせる余地は全く存在しない。しかし、この男同士の平和な日常を打ち破ったのは、メアリ・モースタンという女性であった。彼女はそうすることによりホームズに、彼自身が渇望してきた知的挑戦をもたらしてくれたというのは、実に皮肉なことであった。

この心地よい雰囲気の横溢したベイカー街二二一Bの部屋の情景以上に、物語におけるロンドンは全体としてはくっきりとした、いきいきとした存在感に溢れていた。

九月の夕方で、まだ七時前だったが、その日は気のめいるような天候であり、小雨のような濃い霧がロンドンの町に低くたれこめていた。ぬかるんだ街路には、もうもうとたちこめる土気色の煙が重苦しくのしかかっていた。ストランドの街灯は、霧の中ににじんだ光の点となって、泥だらけの歩道に弱々しい光の輪を投げかけていた。店々の窓から漏れる黄色い明りは、蒸気のような霧がたちこめた空気の中に流れ出て、雑踏の中を行き交う人々を、明暗の波をつくりつつほの暗く照らしだしていた。こうした細い光の縞を縫って行き交うおびただしい顔の列には、何か亡霊のような気味の悪さが感じられる。――悲しそうな顔、うれしそうな顔、やつれた顔、陽気な顔。

無論コナン・ドイルは、同時代の現実を描いている。しかしこうした描写は、やがてシャーロック・ホームズの神話の一部を形成するようになった。瓦斯《ガス》灯の光に照らされた情景や、霧のとばりに覆われたロンドンは、シャーロック・ホームズ譚の持つ、強く読者を郷愁にいざなう重要な要素となっている。ホームズは、ロンドンに関する正確な知識を作品中で披露している。しかし、彼の創造者のロンドンに関する知識は、実際には限られたものであった。スタッダートに宛てた一八九〇年三月六日付の手紙の中で、コナン・ドイルはその事を認めている。「ところで、私が作品の中で披露いたしましたロンドンに関する該博なる知識は、必ずや貴兄を楽しませたものと思います。私の示したものは、全てロンドンの郵便地図から得たものであります」。ロンドンに関する、じかに得た知識がなかったにもかかわらず――或いはそれ故に、醸し出されたロンドンの雰囲気や感じは、《四つのサイン》で輝かしい成果を上げたものの一つである。特に街よりもテムズ河の描写においで成功している。

《四つのサイン》が、ごく短期間のうちに書き上げられたのは、コナン・ドイルが物語の背景の細部を描写するに際し、ごく簡単に当たれる情報源があったことを意味している。と同時に、彼が自分の書いたことが正確なものであるかどうか、確認するための時間がなかったことも意味している。特に彼の描いたトンガの描写は、全く誤った着想に基づいている。「クォータリー・レビュー」誌一九〇四年七月号に掲載された、「サー・アーサー・コナン・ドイルの小説」で、かつて彼が書いた作品を自分の編集する雑誌に採用したことのあるアンドリュー・ラングは、上品な筆致ながらこの点について批判している。

アンダマン諸島の住人には、極めて酷い中傷が加えられている。彼らはシャーロックが述べたような、凶暴な性格の持ち主でも、もじゃもじゃ頭でもないし、武器も習慣も持ち合わせてはいない。……もしシャーロック・ホームズ氏が、ありふれた参考書の類に手を伸ばすのではなく、アンダマン諸島の住人の写真をちらっとでも見さえすれば、彼らがきちんとした身なりをした、優雅できれいに髭を剃った人々であることがわかったはずである。……パイプをふかしながら、ホームズ氏はこのなりの小さな野蛮人の出身地をどこか他の地に求めることになろう。かつてはアマゾン川流域に、大勢が住んでいたというフェゴ人が、彼の探究から浮び上がってくるかもしれない。

他の筆の誤りとして挙げられるものに、シーク教徒だというジョナサン・スモールの仲間、即ちマホメット・シング、アブドゥラー・カーン、ドスト・アクバーという名前がある。彼らの名前は実際には、イスラム教徒の名前にふさわしいものである（「シング」という名前はイスラム教と結びつかないから、シーク教徒の名前であるが）。こうした作品中の矛盾点は、コナン・ドイルの主たる関心が、いかに物語を進めていくかにあったことを示している。彼は物語の中のディテールの事実確認よりも、物語の語り口や着想を生き生きとしたものにすることに意をそそいだ。その限りにおいては、彼は後の版で、事実誤認や矛盾の訂正を煩わしく思うことは決してなかった。

コナン・ドイルの創意に富んだ腕前は、《四つのサイン》にその冴えを示し始めている。例えば登場人物の名前として、彼が選んだものは物語の持つインパクトの度合いを更に強めるものであった（シャーロック・ホームズ譚全体を通じて、コナン・ドイルは名前の選択という点では、ディケンズにも比肩し得る独創性を示している）。ポンディチェリ荘、サディアス、そしてバーソロミュー・ショルトー、モーディカイ・スミス、アセルニー・ジョウンズといった具合である。彼はまた、サスペンスや何かの脅威の存在する雰囲気を醸し出す、確たる腕前を披露している。バーソロミュー・ショルトーが、鍵がかけられ閂《かんぬき》の降ろされた部屋で死んでいるのが見つかった際の、老家政婦の話し方には、彼が何らかの超自然的な力に襲われたことがほのめかされ、メロドラマ的効果を強調している。「……サディアス様、どうぞ、上に行ってご自分でご覧になってくださいまし。この十年もの間、バーソロミュー様の嬉しいお顔や悲しいお顔を見てまいりましたけれど、あのようなお顔をされたのは、見たことがございません」。こうした描写は、ヴィクトリア時代の幽霊小説には、よく見られたものである。しかしここでは、超自然現象である可能性は、超合理主義者のホームズによって、簡単に葬り去られている。作者であるコナン・ドイル自身は、超自然現象の存在を認める傾向を元々有していたが、自ら創造した探偵は、こうした事象に対しては懐疑論者の立場を崩さなかった。《サセックスの吸血鬼》（『シャーロック・ホームズの事件簿』所収）では、ホームズはワトスンに次のように語っている。「我が探偵局はしっかりと足を地につけているものだし、またいつまでもそうでなくてはだめなのだ。この世だけでも広くて、手一杯なのだ。幽霊なんかにかかずり合っていられるものか」（《サセックスの吸血鬼》が執筆された一九二三年当時、作者は心霊主義の伝道者であった）

《四つのサイン》では、ちょっとしたユーモアの風味が強められている。この作品の後に続くホームズ譚の連載では、軽いユーモアの風味が特徴になっている。これは作者が制作に関して急速に自信を深めていったことを表わしている。例えばスモールとトンガの追跡の際に、「間違いなし、絶対確実」のトビーはクレオソートの樽に駆け登って、勝ち誇ったように吠えた。これを見てホームズは、ワトスンと共に心から笑っている。またコナン・ドイルの、繊細ではあるが鮮やかな、そして緻密な人物描写の才能——これは彼が、短編小説を書くようになった際には、絶大なる効果を生んだ——は、《四つのサイン》全体を通じて顕著である。メアリ・モースタンの描写は、物語に登場する女性の容貌や、或いは着ている服の描写には、作者が好意的な心遣いをしていることを示す典型的な例である。そして彼女の姿は、冷静な医者としての観察眼と感じやすいワトスンの心情が、渾然一体となった筆致で描かれている。

《四つのサイン》は作品の構造を考えても、《緋色の習作》と比較して出来が良くなっている。《緋色の習作》では、物語は一旦過去へと遡るが、展開される過去の物語が長過ぎて、作品全体の話の流れを阻害してしまっている。ホームズの功績を、長編小説という形式で物語ることに、コナン・ドイルはそれほど馴れていなかったのである。「ストランド・マガジン」誌一八九一年七月号から始まった、ホームズ譚の短編小説の連載で、ドイルはホームズ譚の長編小説とは段違いの成功を収め、同時に楽々と執筆をしていたのは明らかである。しかしそれでも、《四つのサイン》における長編小説としての語り口は、作品としては《四つのサイン》よりも有名な《バスカヴィル家の犬》（一九〇二年）――この作品では、ホームズが実際に活躍する場面は、ごく僅かである――と比較しても、ホームズ譚の四つの長編小説の中で、最も密度の濃いものである。

《四つのサイン》では、冒険そのものとワトスンのメアリ・モースタンへの求愛、そして婚約という結末へ至る過程とが、交互に主題として扱われている。メアリ・モースタンに対するワトスンの恋愛感情は、最初に彼女に会った時から動き始める。「わたしはこれまで、三大大陸の数多くの国々で、様々な女性を見てきたが、これほど上品で繊細な人柄を表わした顔には、出会ったことがなかった」とワトスンは記している。この章の終わりでは、ワトスンはこの依頼人との関係を結ぶ可能性を、あれこれと想像しているのである。

しかし、サディアス・ショルトーに会いに行く馬車の中で、ワトスンはメアリ・モースタンに対して礼儀正しく振る舞っていたが、物思いにふけるホームズとは別に、心の中では彼女のことをあれこれと考えている。ポンディチェリ荘に着き、庭に残る宝を求めてショルトー兄弟が散々に掘り返したあとをホームズが観察している際には、

……モースタン嬢とわたしは並んで立ち、彼女の手はわたしの手の中にあった。愛とは、実に不思議なものだ。わたしたちはここにこうしているが、この日初めて会って、

愛の言葉一つ、いや感情のこもったまなざしさえ交わしたことがなかった。そんな二人が、事件のさなかにあって、本能的にお互いの手を求め合っている。

物語の中で明らかにされているように、ワトスンは率直に彼の真意と、それがどう解釈されるかの可能性について、自らの考えを展開している。「彼女は、わたしを、財産狙いの卑しい男だと思いはしないだろうか？　彼女の心をそんな思いがよぎる危険を犯すことになるかもしれないと考えただけで、わたしは耐えられなかった」

ワトスンは、ジョナサン・スモールから取り返したばかりの宝箱を、メアリ・モースタンが開けてみる場に立ち会っている。そして、宝物がなくなっていることが判明した際、ワトスンがほっと安心したのは充分に納得がいく。彼はメアリが自分の手の届くところにあって、自分が彼女に寄せる想いを胸に秘めておく必要が、今やなくなったことを悟ったのである。

「宝がなくなっていますわ」と、モースタン嬢は、落ちついた口調で言った。

その言葉を聞いて、その意味を理解したとたん、心から重石が取れたように感じた。このアグラの財宝が消えてはじめて、それがどれほどわたしの心を重くしていたかに、気づいたのである。確かに、わたしは、自分本位で、まぎれもなく不遜であり、喜んではいけなかったのだが、わたしには、お互いを隔てていた財宝という壁が取り除かれたということしか、頭になかった。

「神様、ありがとうございます」わたしは、心の底から、そう叫んだ。

彼女は、一瞬、けげんそうな笑みを浮かべて、わたしを見た。

「あら、なぜそんなことをおっしゃいますの？」

「あなたが、また、わたしの手の届くところに、戻って来てくださったからです」わたしはそう言って、彼女の手を取った。彼女は、その手を引っ込めようとはしなかった。

「メアリ、わたしは誰よりも、心からあなたを愛しています。しかし、この財宝、この富のために、わたしはそのことを言い出せなかった。それがなくなった今、わたしはどんなにあなたを愛しているか、言えるようになりました。だから、『神様、ありがとうございます』と言ったのです」

「それなら、わたくしも、『神様、ありがとうございます』と申しますわ」彼女をそばに引き寄せたわたしに、彼女はそうささやいた。

財宝を失ったのが誰であったにせよ、その夜、わたしは一つの宝を手に入れたことを確信した。


「リピンコッツ・マガジン」誌は、雑誌に一挙掲載する為の物語をコナン・ドイルに依頼した。しかし《四つのサイン》を最初から最後まで彩る、ワトスンの恋愛に係わる挿話は、作者がこの物語を、まるで連載物語として執筆したかのようである。コナン・ドイルは

《四つのサイン》に、恋愛物語をもう一つの物語の構成要素として導入した。このもう一つの物語の構成要素は、本来の追跡とその結果の物語に見劣りするものではなかった。これは物語の登場人物の強さによるところが少なくない。ワトスンはこの物語の語り手である。読者は彼の目を通して事件の推移を見、彼の考えを共有する。彼の個性は、常に読者へと伝わってくるのである。メアリ・モースタンも、読者の眼前にはっきりと姿を現わす。彼女は襲い来る苦難になす術のない、か弱き乙女、といった存在では決してない。ワトスンが彼女と婚約したことを知らされた際に、ホームズは次のように評している。「彼女は今まで会った若い女性の中でいちばん魅力的な女性の一人だし、ぼくたちがやってきたような仕事にはずいぶん役に立つ人だと思うよ。その方面にたしかに才能がある」。この恋愛物語の主人公達には、作者自身の恋愛経験が反映されている。ワトスンがメアリ・モースタンに、愛を告白する言葉の優しさと強さは、コナン・ドイルと彼の最初の妻であるルイーザとの間に交わされた言葉が、基になっているものと思われる。二人の間の恋愛と求婚に関しては、ほとんど知られていないが、ワトスンのメアリ・モースタンへの愛の告白の言葉が、コナン・ドイルとルイーザの間に交わされた愛の言葉を窺い知る、我々の知り得る最良の手がかりであるかもしれない。メアリ・モースタンのブロンドと青い瞳、そして二十七歳という年齢（ルイーザは二十七歳の時に、コナン・ドイルと結婚している）は、ルイーザ・ホーキンズと共通している。

ホームズの性格を形成する源となったものは、幾つか考えられるが、主としてコナン・

ドイルが医学生として教えを受けた、外科医ジョウゼフ・ベル（一八三七〜一九一一）によるところが大きい。《四つのサイン》で、ワトスンの靴の甲に付いていた赤い泥はねから、ワトスンがウィグモア街の郵便局へ行ってきたことをホームズが推理してみせるくだりは、ベルを彷彿とさせる。実はこのやりとりは、ベルの許を訪れたアイルランド人患者の長靴に赤みがかった粘土の泥はねが付いていたのを見て、ベルがこの患者がブランツフィールド・リンクスからやって来たことを見抜いた逸話を基にしたものだった。ベルはその著作である『外科手術便覧』（一八八三年）で、パトリック・ヘロン・ワトスン博士に対し、焼き石膏による型取りについて感謝の意を表わしている。一方《四つのサイン》でのシャーロック・ホームズは、同じ素材を使う技術に長じた人物とされている。

コナン・ドイルが医者として身を立てたばかりの頃の知人で、ホームズの性格描写に少なからぬ影響を与えたと考えられる人物に、ジョージ・ターナヴィン・バッド（一八五五〜八九）の名前が挙げられよう。このバッドは、『スターク・マンローの手紙』（一八九五年）に登場する、カリングワースのモデルである。コナン・ドイルは、彼との付き合いを大いに楽しんだようではある。しかし同時にその関係は不安定なもので、一八八二年初めに、プリマスでの二人の医院の共同運営が破綻をきたした後、非難の応酬という苦い結末を迎えた。『スターク・マンローの手紙』の、ある晩カリングワースが、革命的な未来の軍艦に就いて自説を展開する場面を思い起こしてみよう。同じ話題がホームズの話題の一つとして採り上げられているのは、単なる偶然のはずがない。

……ホームズは、気が向けば、よく話すほうだったが、今日はとりわけ調子が良いようだった。神経が高ぶっているらしくて、これほど口数の多いホームズを見たことがなかった。彼は、たて続けにいろいろな話題、奇跡劇、中世の陶器、ストラディヴァリウスのヴァイオリン、セイロンの仏教、そして未来の軍艦などについて、まるで専門の研究をしているかのように話し続けた。

他の話題については（ストラディヴァリウスのヴァイオリンについてを除くと）、ドレイソン少将との楽しい一夜を過ごした際に、話題となったものであるらしい。《四つのサイン》を執筆した際のコナン・ドイルは、未だ三十歳であった。しかしこのとき既に、のちに彼をその時代の最も人気のある作家へと仕立てたその特色は、遺憾なく発揮されている。また、他の作家からの影響は認められるものの、《緋色の習作》の出版以降、コナン・ドイルは作家として目覚ましく力量をつけていた。ホームズ譚の新作の物語の展開は独創性を欠く部分もところどころにあるが（それでも前作よりは、格段に改善されている）、自信を持って書かれており、物語の展開は快調であり、さらに会話はきびきびとしている。そして何よりも、物語の主役であるシャーロック・ホームズの強烈な実在感は、物語に一貫性を持たせ、また読み始めたらやめられないほどの面白さを与えている。また、何か大きな事が起きるかも知れないという期待を、読者に与えている。これは極めて重要なことである。

《四つのサイン》は《緋色の習作》で見られたような、ワトスン以外の何者かの手になる回想録を通して、ワトスンが事件をふりかえる構成から、一人の書き手が一貫してつい最近起きた出来事を物語る構成を採っている。このためには、ベイカー街の二人の住人は一緒に暮らし始めてまだ間もないが、非常に親密な間柄であることを示す必要があった。ホームズとワトスンはお互いのことをよく知っていることになっている。しかし、《四つのサイン》の第1章では、同居生活が長期にわたっていたら、とても聞けそうにない新事実が次々と明らかにされる。非常に計算された手法で、ワトスンはホームズの活躍する場面の大半を目撃することになる。しかしながら、《緋色の習作》として纏めた事件の他は、彼に衝撃を与えた事件は、具体的にはなかったように思われる。これは前の物語である《緋色の習作》の後日談を、《四つのサイン》の中に取り込み、《緋色の習作》の将来性を確保するための工夫であった、という面もあっただろう。また、新しい読者に自分の旧作をいささか強引に薦めるプロの作家の手法、ともとれるだろう。こうした工夫は後に、一話完結の短編小説を連載するにあたって、一つ一つの物語は独立していながら、物語の中に時として前の物語についてのほのめかしを挿入する工夫へと繋っていく。この当時のコナン・ドイルは、まだじりじりするほど魅力的な、いわゆる語られざる事件の名をあげて、読者の興味をそそるという手法を編み出す以前の段階にあった。しかしここに、《四つのサイン》の発表の十四ヶ月後に開始される、『シャーロック・ホームズの冒険』の連載の基礎は、固められたのである。

後に『シャーロック・ホームズの冒険』に纏められた諸短編が、《四つのサイン》を基盤としているのは、避けられぬことであったかもしれない。しかし、ホームズの肖像がいかなるものであるかは、まだ定まらずにいた。それが予期せぬ事情から、シドニー・パジェット（一八六〇～一九〇八）が『シャーロック・ホームズの冒険』所収の短編の挿絵を描くことになった。これは「ストランド・マガジン」誌が、ホームズの名を不朽のものとする過程にあって、忘れることのできない画期的な出来事だった。《四つのサイン》の挿絵については、《緋色の習作》の挿絵よりも出来がいい、としか言えない。「リピンコッツ・マガジン」誌への初出時には、《四つのサイン》の挿絵は一枚だけだった。この物語がホームズ譚として、輝かしい出来栄えを誇っているにもかかわらず、悲しいかな、たった一枚の挿絵にはホームズもワトスンも登場していない。挿絵を描いたのは、ハーバート・デンマン（一八五五～一九〇三）である。彼は一八八六年に、パリのサロンに入賞し、また八九年にはパリ万国博覧会で入選している。後に、ニューヨークのウォードルフ・アストリア・ホテルの舞踏室のデザインを担当した。

「リピンコッツ・マガジン」に掲載された後、《四つのサイン》は週刊紙であった「ブリストル・オブザーヴァー」紙の、一八九〇年五月十七日号から同年七月五日号まで再掲載された。これはホームズ譚としては最初の、発行部数の多い出版物への掲載だった。この連載時の挿絵では、ホームズもワトスンも口髭をたくわえており、（またここで初めて）ホームズは鹿射帽を被っている。(この他《四つのサイン》は、「ハンプシャー・テレグラフ・アンド・サセックス・クロニクル」紙――一八九〇年七月から同年八月にかけて――そして「バーミンガム・ウィークリー・マーキュリー」紙――こちらは一八九〇年八月から同年九月にかけて――といった、英国の地方紙に掲載されている。バーミンガムはかつて作者が、この地で見習い医として働いたことのある、馴染みのある町だった。またこれらの地方紙への掲載は、作者自身が段取りをとったものである)スペンサー・ブラケット社版(英国における単行本の初版本)の挿絵を描いたのは、チャールズ・カー(一八五八～一九〇七)である。ここでのホームズも、依然として口髭をたくわえている。また加虐趣味をもっていそうな、威圧的な風貌のホームズは、ベイジル・ラズボーン(扮するホームズ)の最も機嫌の悪いときを予感して怯えるレストレイド警部のような、作り笑いを浮かべている。説明文には「ランタンの光にかざしてみると、『四つのサイン』とあったので、私は思わず身震いしてしまった」という一節が充てられている。ワトスンは何か叫び声をあげて、顔をそらしている様に見える。一方バーソロミュー・ショルトーの死体は、愛敬のある流し目で、かかる不可解な状況を楽しんでいるかのようである。《四つのサイン》におけるこうした挿絵や、さらに惨憺たる出来栄えの《緋色の習作》の挿絵は、シドニー・パジェットが挿絵を担当し、ホームズ像を確立する際に、何の妨げにもならなかった。彼の栄光は一九〇三年に、ジョージ・ニューンズ社が「特別記念」版の『四つのサイン』を出版する際に、新たに八枚の挿絵が、フレデリック・ヘンリー・タウンゼンド(一八六八～一九二〇)によって描かれ

ても、微塵の揺るぎも見せなかった。タウンゼンドは一九〇五年に、「パンチ」誌の美術編集員になっている。また、一八九四年九月二十七日付の「ペル・メル・バジェット」紙に、コナン・ドイル作の劇『ウォータールー』で、年老いた伍長に扮したサー・ヘンリー・アーヴィング（一八三八〜一九〇五）の姿を描いている。彼が《四つのサイン》第9章で、老人に扮したホームズを描いた挿絵も、ほぼ同傾向の効果をあげているが、その風貌は礼儀正しいスポーツの達人を連想させるものである。タウンゼンドの描いた挿絵では、「バーソロミュー・ショルトーの死」という説明の入った扉絵が、同時代の高い評価を首肯させる出来栄えである。この絵では、チェシャ猫の様なにやにや笑いを浮かべたトンガは梯子段にいて、バーソロミュー・ショルトーの死体は、天に向かって復讐を誓うかのように、左手を半分ほど握って高々とかざし、怒りを示しているようにも見える。

アメリカ人のフレデリック・ドア・スティール（一八七三〜一九四四）は、ホームズ譚の挿絵画家としては、シドニー・パジェットが存命当時から、彼に拮抗し得る唯一の存在であり、海を隔てたライヴァルと言ってもよかった。彼がホームズ譚の挿絵を描くようになったのは、『シャーロック・ホームズの帰還』所収の短編が一九〇三年に「コリアーズ・ウィークリー」誌に掲載された時からであった。しかし非常に奇妙なことに、彼が『シャーロック・ホームズの帰還』のために描いた挿絵は、図々しくも《四つのサイン》の海賊版の挿絵として用いられたのであった。これはある物語のために描かれた挿絵が、全く別の物語の挿絵に使われた、現代文学上最も異常な事件、と言えよう。ニューヨークのP・F・コリアー社から一九〇四年に出版された、三巻本の海賊版本である『コナン・ドイル傑作選』は、忘れられていた作者の初期作品を多数収録していることで、収集家の間で非常に評判の高い本である。この本では、スティールが『シャーロック・ホームズの帰還』のために描いた挿絵の何枚かが、《四つのサイン》の挿絵として転用されている。(『シャーロック・ホームズの帰還』所収の《プライオリ学校》に登場する)ソーニークロフト・ハックスタブル博士が牛乳とビスケットで元気を回復しつつある場面の挿絵には、「元英国インド陸軍少佐ジョン・ショルテー(John Sholte、原文ママ)」との説明がされている〔正しくは〝John Sholto〟である〕。また(同じく『シャーロック・ホームズの帰還』所収の《美しき自転車乗り》で)ホームズがパブでウッドリーをノックアウトさせた場面の挿絵は、アセルニー・ジョウンズが最初にバーソロミュー・ショルトーの死体を見て早合点した結論に達したのを、ホームズが譴責している場面の挿絵に転用されている。確かにコナン・ドイルは、ときには古いアイディアをもう一度使ったり、別の使い方をしたりしてはいる。しかしコリアーズ社は、全てのホームズ譚はもう一つの《四つのサイン》と見なしているようである。こうした挿絵の使い回しという悪らつな所業は度外視するにせよ、《四つのサイン》の影響はその後に書かれたホームズ譚の随所に見てとることができよう。そして(『シャーロック・ホームズの思い出』所収の)《曲がった男》はとりわけ、ジョナサン・スモールに対する共感(並びに将校達の属する階級への反発)が、その捌け口を求めて出来上がった作品であることを暗示している。しかし、《四つのサイン》は一八九三年、

『シャーロック・ホームズの冒険』や『シャーロック・ホームズの思い出』と共にジョージ・ニューンズ社から出版されると、広範な読者を獲得し、同類の他の本以上に売れたようである。米国では、海賊版が出回っていたため、ほとんど全てのホームズ譚の売り上げがその影響を受けていた。コナン・ドイルと同時代の作家の大半も、同様であった。こうした状況について、何か比較の対象となりうるものを求めるとなると、チャールズ・ディケンズ、ウォルター・スコット、トーマス・バビントン・マコーレイの全盛時代まで遡る必要がある。[*4]

批評家たちが念頭に置かなければならないのは、ホームズ譚の成功に関して、書評が寄与している部分は（《緋色の習作》が単行本として出版されるに当たっては、書評の果たした役目が大きかったことを除くと）ほとんどないということである。ただ、《四つのサイン》の単行本が出版された際に、この作品を採り上げた書評のうち、再録に値するものが二つある。ジョージ・コッテレルは、「アカデミー」誌一八九〇年十二月十三日号で、《四つのサイン》の単行本としての出版を歓迎している。彼はエディンバラの政治風刺作家にして詩人であったから、「スコッツマン」誌――この雑誌は、「ビートンのクリスマス年刊」誌に掲載された様々なその場限りの諸作品の中で、《緋色の習作》を高く評価していた――の周辺にある人達と、何らかの繋りがあったのかもしれない。また、コッテレルの作品を出版していたのは、ウィリアム・ブラックウッド（一八三六～一九一二）だった。この人物は、自分が編集する雑誌の一八九〇年九月号に、コナン・ドイルの「生理学者の妻」という作品を掲載していた。コナン・ドイルの他の初期の作品と共に、友好的なスコットランド人の援助によって、前進のための道が切り開かれたのである。

探偵小説には、常にある種の魅力がある。そして探偵役を務める人物が、素人である場合にはその魅力は最大となる、と言えるだろう。犯罪を発見し、犯罪者を追跡する業に長じた素人探偵は、物語の登場人物としては警察に属する探偵よりも、遥かに素晴らしい。何れにしても、《四つのサイン》に登場するシャーロック・ホームズは、こうした人物である。奇妙な出来事、そしてホームズが解いていく謎が、この物語の核である。この過程が率直な語り口で綴られ、読者は結末に至るまで物語に釘づけとなる。事件が結末を迎えた後に、物語の一部として追われていた男の物語が続く。この話自体も面白く、また物語の筋に関係もあるのだが、息もつけないほどの迫力で描写された、息詰るような追跡を受けるものとしては、いささか平板で、竜頭蛇尾であると言えよう。シャーロック・ホームズは、物語の登場人物中最もよく書けている。それはおそらく、ホームズが書かれるべき多くのものを有しているからであろう。うら若き女性の描写は、どちらかと言えば面白味に乏しいが、彼女が登場する場面や、科白もそれほど多くない。義足の男は、生き生きと描かれているという点でホームズに拮抗する人物、と言えるだろう。

「グラスゴー・ヘラルド」紙の批評担当者は、現実主義者のコッテレルよりも夢想的ではあるが、《緋色の習作》を批評する際にホームズに対し、「素晴らしい（wonderful）」という言葉を乱発している。しかし、コッテレルの批評の語り口の最大の特徴は、本人も気づかぬうちにホームズやメアリ・モースタン、スモールを実在の人物であるかのように扱っている点にあることは確かである。書評文としては、この一文は作者が認識していた以上に洞察力に富むものであった。とりとめもない夢想を文章にしたものとしては、大海に落ちた最初の一滴であった。

「アニシアム」誌一八九〇年十二月六日号に掲載された匿名子による書評は、コッテレルの書評と異なり、既に別のところにも再録されているが[*5]、ここでもう一度採り上げるだけの価値はある。

探偵小説は、「普通わくわくしながら読むものである。しかし、《四つのサイン》がこの作者の最高傑作の水準に達していると考えるべし、と主張しようとは思わない。この作品は奇妙な寄せ集めであり、恐怖に溢れている。人に破滅をもたらした宝物を隠し、またそれを求める人々は、奇妙な一団であるのは確かである。木製の義足を付けた囚人、彼の悪魔的で不格好なちびのお供、ぞっとするような双子の兄弟、親切なプロボクサー、賢明な探偵、そして愚かな探偵、物語の語り手の恋のお相手である優しい女性、こうした連中が混沌とした踊りの中に織り込まれている。気違いじみた、恐怖の川下りの追撃で物語は最高潮に達し、謎も宝物も終わりを告げる。ドイル博士の崇拝者達は、この小さな本を熱心に読み通すことだろう。しかし彼らが、もう一度この本に関心を抱くとは思えない。

この予言はその後、最終的には馬鹿げたものとして扱われるのは全く疑う余地がない、と言えるだろう。グレアム・グリーンは、七十歳のとき次のように語っているが、これは大勢の人の気持ちを代弁するものであろう。「初めて《四つのサイン》を読んだのは（中略）私が十歳の時であった。その後、この事を忘れたことは一度たりともない。（中略）ポンディチェリ荘やノーウッドの夜の闇は、今も私の脳裏に鮮やかに焼き付いている」。《四つのサイン》の魅力と輝きに対する更なる証言は、まず必要ないだろう。

＊1――ジーニー・グウィン・ベタニー――夫の死後再婚して、コールスン・カーナハン夫人となった――がホームズ物語に対しての熱意を失っていったとする説には根拠がない。彼女は一九〇一年から一七年まで、「サンデー・タイムズ」誌の文芸欄を編集していた、フレデリック・ジョージ・ベタニー（一八六八～一九四二）と混同されることがあった。《緋色の習作》が世に出るに当たって、彼女がいわば産婆役を務めた経緯に就いては、彼女の生前（一九四一年没）に二番目の夫が書いたものがある。これが彼女の承認のもと、その回想を纏めたものであることは確実である（コールスン・カーナハン「シャーロック・ホームズの私的回想」、

「ロンドン・クォータリー・アンド・ホウボーン・レビュー」誌一九三四年十月号四四九〜四五〇頁掲載)。カーナハン夫妻は、第一次世界大戦後コナン・ドイルが、自らの心霊学についての帰依を告白したことに感激しているが、そのためにコナン・ドイルが『わが思い出と冒険』で、彼らについて間接的に言及している、と見なすことは無理がある。と言うのはコナン・ドイルは、ジーニー・ベタニー・カーナハン夫人が果たした役割に関して、何も知らなかったと思われるからである。

＊2――コナン・ドイルとスタッダートとの間の手紙は、サー・アーサー・コナン・ドイル著／リチャード・ランセリン・グリーン編『シャーロック・ホームズ未収録文集』四九頁〜五〇頁からの引用。

＊3――ドレイソン著『ウーリッジ英国陸軍士官学校教官としての十五年』(一八八六年)三〇五頁〜三〇六頁。

＊4――こうした海賊版の歴史の詳細に関して、関心のある読者はドナルド・A・レドモンド『海賊版におけるシャーロック・ホームズ：アメリカにおける版権とコナン・ドイル、一八九〇年〜一九三〇年』(一九九〇年刊)の一読をお薦めしたい。

＊5――ハワード・ヘイクラフト編『推理小説の芸術(The Art of the Mystery Story)』(一九四七年刊)三八一頁。(邦訳は『推理小説の美学』『推理小説の詩学』(研究社刊)。なお、ここで引用されている、「アニシアム」誌一八九〇年十二月六日号掲載の匿名子による書評は、『詳注版シャーロック・ホームズ全集』(ちくま文庫所収)第一巻六二〜六三頁にも再録されている)

訳者あとがき

《四つのサイン》は、日本シャーロック・クラブのベスト・テン投票（一九九二年）で六十作品中の第五位に入っている（二〇一二年の同投票では第八位）。しかし、それ以外ではベスト・テンに入選したことがなく、人気が高いとはいえない作品であった。しかしながら、今回翻訳するにあたって、細部を再読してみると、なかなかよくできていると改めて感じた。そのわけを次に記したい。

この物語は、ヒロインである貧しいメアリ・モースタンが宝物を手に入れるかどうかというスリルから成り立っている。これを記号論的に解釈すると、何が見えてくるであろうか。

記号論では、意味するもの（シニフィアン）と、意味されるもの（シニフィエ）とが問題になる。たとえば、道路上で電柱や、広告などたくさん存在する記号の中から交通信号灯の赤ランプを拾い上げるとき、赤ランプがシニフィアンである。しかし、原始民族の人ならば、それが「停まれ」(シニフィエ)を意味することを知らないであろう。読者も、作品のなかから「意味するもの」を拾い上げて、「意味されるもの」が何かを知らねばならない。ジャック・ラカンは「諸シニフィアンに共通した特徴に無意識の主体がある」と主張している。無意識の主体とは、現在の一つのできごとと他の潜在的な諸々のできごととの関係につけられた名称であるだけでなしに、ある人の人生の中で変わらずにいつも現われる印を指す名称でもある。今、《四つのサイン》のなかに無数に示されている記号の中で、何をシニフィアンとして拾い上げるべきかは読者に任されている。ラカンは「精神分析は、想像界から象徴界への移動である」と言った。《四つのサイン》はフィクションではあるが、これをドイルによる幻想ないし自由連想だと思えば、精神分析的解釈によって、ドイルの象徴界が見えてくるのではなかろうか。

ここで、著者ドイルの個人史をもう一度思いおこしておきたい。一八七九年、彼が二十歳のとき、父親がアルコール症で精神病院に入院し、経済的困難を解決する一助としてエディンバラの借家の一室をあけてドイル家に下宿させていた医師ウォーラーとドイルの母メアリは恋仲となった。メアリとウォーラーは一八八二年にエディンバラ市からウォーラーの出身地であるメイソンギル村に引っ越し、メアリはウォーラー邸の隣家で晩年までの三十五年間を暮らすことになる。メアリはウォーラーよりも十四歳年上であり、ドイルの幼い妹たち三人を連れてのメイソンギル村への引っ越しであった。ドイル家が苦境にあった一八七七年から八二年にかけての六年間、ドイル家が借りていた家の家賃は、その全額が下宿人ウォーラーによって家主宛に支払われていた。

メアリ・モースタンは六年間にわたって高価な真珠をサディアス・ショルトーから贈られていた。これは、ドイルの母メアリ・ドイルが六年間にわたって高価な家賃をウォーラーから贈られていたことに符合する。この「意味するもの」と「意味されるもの」をつかむことができ、アレゴリーないしメトニミーを解読できると、あとは将棋倒しのようにその他のアレゴリーないしメトニミーの全貌が見えてくる（アレゴリーは比喩のこと、メトニミー＝換喩とは、ホワイトハウスが米国大統領を意味するように、他のものでおき換えて示すこと）。私どもが解読したアレゴリーを次に記しておこう（それが何を意味するかを次ページ後半に記しておく）。

意味するもの――意味されるもの

一八七八年に死んだモースタン大尉（本人の名はアーサー）――一八七九年に入院したドイルの父（息子の名はアーサー）

メアリ・モースタン――ドイルの母メアリ・ドイル（同名、贈り物をもらったエディンバラの女）

六個の真珠――六年分の家賃

六年間真珠を贈ったサディアス・ショルトー――六年間家賃を贈ったウォーラー
二十五万ポンドを寄付した慈善家――『緋色の習作』の出版社ウォード・ロック社
ジョナサン・スモール――ドイル、片足は義足（片足は医学、片足は文学）
少佐への復讐に燃える男――ウォーラーと母への復讐に燃える男
宝はあるが使えない――ドイルへの母の愛情はあるがウォーラーの方を向いている
スモールの仲間の現地人三人――ドイルの妹たち三人（文字を書けない）
スモールの喉にナイフ――妹がドイルに宝（母の愛）を手に入れろとつきつけた要求
アグラの宝――愛情、母性愛
宝を盗んだショルトー少佐――母を盗んだウォーラー
化学実験好きののバーソロミュー・ショルトー――化学実験好きのホームズ（＝ドイルの分身）
けち、真珠を贈るのに反対――ドイルは母に送金しなかった？
バーソロミューの死――スーパー・エゴ（ドイルの良心）がホームズ（ドイル）を殺す
スモールの脱獄を助けたトンガ――ドイルの転職を助けたルイーザ
脱獄の際に船、食料、武器をくれた――転職の際に百ポンドの持参金をくれた
一八八七年か八八年、七月か九月に《四つのサイン》の事件が始まる
――一八八七年に、《緋色の習作》を発表、作家の仕事が始まる
一八八八年七月に『緋色の習作』初版本が出る

メアリ・モースタンがフォレスター家に住み込んだ一八八二年
　　　――メアリ・ドイルがウォーラー邸の隣に移った一八八二年
　　　　ドイルは同年六月にサウスシーで医院開業

以上の解読を文章化すると、次のようになる。

ドイルが《緋色の習作》を書いたとき、原稿料はわずか二十五ポンドであった。それは、「ぼくが知っている最も厭な男は、ロンドンの貧民のために二十五万ポンド近くを投じている慈善家だ」という一文に反映されている。原稿料二十五ポンドをくれたのは最もけちな男（出版社）だと恨みを述べているのである。

一言で言えば、《四つのサイン》は「真珠を贈ったサディアス・ショルトー（ウォーラー）と、母メアリ・ドイル（メアリ・モースタン）とを不幸にしたい」というドイルの願望充足の物語である。

メアリ・モースタンはエディンバラにいた同名の女性であるから、明らかにドイルの母親メアリ・ドイルのアレゴリーである。メアリ・モースタンの息子はまだいないから父の名をアーサーにしてある。メアリ・ドイルの息子がアーサー・コナン・ドイルであることを思いおこせば、メアリ・モースタンがメアリ・ドイルの分身であることは一層明らかである。モースタンの立場から見れば、《四つのサイン》は、宝を手に入れそうになるが、結局は手に入らないという物語だ。夫アルタモントへの愛と、恋人ウォーラーへの愛とに二分割されたメアリ・ドイルの愛は、見失われてしまう（アグラの宝は二分割して保存されたことを思いおこしてほしい）。つまり、ウォーラーへの母の愛は手に入るかのごとくに見えても、入手できないことを、ドイルは望んでいた。婚外恋愛と見られるウォーラーと母との愛が壊れてほしかったのである（願望充足）。

母につれられてメイソンギル村（ブレア島）にこころならずもとらわれた幼い妹三人は、スモールとともに宝をわけようとサインした三人の四人仲間たちによって表わされており、この妹たちもまた、母の愛をウォーラーから取り戻そうと考えている（余談であるが、ホームズの敵 Moriarty のスペリングのなかにはドイルの母 Mary の名前が隠されており、Moriarty から Mary の文字を引き算した残りである trio（三人組）は、この妹たち三人を指すのではなくて、Mary と Waller と、両者の関係を黙認したドイルの三者を意味しているのであり、母メアリと彼女を巡る三人の関係を「ホームズの敵」という形に表わして、ドイルが憎んでいることを示しているのである）。

ドイルから見れば、《四つのサイン》というのは、自分と三人の幼い妹たち、合計四人のサイン（署名）であり、自分だけが文字を書ける（四人の四人のうちで、スモール一人だけが文字を知っていて署名することができた）のが、その証拠である。この四人がサインをした文章をメアリ・ドイルに送って、宝とも言うべき母性愛のありかた（あるべき姿）を示し、女性のあるべき理想的姿はメアリ・モースタンのようでなければならぬと、模範をつきつけたともとれよう。しかし、その望まれた母性愛（宝）はちりぢりになって、テムズの水（water ≒ Waller）の底に沈んでしまう。つまり母の愛は Waller の心に吸収されてしまうのである。かくて、ドイルら兄・妹四人の願望は充足されずに終わる。

真珠が一八八二年から八七年までの六年間、毎年一個ずつメアリ・モースタンに贈られたのは、一八七七年から八二年まで家賃を六年間メアリ・ドイルに払ってくれたウォーラーの贈り物のアレゴリーである。すると、これを贈ったサディアス・ショルトーはウォーラーのアレゴリーということになる。

モースタン大尉の死亡は、一八七八年十二月三日、メアリ・モースタンが十七歳の時のことであった。ドイルの父チャールズ・アルタモントの入院は一八七九年であり、ドイルは二十歳だった。この後、父は社会的に抹殺されたから、死んだも同様となる。両者の死には一年の差があるが、モースタン大尉の死はチャールズ・アルタモントの死のアレゴリーであろう。

バーソロミュー・ショルトーが化学実験にこっているというのは、彼がホームズの分身であることを意味しており、ホームズはドイルの分身であるから、結局バーソロミューはドイルということになる。バーソロミューは、メアリ・モースタンに真珠を送るのを嫌がり、宝を分けてやるのも嫌がっていた。つまり、ウォーラーが母親のメアリ・ドイルに家賃（真珠）を贈るのをドイルは喜んでいなかった（母へのウォーラーの愛を快く思っていなかった）ということになる。そのうえ、好ましい女性としての理想的メアリ像をメアリ・モースタンという形でドイルは描いてみせて、母親にこれみよがしの嫌がらせをした。そんな親不孝な自分を罰するために、ドイルは自分の分身であるバーソロミューに吹き矢による悲惨な死を遂げさせるのである。

ジョナサン・スモールもまたある意味ではドイルの分身であり、ワニ（ホームズ）に足を引っ張られて高貴な医業を半分捨てざるを得ず、医学と文学に片足ずつ突っ込み、義足をつけたようになって、最後は泥沼（ホームズ物語という大衆文学）にはまって動きが取れなくなる。しかも、スモール（ドイル）は宝（母性愛）を終生追いかけ、宝（母性愛）を横取りしたショルトー少佐（ウォーラー）への復讐に燃える一生を送るのである。最後は、宝を取り戻すことにも、復讐にも失敗してしまう。これは、母の愛を取り戻そうとしたが失敗し、母とウォーラーに復讐しようとしたドイルの現実そのものである。

結局、《四つのサイン》を解読すると、次のようなドイルの深層心理を読みとることができよう。

母メアリはウォーラーから六年にわたって家賃を贈られ、一八八二年にウォーラーの家の隣に引っ越して、三十五年間住むことになった。ドイルは母の愛がウォーラーの方に向いているのを好まず、母の愛をウォーラーから取り戻そうとして、三人の妹とともに長い間、筆舌に尽くしがたい苦しみに悩まされる。その苦しみは一八八七年の『緋色の習作』出版の年から始まった。この作品を出版したウォード・ロック社は僅か二十五ポンドをくれただけであった。ドイルは妻ルイーザの持参金百ポンドのおかげで、作家への転業に成功するが、医師と作家との二足のワラジが気になり、高貴な医業を捨てて作家という売文業に転じたことを内心では後悔しており、ホームズというヒーローに捕まったせいで大衆文学というくだらない泥沼にはまって動きが取れなくなって困っている。母の愛情を盗んだウォーラーと、ドイルよりもウォーラーを愛した母との二人をドイルは憎み、復讐をしようとするが、失敗する。孝行をするべきなのに、母に金も送らず、母を憎んでしまった自分は、死んでおわびしなければならない。ドイルの父がアルコール症で入院したために家族が苦しまねばならなかったことは、「ワトスンの兄が酒びたりで時計にも傷をつけた」という形で示されており、そのあとに「これほど暗く惨めで、無益な世の中」という文が続いていることからドイルの心の中をうかがうことができる。メアリ・モースタン嬢が帰ったすぐあとで、ホームズはウィンウッド・リードの『人類の苦悩』という本をワトスンに読めとすすめる。リードとこの本の存在をドイルに教えてくれたのは、母メアリの愛人だったウォーラー医師だったという事実を知ると、この書名自体も何やら意味ありげに見えてくる。他の題名の本をワトスンにすすめてもよかったのだから。

こうして、《四つのサイン》はドイル家の内情を暴露した告白小説となり、ドイルが何をどう感じていたのかも明らかになる。母メアリに対する復讐衝動をろこつに放出すれば自己破滅状態に陥ることを恐れたドイルの自我は、これに対して自我防衛をせざるを得ない。それが《四つのサイン》という幻想の形になって表わされたのであった。

また、この物語は、善と悪との闘いの物語と読みとることもできよう。世の中には二つの仮説がある。それは、次のようである。

善はつねに勝利する——美人はいつでも幸福になる。立派な人が悪いことをするはずがない。（第一仮説）

善であっても必ずしも勝たない——美人でも不幸だったりする。立派な人でも悪いことをする。（第二仮説）

第一仮説の信奉者ワトスンは、「美人メアリ・モースタンはお金持ちになる」（第一仮説）を証明しようとして、宝の取り戻しに努力するが、失敗する。ワトスンはメアリを幸福にしようとして殺人（トンガ殺し）までするが、悪人殺し（正義）は計画的殺人でなくて、偶然に行なわれた。つまり、存在と行為は、必ずしもつながっておらず、「意味するもの（シニフィアン）」と「意味されるもの（シニフィエ）」とは不連続であり、第一仮説を信じているにもかかわらず、ワトスンは偶然に第二の仮説を証明する羽目となる。二項対立と、その優劣とを、否定しようとする脱構築的見方が、《四つのサイン》には見事に示されている。（次行以降の上段と下段は「善と悪」のような二項対立になっている）

善・正義（美人）　——　悪・不正（不幸）

ホームズ（正義の味方）
懐中時計の推理（正しい推理）
メアリ・モースタン（かわいい）
真珠（美しい）
サディアス・ショルトー
（醜い、病気）
（親切）
バーソロミュー・ショルトー
（けち、怒ると恐ろしい）
（モースタンの死亡を隠す）
（金持ち）
ジョン・ショルトー少佐
（裏切り者）
（金持ち）
トンガ
（殺人をしていいことをしたつもり）
スモールの復讐を手伝う

コカイン（悪癖）
ワトスンが怒る
父を失い、貧乏で苦労
不可解（犯罪？）
美術コレクション（美しい）
良心的で親切
殺人容疑で逮捕される
金持ち
金持ち
警戒、吹き矢で殺される
大金持ち
びくびくして暮らす
ロープで叩かれる
射殺される

スモール	
（アクメットを殺して宝を奪う）	宝を入手、脱獄に成功
（パタン人の番兵を撲殺）	宝を入手
（軍隊に入る）	足をワニに食いちぎられる
（監督に就職）	セポイの乱
（小隊長になる）	シーク教徒に殺されかける
ショルトー少佐への復讐を狙う	宝を入手
ワトスン（たいしたことをしない）	モースタンを入手
ホームズ（大活躍）	何も報酬がない
アセルニー・ジョウンズ	
（へま）	名声を入手
（いばる）	失敗
モーディカイ・スミス（一生懸命働いた）	逮捕される
メアリ・モースタン（いい人）	宝を手に入れ損なう

正義の味方であるはずのホームズがコカイン常用という悪癖の持ち主でもある、仲間に誠実なスモールが殺人をする、というふうな差異・対立が、右の表のように多数記されている。読者は、これらの差異を、ホームズとスモールとショルトー少佐との間の差異とか、

権力と犯罪との間の差異へと読み替えねばならない。スモール（＝ドイル）の復讐心・敵意という「内にある差異」を、犠牲者アクメットと殺人犯スモールとの二項間の差異よりも上に置いた物語になっている。このように見てくると、《四つのサイン》は、善と悪とを扱っているように見えるものの、実は「関係」を描いていることがわかる。知ることと行為すること（宝が運びこまれることを知り、アクメットを殺して宝を奪う、など）の関係、生かすことと殺すことの関係、読みとることと判断することの関係、を描いているのだ。この物語に記されている差異・対立は、それぞれの一つの行為の内部にあるので、事件と理解されたものとが同一かどうかをその差異がわかりにくくして物語に深味を与えている。

　このように二項対立とその優劣とを、それ自身のうちで否定している脱構築が、作品に重厚さを増している。美人はいつでも幸福になり、善が常に勝つというのでは、あまりにも単純で、面白みがないであろう。

　なお、作品の表題は、これまで「四つの署名」と訳されることが多かったが、テキストを読まれればわかるとおり、スモールの仲間は文字を書くことができない現地人三人であり、彼らは自分の署名の代わりに、それぞれが×の形の記号を記したのであった。原題〝The Sign of the Four〟の Sign（サイン）には、「署名」という意味に、「記号」という意味をダブらせてある。それを受けて、私どもは『四つのサイン』と訳すことにしたのである。

この作品は、オスカー・ワイルドと一緒にリピンコット社から執筆を依頼されて書かれたもので、そのときにワイルドは『ドリアン・グレイの肖像』を書いた。二人が、出世作を同時にものしたという点で興味深い。ドイルはワイルドをあまり快く思っていなかったようで、この作品のなかでサディアス・ショルトーの好ましくない顔の描写にワイルドの外観を借りている（二四九ページ掲載、詳細は二七六ページ参照）。《四つのサイン》は、発表当時はたいして評判にならなかったが、一八九一年にドイルが短篇連作を「ストランド・マガジン」誌に連載するきっかけとなったという点で役立ったのであった。

なお、本書には英国での初版本（一八九〇年十月刊）Spencer Blanckett 社版 Charles Kerr 筆によるもの一点、及び一九〇三年の George Newnes 社版 F.H. Townsend 筆によるもの八点を、家次房夫さんのご協力により収録した。両者とも、全九点しかイラストは描かれなかったのだ。

また、一八九〇年二月「リピンコッツ・マガジン」誌初出の時に Herbert Denman が描いたというたった一葉のイラストを二〇三ページに掲載した。（詳細は二九六ページ参照）

一九九八年五月

小林司／東山あかね

文庫版によせて

このたび念願の「オックスフォード大学出版社版の注・解説付　シャーロック・ホームズ全集」の文庫化が実現し非常に嬉しく思います。今回は中・高生の方々にも気軽に親しんでいただきたいと考えて、注釈部分は簡略化して、さらに解説につきまして若干短くまとめたものを再録することにしました。これを機会にさらにシャーロック・ホームズを深く読み込んでみたいと思われる読者の方には、親本となります全集の注釈をご参照いただくことをおすすめします。

文庫化にあたりまして、注釈部分を切り離して本文と並行して読めるようにページだてを工夫していただいております。河出書房新社編集部の揆木敏男さんと竹花進さんには大変お世話になり感謝しております。

二〇一四年三月

東山　あかね

＊非営利の趣味の団体の日本シャーロック・ホームズ・クラブに入会を希望されるかたは返信用の封筒と八二円切手を二枚同封のうえ会則をご請求下さい。
一七八－〇〇六二　東京都練馬区大泉町二－五五－八
日本シャーロック・ホームズ・クラブ　ＫＢ係
またホームページ http://holmesjapan.jp からも入会申込書がダウンロードできます。

シャーロック・ホームズ全集《ぜんしゅう》②
四つ《よつ》のサイン

二〇一四年 五 月二〇日 初版発行
二〇二五年 四 月三〇日 7刷発行

著　者　アーサー・コナン・ドイル
注・解説　C・ローデン
訳　者　小林司《こばやしつかさ》・東山《ひがしやま》あかね
発行者　小野寺優
発行所　株式会社河出書房新社
〒一六二-八五四四
東京都新宿区東五軒町二-一三
電話〇三-三四〇四-八六一一（編集）
〇三-三四〇四-一二〇一（営業）
https://www.kawade.co.jp/

ロゴ・表紙デザイン　粟津潔
本文フォーマット　佐々木暁
印刷・製本　大日本印刷株式会社

Printed in Japan ISBN978-4-309-46612-5

緋色の習作　シャーロック・ホームズ全集①

アーサー・コナン・ドイル　小林司／東山あかね〔訳〕　46611-8

ホームズとワトスンが初めて出会い、ベイカー街での共同生活をはじめる記念すべき作品。詳細な注釈・解説に加え、初版本のイラストを全点復刻収録した決定版の名訳全集が待望の文庫化！

シャーロック・ホームズの冒険　シャーロック・ホームズ全集③

アーサー・コナン・ドイル　小林司／東山あかね〔訳〕　46613-2

探偵小説史上の記念碑的作品《まだらの紐》をはじめ、《ボヘミアの醜聞》、《赤毛組合》など、名探偵ホームズの人気を確立した第一短篇集。夢、喜劇、幻想が入り混じる、ドイルの最高傑作。

バスカヴィル家の犬　シャーロック・ホームズ全集⑤

アーサー・コナン・ドイル　小林司／東山あかね〔訳〕　46615-6

「悪霊のはびこる暗い夜更けに、ムアに、決して足を踏み入れるな」——魔犬の呪いに苛まれたバスカヴィル家当主、その不可解な死。湿地に響きわたる謎の咆哮。怪異に満ちた事件を描いた圧倒的代表作。

シャーロック・ホームズの推理博物館

小林司／東山あかね　46217-2

世界で一番有名な探偵、シャーロック・ホームズの謎多き人物像と彼の推理を分析しながら世界的人気の秘密を解き明かす。日本の代表的シャーロッキアンの著者が「ホームズ物語」を何倍も楽しくガイドした名著。

銀河ヒッチハイク・ガイド

ダグラス・アダムス　安原和見〔訳〕　46255-4

銀河バイパス建設のため、ある日突然地球が消滅。地球最後の生き残りであるアーサーは、宇宙人フォードと銀河でヒッチハイクするはめに。抱腹絶倒ＳＦコメディ「銀河ヒッチハイク・ガイド」シリーズ第一弾！

宇宙の果てのレストラン

ダグラス・アダムス　安原和見〔訳〕　46256-1

宇宙船が攻撃され、アーサーらは離ればなれに。元・銀河大統領ゼイフォードとマーヴィンがたどりついた星で遭遇したのは⁉　宇宙の迷真理を探る一行のめちゃくちゃな冒険を描く、大傑作ＳＦコメディ第二弾！

宇宙クリケット大戦争

ダグラス・アダムス　安原和見〔訳〕　46265-3

遠い昔、遙か彼方の銀河で、クリキット軍の侵略により銀河系は絶滅の危機に陥った——甦った軍を阻むのは、宇宙イチいい加減なアーサー一行。果たして宇宙は救われるのか？　傑作ＳＦコメディ第三弾！

さようなら、いままで魚をありがとう

ダグラス・アダムス　安原和見〔訳〕　46266-0

十万光年をヒッチハイクして、アーサーがたどり着いたのは、八年前に破壊されたはずの地球だった!!　この〈地球〉の正体は⁉　大傑作ＳＦコメディ第四弾！……ただし、今回はラブ・ストーリーです。

ほとんど無害

ダグラス・アダムス　安原和見〔訳〕　46276-9

銀河の辺境で第二の人生を手に入れたアーサー。だが、トリリアンが彼の娘を連れて現れる。一方フォードは、ガイド社の異変に疑問を抱き——。ＳＦコメディ「銀河ヒッチハイク・ガイド」シリーズついに完結！

タイムアウト

デイヴィッド・イーリイ　白須清美〔訳〕　46329-2

英国に憧れる大学教授が巻き込まれた驚天動地の計画とは……名作「タイムアウト」、ＭＷＡ最優秀短篇賞作「ヨットクラブ」他、全十五篇。異色作家イーリイが奇抜な着想と精妙な筆致で描き出す現代の寓話集。

高慢と偏見

ジェイン・オースティン　阿部知二〔訳〕　46264-6

中流家庭に育ったエリザベスは、資産家ダーシーを高慢だとみなすが、それは彼女の偏見に過ぎないのか？　英文学屈指の作家オースティンが機知とユーモアを込めて描く、幸せな結婚を手に入れる方法。永遠の傑作。

ブラザーズ・オブ・ザ・ヘッド

ブライアン・W・オールディス　柳下毅一郎〔訳〕　46287-5

トムとバリーは結合双生児。肩には第三の頭が生えていた。互いに憎みあう兄弟は、ロックスターとして頂点を極め、運命の女性ローラと出会うが、争いは絶えない。その果てに……。巨匠が円熟期に発表した名篇。

オン・ザ・ロード

ジャック・ケルアック　青山南〔訳〕　46334-6

安住に否を突きつけ、自由を夢見て、終わらない旅に向かう若者たち。ビート・ジェネレーションの誕生を告げ、その後のあらゆる文化に決定的な影響を与えつづけた不滅の青春の書が半世紀ぶりの新訳で甦る。

不思議の国のアリス

ルイス・キャロル　高橋康也／高橋迪〔訳〕　46055-0

退屈していたアリスが妙な白ウサギを追いかけてウサギ穴にとびこむと、そこは不思議の国。「不思議の国のアリス」の面白さをじっくりと味わえる高橋訳の決定版。詳細な注と図版を多数付す。

シャーロック・ホームズ　ガス燈に浮かぶその生涯

W・S・B=グールド　小林司／東山あかね〔訳〕　46036-9

これはなんと名探偵シャーロック・ホームズの生涯を、ホームズ物語と周辺の資料から再現してしまったという、とてつもない物語なのです。ホームズ・ファンには見逃せない有名な奇書、ここに復刊！

ハローサマー、グッドバイ

マイクル・コーニイ　山岸真〔訳〕　46308-7

戦争の影が次第に深まるなか、港町の少女ブラウンアイズと再会を果たす。ぼくはこの少女を一生忘れない。惑星をゆるがす時が来ようとも……少年のひと夏を描いた、ＳＦ恋愛小説の最高峰。待望の完全新訳版。

新　銀河ヒッチハイク・ガイド　上・下

オーエン・コルファー　安原和見〔訳〕　46356-8 46357-5

まさかの……いや、待望の公式続篇ついに登場！　またもや破壊される寸前の地球に投げ出されたアーサー、フォードらの目の前に、あの男が現れて——。世界中が待っていた、伝説のＳＦコメディ最終作。

拳闘士の休息

トム・ジョーンズ　岸本佐知子〔訳〕　46327-8

心身を病みながらも疾走する主人公たち。冷酷かつ凶悪な手負いの獣たちが、垣間みる光とは。村上春樹のエッセイにも取り上げられた、Ｏ・ヘンリー賞受賞作家の衝撃のデビュー短篇集、待望の復刊。

海を失った男

シオドア・スタージョン　若島正〔編〕　46302-5

めくるめく発想と異様な感動に満ちたスタージョン傑作選。圧倒的名作の表題作、少女の手に魅入られた青年の異形の愛を描いた「ビアンカの手」他、全八篇。スタージョン再評価の先鞭をつけた記念碑的名著。

不思議のひと触れ

シオドア・スタージョン　大森望〔編〕　46322-3

天才短篇作家スタージョンの魔術的傑作選。どこにでもいる平凡な人間に“不思議のひと触れ”が加わると……表題作をはじめ、魅惑の結晶「孤独の円盤」、デビュー作「高額保険」ほか、全十篇。

輝く断片

シオドア・スタージョン　大森望〔編〕　46344-5

雨降る夜に瀕死の女をひろった男。友達もいない孤独な男は決意する——切ない感動に満ちた名作八篇を収録した、異色ミステリ傑作選。第三十六回星雲賞海外短編部門受賞「ニュースの時間です」収録。

[ウィジェット]と[ワジェット]とボフ

シオドア・スタージョン　若島正〔編〕　46346-9

自殺志願の男、女優を夢見る女……下宿屋に集う者たちに、奇蹟の夜が訪れる——表題作の中篇他、「帰り道」「必要」「火星人と脳なし」など全六篇。孤高の天才作家が描きつづけたさまざまな愛のかたち。

カリブ諸島の手がかり

T・S・ストリブリング　倉阪鬼一郎〔訳〕　46309-4

殺人容疑を受けた元独裁者、ヴードゥー教の呪術……心理学者ポジオリ教授が遭遇する五つの怪事件。皮肉とユーモア、ミステリ史上前代未聞の衝撃力！〈クイーンの定員〉に選ばれた歴史的な名短篇集。

透明人間の告白　上・下

H・F・セイント　高見浩〔訳〕　46367-4 46368-1

平凡な証券アナリストの男性ニックは科学研究所の事故に巻き込まれ、透明人間になってしまう。その日からＣＩＡに追跡される事態に……〈本の雑誌が選ぶ三十年間のベスト三十〉第一位に輝いた不朽の名作。

最後の夢の物語

ロード・ダンセイニ　中野善夫／安野玲／吉村満美子〔訳〕　46254-7

本邦初紹介の短篇集「不死鳥を食べた男」に、稲垣足穂に多大な影響を与えた「五十一話集」を初の完全版で収録。世界の涯を描いた現代ファンタジーの源流ダンセイニの幻想短篇を集成した全四巻、完結！

世界の涯の物語

ロード・ダンセイニ　中野善夫／中村融／安野玲／吉村満美子〔訳〕　46242-4

トールキン、ラヴクラフト、稲垣足穂等に多大な影響を与えた現代ファンタジーの源流。神々の与える残酷な運命を苛烈に美しく描き、世界の涯へと誘う、魔法の作家の幻想短篇集成、第一弾（全四巻）。

時と神々の物語

ロード・ダンセイニ　中野善夫／中村融／安野玲／吉村満美子〔訳〕　46263-9

世界文学史上の奇書といわれ、クトゥルー神話に多大な影響を与えた、ペガーナ神話の全作品を初めて完訳。他に、ヤン川三部作の入った短篇集『三半球物語』等を収める。ダンセイニ幻想短篇集成、第三弾。

夢見る人の物語

ロード・ダンセイニ　中野善夫／中村融／安野玲／吉村満美子〔訳〕　46247-9

『指輪物語』『ゲド戦記』等に大きな影響を与えたファンタジーの巨匠ダンセイニの幻想短篇集成、第二弾。『ウェレランの剣』『夢見る人の物語』の初期幻想短篇集二冊を原書挿絵と共に完全収録。

シャーロック・ホームズ対切り裂きジャック

マイケル・ディブディン　日暮雅通〔訳〕　46241-7

ホームズ物語の最大級の疑問「ホームズはなぜ切り裂きジャックに全く触れなかったか」を見事に解釈した一級のパロディ本。英推理作家協会賞受賞の現役人気作家の第一作にして、賛否論争を生んだ伝説の書。

ロビンソン・クルーソー

デフォー　武田将明〔訳〕　46362-9

二十七歳の時に南米の無人島に漂着した主人公が、自己との対話を重ねながら、工夫をこらして農耕や牧畜を営んでいく。近代的人間の原型として、多様なジャンルに影響を与えた古典的名作を読みやすい新訳で。

アメリカの友人

パトリシア・ハイスミス　佐宗鈴夫〔訳〕　46106-9

トムのもとに、前科がなくて、殺しの頼める人間を探してくれとの依頼がまいこんだ。トムは白血病の額縁商を欺して死期が近いと信じこませるが……。ヴィム・ヴェンダース映画化作品！

太陽がいっぱい

パトリシア・ハイスミス　佐宗鈴夫〔訳〕　46125-0

地中海のまぶしい陽の中、友情と劣等感の間でゆれるトム・リプリーは、友人殺しの完全犯罪を思い立つ——。原作の魅惑的心理描写により、映画の苦く切ない感動が蘇るハイスミスの出世作！

死者と踊るリプリー

パトリシア・ハイスミス　佐宗鈴夫〔訳〕　46237-0

《トム・リプリー・シリーズ》完結篇。後ろ暗い過去をもつトム・リプリー。彼が殺した男の亡霊のような怪しいアメリカ人夫婦の存在が彼を不気味に悩ませていく。

フェッセンデンの宇宙

エドモンド・ハミルトン　中村融〔編訳〕　46378-0

天才科学者フェッセンデンが実験室に宇宙を創った！　名作中の名作として世界中で翻訳された表題作の他、文庫版のための新訳３篇を含む全12篇。稀代のストーリー・テラーがおくる物語集。

塵よりよみがえり

レイ・ブラッドベリ　中村融〔訳〕　46257-8

魔力をもつ一族の集会が、いまはじまる！　ファンタジーの巨匠が五十五年の歳月を費やして紡ぎつづけ、特別な思いを込めて完成した伝説の作品。奇妙で美しくて涙する、とても大切な物語。

とうに夜半を過ぎて

レイ・ブラッドベリ　小笠原豊樹〔訳〕　46352-0

海ぞいの断崖の木にぶらさがり揺れていた少女の死体を乗せて闇の中を走る救急車が遭遇する不思議な恐怖を描く表題作ほか、ＳＦの詩人が贈るとっておきの二十二篇。これぞブラッドベリの真骨頂！

O・ヘンリー・ミステリー傑作選

O・ヘンリー　小鷹信光〔編訳〕　46012-3

短篇小説、ショート・ショートの名手O・ヘンリーがミステリーの全ジャンルに挑戦！　彼の全作品から犯罪をテーマにした作品を選んだユニークで愉快なアンソロジー。本邦初訳が中心の二十八篇。

クライム・マシン

ジャック・リッチー　好野理恵〔訳〕　46323-0

自称発明家がタイムマシンで殺し屋の犯行現場を目撃したと語る表題作、MWA賞受賞作「エミリーがいない」他、全十四篇。『このミステリーがすごい！』第一位に輝いた、短篇の名手ジャック・リッチー名作選。

カーデュラ探偵社

ジャック・リッチー　駒月雅子／好野理恵〔訳〕　46341-4

私立探偵カーデュラの営業時間は夜間のみ。超人的な力と鋭い頭脳で事件を解決、常に黒服に身を包む名探偵の正体は……〈カーデュラ〉シリーズ全八篇と、新訳で贈る短篇五篇を収録する、リッチー名作選。

短篇集　シャーロック・ホームズのSF大冒険　上

マイク・レズニック／マーティン・H・グリーンバーグ〔編〕　日暮雅通〔監訳〕　46277-6

ＳＦミステリを題材にした、世界初の書き下ろしホームズ・パロディ短篇集。現代ＳＦ界の有名作家二十六人による二十六篇の魅力的なアンソロジー。過去・現在・未来・死後の四つのパートで構成された名作。

短篇集　シャーロック・ホームズのSF大冒険　下

マイク・レズニック／マーティン・H・グリーンバーグ〔編〕　日暮雅通〔監訳〕　46278-3

コナン・ドイルの娘、故ジーン・コナン・ドイルの公認を受けた、ＳＦミステリで編まれたホームズ・パロディ書き下ろし傑作集。ＳＦだけでなくファンタジーやホラーの要素もあって、読者には嬉しい読み物。

快楽の館

アラン・ロブ゠グリエ　若林真〔訳〕　46318-6

英国領香港の青い館〈ヴィラ・ブルー〉で催されるパーティ。麻薬取引や人身売買の話が飛び交い、ストリップやＳＭショーが行われる夢と幻覚の世界。独自の意識小説を確立した、ロブ゠グリエの代表作。

著訳者名の後の数字はISBNコードです。頭に「978-4-309」を付け、お近くの書店にてご注文下さい。